우리가 정말 알아야 할 우리 고전

구운몽

우리가 정말 알아야 할 우리 고전
구운몽

초판 1쇄 발행 | 2000년 11월 30일
초판 28쇄 발행 | 2021년 12월 1일

글 | 김선아
그림 | 김광배
펴낸이 | 조미현

펴낸곳 | (주)현암사
등록 | 1951년 12월 24일 · 제10-126호
주소 | 04029 서울 마포구 동교로12안길 35
전화번호 | 365-5051·팩스 | 313-2729
전자우편 | editor@hyeonamsa.com
홈페이지 | www.hyeonamsa.com

ISBN 978-89-323-1063-3 03810

우리가 정말 알아야 할 우리 고전

글_김선아 그림_김광배

구운몽

ㅎ 현암사

"천 년이 지났으나 예스럽지 않다(歷千劫而不古)"는 말이 있다. 천 년이라는 긴 세월을 거쳤으면서도 여전히 새롭다는 뜻이리라. 오랜 세월을 거치는 동안 수많은 평가를 새로이 받으며 그 때마다 명작으로 인정받아 온 작품을 우리는 고전이라고 한다. 시대를 뛰어넘는 영원성, 옛 것이면서도 언제나 '현재'에 살아 있다는 것이 고전의 참다운 가치이다.

문학은 시대와 사회와 개인의 삶을 총체적으로 비추어 주는 거울이다. 특히 고전 문학 작품은 인생과 세계에 대한 선인들의 치열한 경험과 진지한 사색의 결과물이다. 그러므로 우리는 이것을 통하여 바람직한 삶을 사는 지혜와 힘을 얻거나, 인간의 크고 작은 꿈을 들여다볼 수 있게 된다. 고전은 우리 삶의 길잡이이며 자양분이다. 바로 이것이 우리가 어린 시절부터 고전이 지성과 감성을 연마하는 한 방법이라고 배워 온 까닭이다.

우리 나라 고전 문학 작품은 대개 신문화가 본격적으로 들어오기 전인 갑오경장 이전의 작품을 말한다. 비록 세계의 고전 문학 작품에 비하여 양적으로 그다지 많지 않고 형상화된 세계가 다양하지는 않지만 우리의 옛 시대 정신과 선인들의 삶의 훌륭한 결정체이다. 특히 '이야기책'이라고도 불리던 우리 고전 소설 속에 투영된 삶과 죽음, 사랑과 이별, 이런 것들이 주는 고통과 기쁨, 슬픔과 환희 그리고 유한한 인간으로서의 한계와 인간 사회가 주는 제약을 뛰어넘으려는 꿈은 어느 날 불쑥 생겨났거나 문명화되고 세계화된 오늘날 비로소 생겨난 것이 아니다. 오늘날의 문명화와 세계화는 오랜 세월 동안 도도히 흘러내려 온 한민족이라는 강줄기에 더해진 자극과 변화의 결과일 따름이다.

우리 고전을 재미있게 읽을 수 있는 가장 중요한 조건은 무엇보다도 우리가 한민족이라는 강줄기를 이루는 작은 물방울들이라는 데 있다. 우리는 누구나 문화 전통을 이루는 데 기여하고 누리며 전승하는 주체로서, 조상에게서 이미 우리만의 정서가 흐르는 피를 물려받았다. 열녀 춘향, 효녀 심청, 개혁 청년 홍길동, 이상적인 남성 양소유, 이들은 우리의 정신과 정서가 만들어 낸 인물들이다.

　그런데도 고전 읽기가 즐겁지 않았던 데에는 정신에 앞서 표현의 문제가 크게 작용하였을 것으로 생각된다. 무엇보다 낯선 고사의 인용과 한문 어구의 빈번한 삽입, 익숙하지 않은 문어투와 내용 파악이 어려운 비문투성이의 긴 문장이 큰 원인이었다. 언어 문자는 정신과 문화의 소산이다. 언어는 시대의 변화에 따라 저절로 변하는 것이 그 본질이다. 그러나 우리의 언어 문자 변화에는 적지 않은 외적 요인이 작용하였다. 한글 창제 이전부터 보편적인 표기 수단이었던 한문자 사용의 오랜 전통과 습관, 신문화의 격랑과 함께 시작된 일제 36년 동안의 의도적인 우리말 말살 정책, 이에 더하여 해방 이후 오늘날까지 우리 사회를 온통 뒤덮은 영어 사용의 보편화 등등. 이로 말미암아 한글과 영어 시대를 사는 우리 젊은이에게 우리 고전은 무척 어렵고 낯설고 재미없는 것으로 인식되어 온 것이다.

　작품은 작가가 창작한 원작 그 자체로 읽히고 평가되어야 한다. 그러나 그러한 원칙을 위하여 고전 작품 자체가 잊혀지거나 도서관 깊숙이 사장되어서는 안 된다. 학문 연구의 대상으로 상아탑 속에 안주하는 것도 바람직한 일이 아니다. 여기에 '원작에 대한 반역'이라고까지 이야기하는 '손질'을 감행할 수밖에 없었던 이유가 있다. 한문으로 된 문장은 우리말 글로 풀어 쓰고, 고사 는 해설을 삽입하여 주석이 없이도 누구나 쉽게 읽을 수 있도록 하였다. 비문 이나 번역투의 매끄럽지 못한 문장은 우리말 맞춤법에 맞추어 고쳐 써서 읽기 편하게 가다듬었다. 그리하여 옛 것, 어려운 것으로만 느껴지는 우리 고전 소 설을 청소년을 비롯한 일반인 누구나 가까이 두고 즐겁게 읽을 수 있도록 하 였다.

이 책이 우리 고전 소설 보급에 조금이나마 보탬이 되기를 바랄 따름이다.

2000년 10월
국문학자 김선아

혼란스러운 당쟁 시대를 살았던 서포 김만중

　『구운몽(九雲夢)』은 조선 인조·숙종(1637~1692) 때의 문신 서포(西浦) 김만중(金萬重)이 지은 소설이다. 서포는 본관은 광산(光山), 예학의 대가인 사계(沙溪) 김장생(金長生)의 증손이며, 숙종의 첫 왕비인 인경(仁敬) 왕후의 숙부이다. 병자호란 때 아버지 익겸(益兼)이 강화에서 순절한 후에 유복자로 태어났는데 당시 어머니는 스물두 살이었고 형 만기는 다섯 살이었다. 그들은 어머니를 따라 외가에 들어가 살았으나 외조부모 사후로는 생활이 어려워져서 어머니가 바느질품을 팔아 생활을 이끌어 나갔다. 그래서 어렸을 때는 스승이 따로 없이 어머니에게서 『소학(小學)』·『사략(史略)』·『당시(唐詩)』 등을 배웠다고 한다.

　서포는 스물아홉 살 때(현종 6년, 1665) 정시(庭試) 문과에 장원함으로써 벼슬길에 오르기 시작하여, 나이 오십이 될 때까지 예조 참의·판서·대사헌·좌우 참찬·대제학 등 높은 관직을 두루 역임하였다. 그러나 당쟁이 치열했던 현종·숙종 연간에 서인(西人)의 지반 위에서 벼슬길에 올랐던 그는 굽히지 않는 격한 성격으로 현종 초에 발단이 된 예송(禮訟)과 숙종 때의 경신환국(庚申換局)·기사환국(己巳換局) 등 정변이 있을 때마다 거센 정쟁(政爭)에 휘말렸다. 그러다가 끝내는 남해 절도에 위리안치되어(숙종 15년 윤3월) 숙종 18년(1692) 4월에 56세를 일기로 이곳 유배지에서 삶을 마쳤다. 죽기 한 해 전에는 서울에 계시는 노모의 부음을 듣기도 하였다.

　서포는 어머니에 대한 효성이 남달리 지극하였다고 한다. 서포의 조카손자인 김춘택(金春澤)의 『북헌집(北軒集)』에 의하면 서포는 어머니를 위로하기 위하여 국문 소설을 많이 썼다고 한다. 그러나 그가 남긴 것으로 알려진 작품으로는 남해 적소에서 어머니의 근심을 덜어 주기 위하여 썼다는 『구운몽』과, 숙종이 장희빈에게 빠져 민비를 폐출시킨 일을 풍자한 것이라는 『사씨남정기(謝氏南征記)』가 있을 뿐이다. 이 외에 한시문집 『서포집』과 한문 수필류 모음집인 『서포만필』이 있다.

『구운몽』의 여러 이본

『춘향전』이 서민의 이야기를 그렸다면 『구운몽』은 양반 귀족의 삶과 꿈을 그린 소설로서 『춘향전』과 쌍벽을 이루는 대표적인 우리 고전 소설이다. 이재(李縡)는 『삼관기(三官記)』에 "효성이 지극한 서포가 어머니를 위로하기 위하여 『구운몽』을 지었다"고 하였다. 이에 따른다면 『구운몽』은 숙종 13년(1687) 9월부터 이듬해 11월 사이에 서포가 선천(宣川)에 유배되어 갔을 때 그곳에서 지어졌을 것으로 추정할 수 있다.

『구운몽』은 국문 사본, 국문 판본, 한문 사본, 한문 판본 등 수십 종의 이본이 전해지는데, 그 선후 관계가 아직 명확하게 밝혀지지 않은 것은 물론이고, 한문본과 한글본 가운데 어느 것이 서포의 원작이며 어느 것이 앞선 것인지도 단정하기 어렵다.

서포가 어머니를 위로하기 위하여 국문 소설을 많이 썼다는 기록에 따라 국문학 연구자들은 오래전부터 『구운몽』의 원작이 한글로 표기되었을 것임을 크게 의심하지 않았다. 즉 한글본 『구운몽』이 원작이고 한문본은 한글본의 한역으로 본 것이다. 그러나 정규복 교수는 원작은 한문으로 표기되었으며, 수많은 한글본 이본은 한문본의 국역본이라고 주장하고, 20여 종이나 되는 한문본 『구운몽』 이본 가운데 한문 필사본 노존본(老尊本)을 가장 오랜 남본(藍本)으로 꼽았다. 또 설성경 교수는 현재 한글 노존본 가운데 한문 노존본과는 다른 계통에 속하는 이본이 있음을 들어 원작 『구운몽』의 표기 문자는 독자층의 확대를 위하여 작자가 국문과 한문 두 가지로 표기하였을 것이라고까지 추측하였다.

현재 전해지는 이본으로는 이가원(李家源)이 자신의 소장본인 한글 필사본한 책을 교주하여 1955년에 출간하였고, 한문 판본으로는 1803년에 목판본 6권 3책이 출간되었으며, 1916년에는 한문 현토본이 활판본으로 출간되었다. 이 밖에 1922년에 영국인 게일(J. S. Gale)이 『The Cloud Dream of the Nine』이라는 제목으로 영역하였고 일역본도 2종이 있다.

인생무상을 문학적으로 형상화한 귀족 소설

『구운몽』의 주인공 성진은 육관대사의 제자였으나 팔선녀와 희롱한 죄로인간 세상에 유배되어 양소유라는 인물로 태어난다. 미약한 집안에 외아들로태어나 열 살 때 아버지가 신선이 되어 가신 후 홀어머니를 의지하고 자란다.

문무뿐 아니라 음악에도 뛰어난 능력을 지녀 소년 등과(登科)하여 하북(河北)의 삼진과 토번의 난을 평정하고, 그 공으로 승상이 되어 위국공에 책봉되고 부마가 된다. 소유는 어린 서생(書生)일 때부터, 역시 인간 세상에 유배되어 아름다운 여인으로 태어난 여덟 여자를 차례로 만나 아내로 삼았다. 그리고 만년에 이르러 인생무상을 느끼던 중에 대사의 설법을 듣고 크게 깨달아 여덟 아내와 함께 다시 육관대사의 제자가 되어 불문(佛門)에 귀의한다.

　『구운몽』은 불제자 성진의 꿈의 세계를 중심으로 그린 소설이다. 성진이 꿈속에서 양소유라는 이상적인 남성이 되어 화려한 일생을 살다가, 꿈에서 깨어 다시 불제자로 돌아간다는 액자적인 환몽 구조로 구성되어 있다. 불제자 성진의 하룻밤 꿈으로서의 양소유의 세속적인 삶이라는 환몽 구조는 『구운몽』의 주제와 깊은 연관을 맺고 있다.

　『구운몽』은 전체적으로 유불선(儒佛仙) 삼교(三敎)를 두루 수용하고 있다. 불제자 성진을 통하여 불교를, 작품의 대부분에 그려진 양소유의 삶을 통해서는 유교, 도교를 보여 준다. 그러나 근원적으로는 양소유의 그토록 화려하고 애욕에 찼던 인생이 하룻밤 사이의 짧은 꿈에 지나지 않은 것이었음을 강력하게 시사하고 있다. 만년에 이른 양소유가 유한한 인간 삶에 대하여 회의하며 무상함을 느끼고 있을 때 대사가 지팡이를 두어 번 두드리자, 좌우의 여인들은 물론이고 높고 넓은 집 등 자신을 둘러싸고 있던 모든 영화와 쾌락의 상징물이 순식간에 사라져 버린다. 스스로를 돌아보았을 때 자기 몸은 한 작은 암자 가운데 부들 방석 위에 앉아 있을 따름이다. 그리하여 성진은 인간 세상에 환생하여 장원 급제하고 공명을 이룬 후에 물러나 두 공주와 여섯 낭자와 더불어 즐기던 길고 화려한 일생이 모두 '하룻밤 꿈'에 지나지 않았음을 깨닫는다. 그리고 그 꿈이 자신의 번뇌에 대하여 "인간 부귀와 남녀 정욕이 다 허사인 줄 알게" 한 스승의 가르침이었음을 알게 된다.

『구운몽』은 성진의 이러한 깨달음을 통하여 '인생 일장춘몽(一場春夢)'이라는 전통적인 동양 정신을 문학적으로 형상화한 것이다. 이러한 '인생무상'이라는 깨달음, 불교적 '공(空) 사상'이 『구운몽』의 주제라고 할 수 있는데, 영욕의 극을 살았던 유학자 서포의 순탄하지 않은 삶에서 연유한 것이라고 하겠다.

유교 사상에 바탕을 둔 양소유의 귀족적인 삶이 비록 성진의 한갓 부질없는 꿈이었고, 인생무상이라는 깨달음에 이르게 된 계기가 되기는 하였으나, 실제로 양소유의 삶은 당시 양반 계층의 이상적인 모습이었으며, 양소유는 당시 사회의 이상적인 남성상이었다. 그리하여 『구운몽』은 조선조의 대표적인 귀족 소설로서 후대 소설에도 많은 영향을 끼쳐 『옥루몽(玉樓夢)』, 『옥련몽(玉蓮夢)』 등 몽자류(夢字類) 소설을 출현시켰다.

이 책의 바탕본은 서울대학교 도서관 소장본인 4권 4책으로 된 한글 필사본이다. 옮겨 적는 과정에서 잘못 베끼거나 빠뜨린 곳, 중첩된 곳 등이 적지는 않으나 고어(古語)가 많이 쓰이는 등 현존 한글본 가운데 가장 오래되고 잘된 본으로 알려져 있다. 1972년 정병욱·이승훈이 필사된 원문을 그대로 적고 다시 오류를 교정하여 이해하기 쉽도록 한자를 아울러 써가며 현대 맞춤법에 맞추어 쓰고 충실한 주석을 붙여 출간하였다. 또 널리 유통되고 있는 한문본 계해본과 게일의 영역본인 『*The Cloud Dream of the Nine*』을 같이 묶었는데 이것이 연구자들을 위한 본격적인 텍스트가 되었다.

그리하여 이 책은 서울대학교 도서관본 한글 필사본을 바탕본으로 삼기로 하고 정병욱 · 이승훈 교주의 『구운몽』(민중서관, 1972)을 토대로 이가원 교주의 한글 필사본(덕기출판사, 1955)과, 정규복 교수가 한문 필사본 노존본을 토대로 재구(再構)한 『구운몽』(구운몽 원전의 연구, 일지사, 1977)을 참고로 하면서 정리하였다.

우선 비문이나 번역투의 매끄럽지 못한 문장을 우리말 맞춤법에 맞추어 고쳐 쓰고, 바탕본의 잘못되었거나 부족한 부분을 바로잡고 보충함으로써 현대인이 편하고 쉽게 이해할 수 있도록 가다듬었다. 특히 정병욱 · 이승훈 교주본과 이가원 교주본이 아니었으면 이 책은 나오기 어려웠을 것임을 밝힌다.

이 어려운 일을 기꺼이 맡아 준 현암사 여러분께 감사드린다.

2000년 10월
김선아

| 노스님이 남악에서 불법을 강론하고 | 老尊師南嶽講妙法 |
| 어린 수행 중이 돌다리에서 선녀들을 만나다 | 少沙彌石橋逢仙女 |

천하에 이름난 산이 다섯이 있는데 동쪽에 있는 것은 동악 태산*이고, 서쪽에 있는 것은 서악 화산*, 가운데 있는 것은 중악 숭산*, 북쪽에 있는 것은 북악 항산*이며, 남쪽에 있는 것은 남악 형산*이다. 이들 오악(五嶽) 가운데 형산이 가장 멀어서 구의산*이 그 남쪽에 있고, 동정호*가 북쪽을 지나며 상강* 물이 삼면을 둘렀다. 또 형산 일흔두 봉우리 가운데는 축융봉*, 자개봉*, 천주봉*, 석름봉*, 연화봉,* 이 다섯 봉우리가 제일 높아서 언제나 구름 속에 들어 있으므로 청명한 날이 아니면 그 모습을 볼 수 없다.

옛날에 우임금이 홍수를 다스린 후에 형산에 올라 비를 세워 공덕을 기록하였는데, 하늘 글과 훌륭한 글씨가 오랜 세월이 지났는데도 아직까지 뚜렷하게 남아 있다. 또 진(晉)나라 때는 선녀 위부인*이 도를 터득하여 하늘의 벼슬을 하여 선관(仙官)과 선녀들을 거느리고 형산을 진정시켜 그를 '남악 위부인'이라고 한다.

이와 같이 형산에는 예부터 신령스러운 자취와 기이한 일이 아주 많아서 이루 다 기록할 수가 없다.

당나라 때에 서역(西域)의 한 중이 천축국(인도印度)에서 중국으로 들어와 빼

동악 태산(東嶽泰山) 산둥성(山東省) 태안현(泰安縣) 북쪽에 있는 산.

서악 화산(西嶽華山) 섬서성(陝西省) 화음현(華陰縣)에 있는 산.

중악 숭산(中嶽嵩山) 하남성(河南省) 등봉현(登封縣)에 있는 산.

북악 항산(北嶽恒山) 하북성(河北省) 곡양현(曲陽縣) 서북쪽에 있는 산.

남악 형산(南嶽衡山) 호남성(湖南省) 형산현(衡山縣) 서북쪽에 있는 산.

구의산(九疑山) 호남성 영원현(寧遠縣) 남쪽에 있는 산.

동정호(洞庭湖) 호남성 북쪽에 있는 호수로 주위가 팔구백 리에 이른다고 함.

둘레가 팔백 리, 높이는 사천일십 장, 칠십이 봉우리가 있으며 동남으로는 상천(湘川)에 임하여 있고 멀리 바라보면 뿌연 구름에 긴 것 같다고 함.

호수 주위, 특히 북방에는 호남 평야가 있어 중국의 곡창지대를 이룸.

상강(湘江) 호남성을 흐르는 큰 강.

어난 형산을 사랑하여 연화봉 아래에 풀로 작은 암자를 짓고 대승*의 불법을 강론하여 사람들을 가르치고 귀신을 제압하였다. 교화가 크게 행하여지자 사람들은 모두 산부처가 세상에 났다고 하면서 부유한 사람은 재물을 내고 가난한 사람은 힘을 들여 큰 절을 지어 '절문은 동정호 뜰에 열리고, 법당 기둥은 적사호*에 박히며 오월의 찬 바람은 부처의 뼈에 차고 하루 여섯 때* 하늘의 음악은 향로에 조회하니'* 연화봉 도장(道場)이 거룩하게 남방의 으뜸이 되었다.

이 절의 대사는 언제나 『금강경』* 한 권을 지니고 있어서 모두 '육여화상', 혹은 '육관대사'*라고 불렀다. 대사의 문하에는 수백 명의 제자가 있는데 그 가운데 계율을 지키는 수행(계행戒行)이 훌륭하고 신통함을 얻은 사람이 삼십여 명이었다. 특히 성진(性眞)이라는 젊은 제자는 눈같이 하얀 얼굴과 가을 물같이 밝은 정신으로 나이 이십에 삼장경문*을 통달하였다. 게다가 총명함과 지혜로움이 무리 가운데 아주 뛰어나 대사가 매우 소중히 여기며 언제나 불도를 전할 큰 그릇으로 기대하였다.

대사가 제자들에게 불법을 강론할 때면 항상 동정 용왕이 백의노인(白衣老人)이 되어 설법하는 자리에 나와 불경을 들었다.

어느 날 대사가 여러 제자에게 말하였다.

"동정 용왕이 여러 번 와서 불경을 들었는데도 내가 아직 답례하지 못하였도다. 나는 늙고 병들어 절을 나가지 않은 지 십여 년이다. 지금 내 몸이 절 밖으로 가벼이 움직이지

축융봉(祝融峰) 형산 칠십이 봉 가운데 가장 높은 봉우리.

자개봉(紫蓋峰) 형산 북쪽에 있는 봉우리. 옛날 우임금이 치수(治水)를 할 때 이곳에 올라가 제사를 지내고 치수의 방법을 터득하였다고 함.

천주봉(天柱峰) 형산에 두 기둥처럼 높이 솟은 봉우리.

석름봉(石凜峰) 형산에 있는 한 봉. 창고처럼 생겼다고 함.

연화봉(蓮花峰) 형산에서 가장 경치가 좋다고 하며 부용봉(芙蓉峰)이라고도 함.

위부인(魏夫人) 진(晉)나라 사도(司徒) 위서(魏舒)의 딸로 신선이 되어 승천하여 남악을 주재하였다고 함.

대승(大乘) 불교의 심오한 의리를 설파하는 교리. 즉 이타주의의 입장에서 인간 구제와 성불(成佛)에 관한 교의 교의(敎義)를 설파하고 그것이 소승에 비해 철저하고 적극적이며 활동적임. 열반으로 가는 진실한 대도(大道)라고 함. 세계관과 인생관이

못할 터이니 너희 가운데 누가 나를 대신하여 용궁에 들어가 감사를 전할꼬?"

성진이 가기를 청하자 대사가 기꺼이 허락하였다. 성진이 가사(袈裟)를 가다

듬어 걸치고 지팡이(육환장六環杖)를 끌고 동정호를 향하여 떠났다.

성진이 나간 후에 문 지키는 군사가 대사에게 여쭈었다.

"남악 위부인 마마가 시녀 여덟을 보내어 문 앞에 이르렀나이다."

"들어오라."

대사가 말하자 팔선녀(八仙女)가 차례로 들어와 대사가 앉은 자리를 세 번

돌며 신선의 꽃을 뿌린 다음 무릎을 꿇고 위부인의 말을 전하였다.

"대사께서는 산 서쪽에 계시고 나는 동쪽에 있어 거처와 음식이 서로 접하였

는데도 하찮은 일들이 번잡하여 대사의 맑은 말씀을 듣지 못하나이다. 이제 계

집종 여덟을 보내어 대사의 안부를 묻고, 아울러 하늘 꽃과 신선의 과실과 칠보

(七寶)와 무늬 놓은 비단으로 보잘것없는 정을 표하나이다."

팔선녀가 말을 마치고 각각 가지고 온 것을 받들어 대사에게 올리니 대사가

손수 받아 곁의 시중 드는 사람(시자侍

者)에게 주어 부처께 공양하게 하고 나

서 합장하여 사례하였다.

"노승(老僧)이 무슨 공덕이 있기에

신선의 기억하심을 받으리오."

그리고 팔선녀를 대접하여 보냈다.

팔선녀는 절문을 걸어 나오며 서로

의논하였다.

"남악 형산은 물 줄기 하나, 언덕 하

나도 우리 것이 아닌 것이 없는데 이

대사가 도장을 연 후로는 경계가 아주

적사호(赤沙湖) 호남성 화용현(華容縣)에 있는 호수. 일명 적호(赤湖).

하루 여섯 때 불교에서는 일 주야를 여섯으로 나눔.

절문은 동정호 뜰에~하늘의 음악이 향로에 조회하니 당나라 시인 두보(杜甫)의 시 구절을 번역한 것.

금강경(金剛經) 『금강반야바라밀다경』의 약칭. 불경의 이름.

육여화상(六如和尙) 혹은 육관대사(六觀大師) 육여는 불가어에 육유(六喩)라고도 하며 육유는 몽(夢)·환(幻)·포(泡)·영(影)·로(露)·전(電)의 여섯 가지로 세간의 일체 무상(無常)을 비유하는 것. 육관은 불교에서 말하는 육종성(六種性)의 다른 이름. 즉 주관(住觀)·행관(行觀)·향관(向觀)·지관(地觀)·무상관(無相觀)·일체종지관(一切種智觀).

삼장경문(三藏經文) 불타의 말씀(經) 보살의 말씀(律)·계규(戒規)와 위의(威儀) 세 가지를 기록한 것.

십칠

나뉘어 연화봉 경개를 지척에 두고도 보지 못하였도다. 다행히 지금 마마의 명으로 이곳에 와서 햇빛이 아직 저물지 않았으니 연화봉 위에 옷자락을 떨치고 폭포수에 화관(花冠) 끈을 씻으며 글도 읊읍시다. 그런 뒤에 돌아가 궁중 자매들에게 이 좋은 놀이를 자랑한다면 즐겁지 아니하리오."

"그 말이 아주 좋도다."

모두 찬성하고 천천히 연화봉 꼭대기로 걸어 올라가 폭포의 근원을 굽어보고, 다시 물줄기를 따라 내려가 돌다리에 이르렀다.

이 때는 바로 춘삼월, 온갖 꽃이 골짜기에 가득하여 붉은 안개가 끼인 듯하고 날짐승들의 지저귀는 소리는 생황*을 연주하는 듯하여 봄 기운이 사람의 마음을 느긋이 풀어지게 하였다. 팔선녀가 다리 위에 앉아 아래로 물을 굽어보니 여러 골짜기의 물이 다리 아래로 모여 넓게 맑은 못이 되어 마치 광릉*에서 난 보배로운 거울을 새로 닦은 듯 차고 맑았다. 그리고 물 위에 떨어진 팔선녀 자기들의 푸른 눈썹과 붉은 단장이 마치 화가 주방*이 그린 한 폭의 미인도(美人圖)와 같았다. 팔선녀는 그 그림자를 즐기며 스스로를 사랑하여 차마 떠나지 못하고 산 속의 해가 저물어 가는 것도 깨닫지 못하였다.

이 무렵, 성진은 동정호에 이르러 물결을 열고 용궁(수정궁水晶宮)으로 들어갔다. 용왕은 크게 기뻐하며 몸소 용궁 문 밖으로 나와 성진을 맞이하여 윗자리에 앉히고 진귀한 음식을 고루 갖춰 잔치를 베풀어 대접하며 손수 잔을 잡아 권하였다.

"술은 마음을 흐리게 하는 광약(狂藥)이니 불가의 큰 경계이오이다. 감히 계율을 깨지 못하겠나이다."

성진이 사양하였으나 용왕이 다시 권하였다.

"부처의 다섯 가지 계율*에서 술을 경계한 것을 내 어찌 모르리이까. 그러나 용궁 안에서 쓰는 술은 인간 세상의 술과 달라서 사람의 기운을 화창하게 할 뿐 마음을 상하게 하거나 어지럽히지 아니하나이다."

성진은 용왕이 억지로 권하는 것을 거절하지 못하고 세 잔을 연이어 마신 뒤에 용왕께 하직하고 바람을 타고 연화봉으로 돌아왔다. 산 아래에 이르자 성진은 술기운 때문에 낯이 달아올랐다. 낯이 붉으면 스승이 이상하게 여겨 꾸짖으리라 생각하고 곧 시냇가로 가서 웃옷을 벗어 놓고 두 손으로 물을 움켜 얼굴을 씻었다. 그러자 문득 기이한 냄새가 코를 거슬렀다. 향로 기운도 아니요, 화초 향내도 아닌데 냄새가 사람의 골수에 사무쳐 정신이 몹시 흔들려 뭐라 말할 수가 없었다. 성진은 '이 물 상류에 무슨 꽃이 피었기에 이런 기이한 향이 물에서 풍길까' 생각하고 의복을 가다듬어 입고 물을 따라 내려오다가 그 때까지도 돌다리 위에 앉아 이야기를 나누던 팔선녀와 마주쳤다.

성진이 지팡이를 놓고 예를 표하며 말하였다.

"보살님들, 저는 연화도장 육관대사의 제자이온데 스승의 명을 받아 산 아래 내려갔다가 절로 돌아가는 길이오이다. 돌다리가 몹시 좁은데 보살님들이 앉아 있어 남자가 다닐 길과 여자가 다닐 길을 분간할 수 없사오이다. 잠깐 보살님들의 연꽃같이 아리따운 발걸음(연보蓮步)을 움직여 길을 빌리고자 하나이다."

팔선녀가 인사를 받으며 말하였다.

"우리는 위부인 마마의 시녀들이온데 부인의 명을 받아 대사께 문안하고 돌아가는 길이오이다. 들으니 남자는 왼쪽 길로 가고 부녀자는 오른쪽 길로 간다 하더이다. 이 다리가 몹시 좁은데 저희가 이미 벌려 앉았으니 도인(道人)이 가기에 마땅치 아니하오이다. 다른 길로 가소서."

"냇물은 깊고 다른 다리가 없는데 어느 길로 가라 하시나뇨."

생황(笙簧) 악기의 일종.

광릉(廣陵) 좋은 거울의 산지. 강소성(江蘇省)에 있는 지명.

주방(周昉) 당대(唐代)의 이름난 화가.

다섯 가지 계율 오계(五戒) 즉 살생(殺生) 투도(偸盜) 사음(邪淫) 망어(妄語) 음주식육(飮酒食肉).

"옛날에 부처님께서는 갈대잎을 타고 바다를 건넜다 하오이다. 만약 스님께서 육관대사에게서 도를 배웠다면 반드시 신통함이 있을 것이니 이런 작은 냇물을 건너지 못하여 아녀자와 길을 다투시나뇨."

"낭자들의 뜻은 행인에게 길 값을 받으려는도다. 길 가는 중에게 어이 돈이 있으리오. 마침 구슬 여덟 개가 있으니 이것을 드려 길을 사고자 하나이다."

성진이 웃으며 대답하고 손을 들어 복숭아 꽃가지 하나를 꺾어 팔선녀 앞에 던지자 여덟 꽃봉오리가 땅에 떨어져 이내 구슬이 되었다. 팔선녀는 구슬을 하나씩 주위 들고 성진을 돌아보며 환하게 웃더니 몸을 솟구쳐 바람을 타고 공중으로 올라갔다. 성진은 오래도록 돌다리 위에 서서 선녀들이 가는 곳을 바라보다가 구름 그림자가 모두 사라지고 향기로운 바람이 진정된 후에야 돌다리를 떠나 돌아가 스승을 뵈었다.

대사는 성진에게 늦게야 온 까닭을 물었다.

"용왕이 정성껏 대접하며 만류하기에 떨치고 일어나지 못하였나이다."

성진이 대답하자 대사가 말하였다.

"물러가 쉬어라."

성진이 자기 방으로 돌아왔을 때는 날이 이미 어두워져 있었다.

팔선녀를 본 후로 성진은 정신이 자못 황홀하여 생각하였다.

'남자가 세상에 태어나면 어려서는 공자·맹자의 글을 읽고 자라서는 문무(文武)를 아울러 갖추어 요순 같은 임금을 만나 나가서는 장수가 되고, 조정에 들어와서는 정승이 되어 비단 옷을 입고 옥띠(옥대玉帶)를 두르고 궁궐에 들어가 임금을 뵙고, 눈으로는 고운 빛을 보고 귀로는 좋은 소리를 들으며 은혜가 백성에게 미치고 공명(功名)이 후세에까지 드리우는 것이 마땅하도다. 이것이 진정한 대장부의 일이라. 그런데 우리 불가의 길은 오직 밥 한 그릇(바리)에 물 한 병, 그리고 경문(經文) 두어 권과 염주 일백여덟 개뿐이니 도덕이 높고 아름

답기는 하나 몹시 적막하도다.'

밤이 깊도록 이리저리 생각하는데 눈앞에 문득 팔선녀가 보이더니 놀라 다시 보자 이내 사라져 버렸다. 성진이 속으로 뉘우쳐 '부처의 공부는 뜻을 바르게 하는 것이 으뜸이라. 내가 출가한 지 십 년에 일찍이 반 점이나마 계율을 어기거나 구차한 마음을 먹은 적이 없는데 이제 이렇듯 생각을 잘못한다면 나의 앞길에 해롭지 아니하리오.' 이렇게 생각하며 향로에 향(전단栴檀)을 다시 피우고 의연히 부들 방석(포단蒲團)에 앉아 정신을 가다듬고 염주를 고르며 일천 부처를 생각하였다. 그 때 문득 창 밖에서 동자가 부르는 소리가 들렸다.

"사형*은 잠들었나이까. 스승께서 부르시나이다."

성진이 놀라며, 깊은 밤에 부르시니 반드시 까닭이 있다 생각하고 동자와 함께 대사의 처소로 나아갔다. 대사는 촛불을 낮같이 밝히고 제자들을 다 모아 놓고 있다가 성진이 들어서자 큰 소리로 꾸짖었다.

"성진아, 네 죄를 아느냐."

성진이 크게 놀라 섬돌 아래로 내려가 무릎을 꿇고 여쭈었다.

"제가 스승을 섬긴 지 십 년이 되었으나 한 마디도 불순한 적이 없사오니 참으로 어리석고 어두워 지은 죄를 알지 못하겠나이다."

대사가 다시 꾸짖었다.

"중의 공부에는 세 가지 지켜야 할 행실이 있으니 몸과 말씀과 뜻이라. 네가 용궁에 가서 술에 취하고, 돌다리에서 여자를 만나 말을 주고받고, 꽃을 던져 장난친 후에 돌아와서도 여전히 미색(美色)을 간절히 생각하며 세상 부귀를 흠모하고, 불가의 적막함을 싫증내었으니 이것은 세 가지 행실을 한꺼번에 무너뜨린 것이라. 그 죄가 참으로 크니 이제 여기 머물지 못하리라."

성진은 머리를 조아리고 울며 다시 아뢰었다.

"스승님. 저에게 정말 죄 있사오나 술에 대한 계율을 깨뜨림은 주인이 억지로 권하기에 마지못하였던 것이요, 선녀와 말을 주고받은 것은 길을 빌리기 위함이었사오니 특별히 부정(不淨)한 말을 한 것 없나이다. 방으로 돌아온 후 한때 마음을 잡지 못하였으나 마침내 스스로 뉘우쳐 뜻을 바로잡았나이다. 그리고 저에게 죄가 있으면 종아리 쳐 가르치실 것이어늘 어찌 차마 내치려 하시나이까. 스승을 부모같이 우러러 열두 살에 부모를 버리고 스승을 따라 머리를 깎았으니 연화도장이 곧 저의 집이오이다. 이곳을 버리고 어디로 가라 하시나이까."

"네가 가려 하기 때문에 가라 하는 것이라. 만일 네가 있고자 한다면 누가 가라 할 수 있으며 또 어디로 가리오. 하지만 네가 가고 싶어하는 곳이 곧 네가 갈 곳이니라."

대사는 말을 마치고 크게 소리쳐 불렀다.

"황건역사*는 어디 있는가."

그러자 갑자기 공중에서 신병(神兵)의 장수(신장神將)가 내려와 대사의 명령을 기다렸다.

"이 죄인을 데리고 지옥 풍도(豊都)에 가서 내어 주고 오너라."

성진이 이 말을 듣고 눈물을 비 오듯 흘리고 머리를 수없이 땅에 두드리며 여쭈었다.

"스승님, 저의 말을 들어 주소서. 옛날에 아난존자*는 창녀에게 가서 자리를 함께하며 살을 섞었으나 석가불은 그를 죄 주지 아니하고 불법을 말하여 가르치셨나이다. 제가 비록 죄 있으나 아난존자에 비하면 무겁지 않은데 어이 풍도에 가라 하시나이까."

"아난존자는 요술을 제어하지 못하여 창녀와 가까이 하

이십삼

였으나 마음은 어지럽지 아니하였도다. 그러나 너는 속세의 부귀를 흠모하는 뜻을 내었으니 한 번 윤회*의 괴로움을 어이 면하리오."

그런데도 성진이 울기만 할 뿐 갈 뜻이 없자 대사가 위로하여 말하였다.

"마음이 깨끗하지 못하면 비록 산중에 있더라도 도를 이루기 어렵고 근본을 잊지 않는다면 번거롭고 속된 세상에 가서도 돌아올 길이 있도다. 만일 네가 오고 싶어하면 내 손수 가서 데려올 것이니 의심 말고 갈지어다."

성진이 하릴없어 불상과 스승에게 절하고 모든 동문(同門)을 이별하고 황건역사와 함께 저승으로 나아갔다. 이승과 저승의 경계를 거쳐 저승의 누대를 지나 지옥인 풍도성(酆都城)에 다다르자 성문 지키는 귀졸(鬼卒)이 어디에서 왔는지 물었다.

"육관대사의 명으로 죄인을 데려왔노라."

황건역사가 대답하자 귀졸이 문을 열어 주었다. 역사가 안으로 들어가 염라왕의 궁전(삼라전森羅殿)에 이르러 염라왕에게 성진을 잡아 온 뜻을 여쭈었다. 염라왕이 곧 성진을 불러들이라 하였다.

성진이 궁전 아래 무릎을 꿇자 염라왕이 물었다.

"성진아. 너는 몸은 비록 남악에 있으나 이름은 이미 지장왕*의 탁자 위에 기록되어 있으니 머지않아 큰 도를 얻어 높이 부처의 자리(연좌蓮座)에 올라 중생에게 큰 은덕을 입히게 되리라 여겼는데 무슨 일로 이 땅에 이르렀나뇨."

성진이 몹시 부끄러워하면서 염라왕께 여쭈었다.

"제가 함부로 행동하여(무상無狀) 길에서 남악 선녀들을 만나 보고 마음에 거리낌이 있었나이다. 그리하여 스승께 죄를 얻어 대왕의 명을 기다리나이다."

성진의 말을 듣고 염라왕이 측근들을 시켜 지장왕에게 말씀을 올리도록 하였다.

"남악 육관대사가 제자 성진을 보내어 지옥의 법으로 벌하라 하나 다른 죄인들과 다르기에 위에 묻나이다."

그러자 지장왕이 대답하였다.

"수행하는 사람이 오가는 것은 자기 마음대로 할 터인데 어이 구태여 물으리오."

염라왕이 막 성진의 죄를 결정하려는데 귀졸 두엇이 들어와 여쭈었다.

"황건역사가 또 육관대사의 명으로 여덟 죄인을 거느리고 왔나이다."

이 말을 듣고 성진 크게 놀랐다. 염라왕이 말하였다.

"죄인들을 불러들이라."

그러자 남악 선녀 여덟이 들어와 무릎을 꿇었다.

"남악 선녀들아. 선가(仙家)에는 무궁한 경개가 있고 쾌락도 있거늘 어이하여 이곳에 이르렀나뇨."

염라왕의 물음에 팔선녀가 부끄러움을 머금고 대답하였다.

"저희가 위부인의 명을 받아 육관대사께 문안하러 갔다가 길에서 젊은 스님을 만나 말을 주고받은 일이 있나이다. 그런데 대사께서는 저희가 부처의 깨끗한 땅을 더럽혔다 하여 저희 관청(부중府中)에 저희의 죄상을 말하고 저희를 잡아 이리로 보냈나이다. 저희 인생의 잘됨·잘못됨이나 괴로움·즐거움이 오직 대왕의 손에 있사오니 대자대비하사 저희가 좋은 땅에 환생하도록 하여 주소서."

염라왕이 사자(使者) 아홉을 불러 각각 비밀리에 지시하자 갑자기 궁전 앞에 큰 바람이 일어나더니 사람들을 모두 공중으로 불어 올려 사방팔방으로 흩어지게 하였다.

성진도 사자를 따라 이리저리 바람에 나부끼다가 한 곳에 이르자 문득 바람이 멎으며 발이 땅에 닿았다. 정신을 차리고 눈을 들어 보니 푸른 산이 사방에 둘러 있고 시냇물이 굽이져 흐르는데

윤회(輪廻) 모든 중생이 해탈을 얻을 때까지 영혼이 육체와 함께 삶과 죽음을 수레바퀴처럼 끝없이 반복하는 일.

지장왕(地藏王) 현세를 주관하는 보살.

대나무 울타리와 초가집 여남은 채가 수풀 사이로 보였다. 사자가 성진을 인도하여 한 집 앞에 이르더니 성진을 문 밖에 서 있으라 하고 안으로 들어갔다.

그 때 성진에게 이웃집 사람들의 말소리가 들렸다.

"양(楊) 처사* 부부가 나이 오십에 처음으로 잉태하였으니 인간 세상에 드문 일이라. 해산을 시작한 지 벌써 오래인데 아직 아이 울음소리가 없으니 염려스럽도다."

성진은 그 아이가 곧 자기를 일컫는 말 같아서 자기가 양 처사의 자식으로 태어날 것임을 짐작하고 생각하였다.

'나는 이미 인간 세상에 환생하였도다. 그러나 분명 정신만 왔을 것이고 육신은 연화봉에서 태워졌으리라. 내 나이 아직 젊어 제자를 거느리지 못하였으니 누가 나의 사리를 거두었으리오.'

성진은 매우 처량하고 슬퍼졌다.

그 때 사자가 나와서 손짓하여 부르며 말하였다.

"이 땅은 대당국(大唐國) 회남도* 수주현*이라는 곳이고 이 집은 양 처사의 집이다. 처사는 너의 아버지이고 처사의 아내 유씨(柳氏)는 너의 어머니이니 빨리 들어와 좋은 때를 잃지 말라."

성진이 집안으로 들어가 보니 한 처사가 갈포 두건(頭巾)에 거친 베옷 차림으로 약탕관을 곁에 놓고 대청마루에 앉아 있었다. 향내가 코에 들어오는데 방 안에서는 은은히 여인의 신음소리가 들렸다. 사자가 어서 방으로 들라고 재촉하였다. 성진이 미심쩍어 머뭇거리고 있으려니 사자가 성진을 뒤에서 세게 밀쳤다. 순간 성진은 공중에서 아래로 엎어져 내리며 정신이 아득하고 천지가 뒤집히는 듯하였다.

"나 살려, 나 살려(구아구아救我救我)."

처사(處士) 벼슬은 하지 않았으나 문장과 도덕이 높은 선비.

회남도(淮南道) 당나라 십도(十道)의 하나. 지금의 호북(湖北) 대강(大江) 북쪽, 한수(漢水) 동쪽.

수주현(秀州縣) 지금의 절강성(浙江省)과 강소성(江蘇省)의 경계에 있는 곳.

성진이 놀라 소리쳤으나 말을 이루어 내지 못하고 다만 아기 울음소리를 낼 뿐이었다. 산파가 축하하며 말하였다.

"아기 울음소리가 크니 어린 장부(丈夫)로소이다."

뒤이어 곧 처사가 약 보시기를 들고 들어오더니 부부가 함께 크게 기뻐하였다.

이후로 성진은 배 고프면 울고, 울면 부인이 젖을 먹였다. 처음 얼마동안은 마음 속에 남악 연화봉을 잊지 않고 있었으나 점점 자라 부모의 은혜로운 사랑을 알게 되면서부터는 전생의 일은 아득히 잊어버리게 되었다.

처사는 아이의 골격이 맑게 빼어난 것을 보고 머리를 쓰다듬으며 말하였다.

"이 아이는 분명 하늘 사람으로 인간 세상에 귀양 왔도다."

그리하여 아이의 이름을 '소유(少遊)' 라 짓고 자(字)를 '천리(千里)' 라고 하였다.

인간 세상의 세월은 물 흐르듯 하여 어느덧 소유의 나이 열 살이 되었다. 얼굴은 옥을 깎아 놓은 듯하고 눈은 새벽별 같으며 도량이 크고 지혜가 남보다 뛰어났다.

어느 날 처사가 부인에게 말하였다.

"나는 본디 세상 사람이 아니오. 그대와 함께 속세에 인연이 있기에 오래도록 이 땅에 머물러 왔던 것이오. 전부터 봉래산 선인(仙人)들이 자주 편지하여 돌아오라 하였으나 그대가 외로울 것을 염려하여 가지 못하였소이다. 그러나 이제 아이가 이렇듯 영특하니 그대가 길이 의지하여 말년에 부귀 영화를 누릴 수 있으리이다. 나를 생각지 마오."

그러던 어느 날 여러 도사가 처사의 집에 모여 다 함께 하얀 사슴과 푸른 학을 타고 깊은 산골짜기로 들어갔다. 이후로는 이따금 공중으로 편지를 부쳐 올 뿐 끝내 집에는 돌아오지 않았다.

화음현* 규수가 편지를 보내 오고	華陰縣閨女通信
남전산* 도인이 거문고를 전해 주다	藍田山道人傳琴

처사가 떠난 후 소유 모자는 서로 의지하며 세월을 보냈다.

이삼 년이 지난 뒤, 소유는 신동(神童)으로 널리 알려져 그 고을 지방 장관 (태수太守)이 조정에 추천하였으나 어머니를 두고 떠나기가 어려워 나아가지 않았다. 열네댓 살에 이르자 소유는, 얼굴은 반악*같이 아름답고, 기상은 시인 이백*같이 맑았다. 또 문장은 연허* 같고, 시재(詩才)는 포사* 같고, 필법은 왕희지* 같았다. 게다가 제자백가(諸子百家)와, 병법서 『육도삼략(六韜三略)』은 물론 활 쏘기와 칼 쓰기에 이르기까지 정통하지 않은 것이 없었다. 소유는 전세 (前世)부터 여러 대를 수행한 사람인 만큼 보통 사람과 비할 바가 아니었던 것이다.

어느 날 소유가 어머니에게 여쭈었다.

"아버지께서 하늘로 가시면서 저에게 집안을 맡기셨는데 지금 집이 가난하여 어머니가 근심하고 계시니 제가 만일 집 지키는 개가 되어 공명을 구하지 않는다면 이것은 아버지께서 저에게 기대 하시던 뜻이 아니오이다. 지금 서울에서는 과거 를 열어 천하 선비들을 모은다 하오니 저는 잠시 어머니의 슬하를 떠나고자 하나이다."

유씨는 아들의 뜻과 기상이 만만치 않음을 보 고 비록 먼 길에 이별이 염려스러우면서도 떠나

화음현(華陰縣) 지금의 섬서성(陝西省)관중도(關中道).

남전산(藍田山) 섬서성 관중도 남전현에 있는 산.

반악(潘岳) 진(晉)나라 때 사람으로 자태와 용모가 몹시 아름다웠다고 함.

이백(李白) 당나라 때 시인. 호는 청련(靑蓮). 흔히 이태백으로 불림.

연허(燕許) 당나라 때의 연국공(燕國公) 장설(張說)과 허국공(許國公).

포사(鮑謝) 진(晉)나라 때의 시인. 포조(鮑照)와 사영운(謝靈運).

소정(蘇頲)을 아울러 이름.

왕희지(王羲之) 진(晉)나라 때의 명필.

려는 아들을 끝내 막을 수가 없었다.

소유는 어머니를 하직하고 서동(書童) 하나를 데리고 나귀 한 필로 길을 떠났다. 여러 날 만에 화주* 화음현에 이르렀는데 이곳은 장안*이 그리 멀지 않은 곳이어서 산천 풍물이 몹시 화려하였다. 과거 시험 기일도 아직 많이 남아 있었기에 소유는 이름난 산수(山水)도 구경하고 고적(古跡)도 물어 찾으며 하루 수십 리씩 나아가 나그네 길이 그리 적막하지 않았다.

그 때 멀리 버들 숲이 푸르게 우거진 사이로 예쁘게 단청한 작은 다락집 한 채가 보였다. 다락집은 매우 그윽하고 아담하였다. 소유가 말 등에 올라 말채찍을 늘어뜨린 채 천천히 다가가 보니 가느다란 버들가지들이 푸른 실을 풀어 바람에 날리는 듯 가벼이 흔들리며 길게 땅에 드리워져 있어 아주 구경할 만하였다. 소유는 '우리 초* 땅에도 아름다운 나무가 많지만 이런 버들은 보지 못하였도다.' 생각하고 「양류사(楊柳詞)」를 지어 읊었다.

버들이 푸르러 베 짜는 듯하니	楊柳靑如織
긴 가지가 채색한 다락집에 떨쳤도다	長條拂畵樓
그대는 부지런히 심으라	願君勤栽植
이 나무가 가장 풍류로우니라	此樹最風流
버들이 자못 푸르고 푸르니	楊柳何靑靑
긴 가지가 비단 기둥에 떨쳤도다	長條拂綺楹
그대는 부질없이 꺾지 말라	願君莫攀折
이 나무가 가장 다정하니라	此樹最多情

읊는 소리가 맑고 시원스러워 쇠붙이나 옥으로 만든 악기에서 나는 듯하니 봄바람이 거두어 다락집 위로 올렸다. 그 때 마침 옥같이 아름다운 한 여인이 다락집 안에서 봄잠에 들었다가 이 소리에 잠이 깨어 창을 열고 난간에 기대어

사방으로 소리나는 곳을 찾다가 소유와 눈이 마주쳤다. 여인은 구름 같은 머리털이 어지러이 귀 밑까지 드리웠고 옥 머리꽂이가 반쯤 비스듬히 꽂혔는데 봄잠이 부족해 하는 모습이 수려하여 무어라 말로 표현할 수 없고 그림을 그린다 해도 비슷하게 그리지 못할 것이었다. 소유와 여인이 서로 바라보기만 할 뿐 아무 말도 하지 못하고 있는데 서동이 따라와 소유를 불렀다.

"도련님, 저녁 진지 올려졌나이다."

그러자 여인이 급히 창을 닫고 들어가 버리니 그윽한 향내만 바람에 날아올 뿐이었다. 소유는 몹시 안타까웠으나 닫힌 창이 다시 열리기는 어려우리라 생각하고 서동을 따라 여인숙으로 돌아왔다.

이 여인은 진(秦) 어사*의 딸 채봉(彩鳳)이었다. 채봉은 어머니를 일찍 여의고 홀로 아버지를 모시고 살고 있었는데 아직 혼례를 약속(빙례聘禮)한 곳도 없었다. 이 날 아버지 진 어사는 서울에 가시고 채봉이 혼자 집에 있다가 천만 뜻밖에 소유를 만난 것이다.

'여자가 장부를 따르는 것은 평생의 큰 일이니 일생의 영화로움과 욕됨, 괴로움과 즐거움이 모두 여기에 달렸도다. 한(漢)나라 때 탁문군*은 과부라도 사마상여를 따랐는데 나는 처녀의 몸이라. 비록 스스로 중매하는 거리낌을 피할 수는 없으나 부녀자의 절개 있는 행실에 해롭지는 않으리라. 게다가 이 사람의 성명과 사는 곳을 알

화주(華州) 지금의 섭서성에 있던 곳.

장안(長安) 지금의 서안(西安). 중부에 있음. 한(漢)에서 당(唐)에 이르기까지 약 천년 동안 단속적으로나마 국도(國都)로 번영했던 도시. 북으로 위수(渭水)가 등류하고 남으로 종남산(終南山)이 솟아 있는 곳.

초(楚) 중국 주대(周代)의 제후국으로 호북성(湖北省)을 중심으로 활약한 전국칠웅(戰國七雄)의 한 나라. 한때 양자강 중·하류를 차지하며 칠웅 가운데 가장 큰 강국으로 호북성에 도읍하였음. 그러나 초(楚)는 남방에 위치하여 황하 유역 중심의 한인(漢人)들이 문명화가 안된 지역으로 여겼다 함.

어사(御史) 관직 이름.

탁문군(卓文君) 한(漢)나라 촉군(蜀郡)의 부호 탁왕손(卓王孫)의 딸. 과부가 되어 집에 와있을 때 아버지의 초청으로 잔치에 온 사마상여(司馬相如)가 거문고로 문군을 유혹하자 문군이 이 거문고 소리에 반하여 밤중에 몰래 집을 나와 사마상여의 집으로 가서 그의 아내가 되었음. 후에 사마상여가 무릉(茂陵)의 여자를 첩으로 삼으려 하자 질투하여 「백두음(白頭吟)」을 지었다고 함.

지 못하니 나중에 아버지께 여쭈어 중매를 보내려 한들 동서남북 어디 가서 찾으리오.'

채봉은 속으로 생각하고 급히 편지지(화전華箋)를 펴 글 두어 줄을 써서 봉하여 유모에게 주며 일렀다.

"이것을 가지고 앞 여인숙으로 가서 아까 나귀 타고 우리 집 다락 아래에 와서 「양류사」를 읊던 선비를 찾아 전하고, 내가 인연을 맺어 일생을 의탁하려 한다는 것을 알려 주오. 이것은 내 평생이 걸린 큰 일이니 조심하고 허수이 하지 마오. 이 선비의 얼굴이 옥같이 아름다워서 무리 속에 뒤섞이지 않을 것이니 부디 직접 만나서 이 편지를 전해 주오."

유모가 물었다.

"아가씨의 명대로 받들겠으나 뒷날 어른께서 물으시면 무엇이라 하리이까?"

"이것은 내가 감당할 것이니 유모는 염려 마오."

유모가 나가다가 도로 들어와 물었다.

"만일 선비가 이미 아내를 맞았거나 정혼한 곳이 있으면 어찌하리이까?"

채봉은 한동안 깊이 생각하다가 다시 말하였다.

"불행히도 아내를 맞았다면 나는 남의 둘째 되기를 꺼리지 아니하리라. 그러나 이 사람이 나이가 몹시 젊어 보이니 아마도 아직 아내는 없으리라."

유모는 여인숙으로 가서 「양류사」 읊던 선비를 찾았다. 그 때 마침 소유가 문밖에 나섰다가 나이 많은 낯선 부인이 자기를 찾는 것을 보고 물었다.

"「양류사」 지은 사람은 나요. 무슨 일로 찾소이까."

유모는 소유의 얼굴을 보자 다시 의심하지 않고 말하였다.

"여기는 말할 만한 곳이 아니오이다."

소유는 유모를 자기가 머무는 방으로 안내하여 앉히고 찾아온 뜻을 물었다. 그러자 유모가 되물었다.

"선비는 어디에 가서 「양류사」를 읊으셨나이까."

"나는 먼 곳에 사는 사람이오. 처음으로 황제가 다스리는 땅에 와서 두루 풍경을 구경하였는데 큰 길 북쪽 다락집 앞에 수양버들 숲이 몹시 아름답기에 우연히 글을 읊었소이다. 어찌하여 그것을 묻소이까."

"선비는 그 때 누구를 보셨나이까."

"다행히도 마침 선녀가 다락집 위에 내려온 때를 만났으니 그 고운 빛이 아직 눈에 남아 있고 기이한 향내가 옷에 품겨 있소이다."

"이제 바로 이르겠나이다. 그 집은 진 어사 댁이고 그 여자는 우리 집 아가씨이오이다. 우리 아가씨는 영특하고 총명하며 사람을 알아보는 밝은 식견이 있는데 선비를 한 번 보고는 문득 일생을 의탁하고저 하시나이다. 그러나 어르신께서 지금 서울에 가 계시니 명을 기다리노라면 선비가 이미 이곳을 떠날 것이고, 그리 되면 큰 바다에 뜬 부평초를 어디 가서 찾으리이까. 이러므로 우리 아가씨가 평생의 큰 일을 위하여 부끄러움을 무릅쓰고 선비의 성명과 관향(貫鄕)을 묻고 혼인 여부를 알아 오도록 이 늙은이를 보내셨나이다."

이 말을 듣고 소유가 얼굴에 기쁜 빛을 가득 띠고 말하였다.

"나의 성명은 양소유요, 초 땅 사람이라. 나이가 아직 어려 혼인은 하지 아니하였소. 아가씨의 맑은 눈으로 돌아보심을 받으니 평생 이 은덕을 어이 잊으리오. 나는 고향 집에 노모가 계시니 혼인의 예는 양가 부모께 여쭙고 나서 행하겠지만 혼인 언약은 지금 한마디 말로 정하리라. '화산(華山)은 길이 푸르고 위수*는 끊임없이 흐르도다.'"

유모도 소매에서 작게 봉한 종이를 꺼내어 소유에게 주었다. 떼어 보니 「양류사」 한 수가 적혀 있었다.

다락집 앞에 버들을 심었으니	樓頭種楊柳
낭군의 말을 매어 머물게 하려 함이라	擬繫郞馬住

그런데 어찌하여 꺾어 채를 만들어	如何折作鞭
재촉하여 장대* 길로 내려가는가	催下章臺路

다 읽고 나서 소유는,

"옛날에 시 잘하던 왕 우승*·최 학사*라도 이보다 낫지는 못하리라."

하고 글이 청신하고 글귀가 완성된 것에 크게 탄복하여 칭찬하며 즉시 편지지를 펼쳐 다시 시 한 수를 지어 유모에게 주었다.

버들이 천만 가지나 되는데	楊柳千萬絲
가지마다 애틋한 마음이 맺혔도다	絲絲結心曲
바라건대 달 아래 노끈*을 만들어	願作月下繩
봄 소식을 전하려 하노라	季傳春消息

유모가 받아 몸에 간직하고 여인숙 문을 나서려 하자 소유가 다시 불러 일렀다.

"아가씨는 진(秦) 땅 사람이고 나는 초 땅 사람이니 한번 헤어지면 산천이 끝없이 뻗어 있어 소식이 통하기 어렵고, 또한 오늘같이 이런 어진 중매도 없을 것이니 내 마음이 믿고 의지할 곳이 없소이다. 오늘밤 달빛을 타고 아가씨의 얼굴을 볼 수 없을까 하오. 아가씨의 시에도 이러한 뜻이 있으니 가서 여쭈어 주오."

유모가 가더니 즉시 다시 와서 회답하였다.

"우리 아가씨가 선비의 회답을 보고 몹시 감격하시더이다. 달 아래에서 만나고 싶다는 말을 전하자, '혼인 전에 남녀가 서로 보는 것은 예가 아닌 줄 알지만 그 사람에게 의탁하려 하면서 어이 그 뜻을 따르지 아

위수(渭水) 황하(黃河)의 한 지류.

장대(章臺) 전국시대(戰國時代) 진(秦)나라가 세운 궁전 이름. 또는 전국시대 제후의 궁전을 통칭. 섬서성(陝西省) 장안현(長安縣)에 있음.

왕 우승(王右丞) 당나라 때 시인 왕유(王維). 상서우승(尙書右丞) 벼슬을 지냈으므로 왕 우승이라고 함.

최 학사(崔學士) 신라 말의 학자 최치원(崔致遠).

달 아래 노끈 노인이 달 아래에서 두 끈을 이음으로써 부부의 인연을 이어 준다는 월하 노인(月下老人)의 고사.

삼십오

니하리오. 그러나 밤에 서로 만나면 사람들의 의심이 있을 것이고, 또 아버지가 들으셔도 더욱 그릇되게 여기실 터이니 밝은 날 중앙 마루에서 잠깐 보고 언약을 정하사이다.' 하셨나이다."

"아가씨의 밝은 소견과 정겨운 뜻은 내가 미칠 바 아니로소이다."

소유는 유모가 전하는 말에 감탄하며 유모에게 잊지 말도록 거듭 당부하여 보냈다.

이날 밤 소유는 삼월 밤이 너무도 긴 것을 안타까워하며 뒤척이다가 새벽녘에 문득 와자지껄하며 수많은 사람이 서쪽으로부터 물 끓듯 밀려오는 소리를 들었다. 깜짝 놀라 일어나 나가 보니 군마(軍馬)와 피란하는 사람들이 어지러이 길에 가득하고 울음소리가 진동하였다. 사람들에게 물으니 서울에 변란이 나서 궁궐 호위부대의 장군(신책장군神策將軍) 구사량*이 스스로 황제라고 하면서 병사를 일으켜 천자(天子)가 양주*로 떠나니 관중* 지방이 크게 어지럽고 반란군 병사들이 사방으로 흩어져 민가를 핍박하고 약탈한다는 것이었다. 또 잠시 후에 들으니 함곡관*을 닫아 사람들을 내보내지 아니하고, 양민·천민 할 것 없이 군대에 편입시킨다고 하였다. 소유는 크게 놀라 급히 서동을 데리고 남전산을 향하여 깊은 산골짜기로 달아났다. 들어가 보니 흰 구름이 자욱하고 학 우는 소리가 맑은 가운데 꼭대기에 초가집 한 채가 서 있었다. 소유는 이곳에 분명 고결한 사람이 있을 줄 알고 돌길을 따라 찾아 올라갔다. 과연 한 도인이 앉았다가 소유를 보고 말하였다.

"그대는 분명 피란하는 사람이로다."

"그러하옵니다."

도인이 다시 물었다.

"회남에 사는 양 처사의 아드님인가? 얼굴이 매우 닮았도다."

이 말에 소유는 눈물을 머금고 자신의 모든 형편을 이야기하였다. 그러자 도인이 웃으며 말하였다.

"석 달 전에 그대 아버지가 나와 함께 자각봉*에서 바둑을 두고 갔는데 아주 평안하시니 슬퍼하지 말라. 그대가 이왕 이곳에 왔으니 머물러 자고 내일 길이 트이거든 그 때 가도 늦지 아니하리라."

소유가 감사 인사를 올리고 앉아 있으려니 도인이 벽에 걸린 거문고를 돌아보며 물었다.

"그대는 이것을 켤 줄 아는가."

"좋아하기는 하오나 스승을 만나지 못하여 기묘한 재주를 얻지는 못하였나이다."

소유가 몸을 움직여 예를 표하고 앉으며 대답하자 도인이 동자를 시켜 거문고를 가져다 소유에게 주며 타도록 하였다. 소유가 「풍입송(風入松)」이라는 곡을 연주하자 도인이 웃으며 말하였다.

"손 놀리는 법이 활발하여 가르칠 만하도다."

그러고는 거문고를 가져다 세상에 전하지 않는 옛 곡 몇 가지를 스스로 연주하는데 가락이 맑고 그윽하여 세상 사람들이 아직 들어 보지 못한 것이었다. 소유는 음률을 좋아하는데다 총명함이 남보다 뛰어나 한 번 듣고는 일일이 기억하였다. 그러자 도인이 몹시 기뻐하며 이번에는 백옥 통소를 내어다가 한 곡 불어 소유를 가르치며 말하였다.

"마음이 통하는 벗(지음*)을 만나는 것은 옛사람들도 어려워하던 일이다. 이제 거문고와 통소를 네게 주겠노라. 뒷날 반드시 쓸 곳

구사량(仇士良) 당나라 문종(文宗)·무종(武宗) 때의 멋대로 휘둘러 포악한 일을 많이 한 사람.

양주(楊州) 지금의 강소성(江蘇省)에 있는 곳.

관중(關中) 동으로 함관(函關)으로부터 서쪽으로 농관에 이르는 사이 그 가운데에 드는 지역.

함곡관(函谷關) 지금의 하남성(河南省) 영보현(靈寶縣)에 있던 관(關) 이름.

자각봉(紫閣峰) 섬서성 호현 동남에 있는 산.

지음(知音) 소리(音樂)를 알아주는 사람. 즉 마음이 서로 통하는 친한 벗. 거문고의 명인이었던 백아(伯牙)가 종자기(鍾子期)가 죽자 자기의 소리를 알아줄 이가 없어 졌다 하여 거문고 줄을 끊어 버렸다는 고사에서 유래함.

이 있으리라."

소유가 절하고 받으며 여쭈었다.

"제가 스승님을 만난 것은 분명 아버님께서 지시하신 일일 것이옵니다. 어르신을 모셔 제자 되기를 바라나이다."

"그대는 인간 세상의 부귀를 면치 못하리니 어이 늙은 아버지를 따라 바위굴 속에 깃들이리오. 게다가 그대는 나중에 돌아갈 곳이 있으니 우리 무리가 아니로다. 그러나 간절한 뜻을 저버릴 수 없노라."

도인은 웃으며 옛날에 칠백 년을 살았다는 신선 팽조(彭祖)가 지은 신선의 술법서(방서方書) 한 권을 소유에게 내어 주며 말하였다.

"이것을 익히면 비록 수명을 연장시키지는 못하더라도 병들거나 늙는 것을 물리칠 수는 있으리라."

소유가 다시 절하고 받으며 물었다.

"스승께서 저에게 인간 세상의 부귀를 약속하셨으니 인간 세상의 일을 여쭙겠나이다. 제가 화음현에 사는 진씨 여자를 만나 혼인을 의논하던 중에 반란군 병사에게 쫓겨 이곳으로 왔사온데, 이 혼사가 이루어지리이까."

그러자 도인이 크게 웃으며 말하였다.

"이 혼인 길은 밤같이 어둡도다. 하늘의 기밀을 어이 가벼이 누설하리오. 그러나 그대의 아름다운 인연이 여러 곳에 있으니 모름지기 진씨 여자만을 치우치게 그리워하지 말지어다."

이날 밤, 소유가 도인을 모시고 석실(石室)에서 잤는데 이튿날 하늘이 채 밝기도 전에 도인이 깨워 돌아갈 여비를 차려 주며 말하였다.

"길이 이미 트였고 과거는 내년 봄으로 미루어졌도다. 어머니께서 문에 기대어 그대를 기다리시니 빨리 돌아갈지어다."

소유는 도인에게 거듭거듭 감사 인사를 올리고 거문고와 퉁소와 방서를 거두어 가지고 산을 내려왔다. 오면서 뒤돌아보니 도인의 집은 간 곳이 없고, 어제 산에 들어갈 때 아직 지지 않았던 버들꽃이 하룻밤 사이에 사정이 바뀌어 바위 사이에 국화꽃이 만발하였다. 이상하여 사람을 만나 물었더니 이미 팔월이 되어 있었다.

소유는 전에 묵었던 여인숙을 찾아가 보았다. 전쟁을 겪은 후인지라 여인숙은 쓸쓸하여 옛날과 달랐다. 사람들에 따르면 천자가 병마(兵馬)를 모아 다섯 달 만에 겨우 반란군을 평정하였고 과거는 내년 봄으로 연기되었다는 것이다. 다시 진 어사의 집을 찾아가 보니 버들 숲은 완연하나 채색한 다락집과 회칠한 담은 불이 붙어 무너졌고, 사방 마을은 황량하여 닭 우는 소리도 들리지 않았다. 소유는 한참 동안 버들가지를 붙들고 서서 채봉의 「양류사」를 읊으며 눈물을 흘리다가 하릴없이 도로 여인숙으로 돌아가 주인에게 물었다.

"길 건너 진 어사 집 사람들은 어디로 갔소이까?"

주인이 한숨 짓고 탄식하며 대답하였다.

"선비는 모르시는구려. 진 어사는 서울에 가고 아가씨가 노비들을 거느리고 집에 있었는데 관군이 서울을 회복한 후에 어사는 역적이 시킨 벼슬을 받았다 하여 형벌로 죽고 아가씨는 서울로 잡혀 갔나이다. 어떤 이가 말하는데, 어사 댁 재산은 몰수되고 가족은 벌을 받아 아가씨는 궁녀가 되어 궁중에 들었다고 하더이다. 오늘 아침에 죄 입은 가족이 영남 땅의 노비가 되어 이 앞을 많이 지나갔는데 아가씨도 그 가운데 들었다고 하더이다."

여인숙 주인의 말을 듣고 소유는 눈물을 비같이 흘리며 생각하였다.

'남전산 도인이 진 소저와의 혼사가 밤같이 어둡다 하더니 아가씨는 이미 죽었기 쉽도다.'

날이 저물도록 방황하다가 밤새도록 한잠도 이루지 못하였다. 소유는 어디에 다시 묵을 곳도 없어 행장을 차려 가지고 고향집으로 되돌아갔다.

유씨는 서울이 요란하다는 소식을 듣고 아들이 죽었으리라 짐작하였다가 다시 만나게 되자 붙들고 울며 죽었다가 다시 살아 돌아온 사람을 만난 것같이 여겼다.

그 해가 다하고 새봄이 되자 소유는 다시 서울에 나아가 공명을 구하려 하였다. 이 뜻을 알고 유씨가 말하였다.

"지난 해에 서울에 갔다가 위태한 지경을 만났고 또 네 나이 아직 젊으니 공명이 그리 바쁘지 않도다. 그러나 네가 가려는 것을 말리지 않는 것은 다른 뜻이 있기 때문이다. 지금 네 나이 열여섯인데도 아직 혼인을 정한 곳이 없고 또 우리 수주 지방은 몹시 궁벽한 두메 고을이니 어찌 너의 배필 될 아름다운 처녀가 있겠느냐. 두씨(杜氏) 성을 가진 나의 내외종 사촌 하나가 출가(出家)하여 도사(道士)가 되어 서울 자청관이라는 도교 사원(도관*)에 있는데 나이를 헤아려 보니 아직 살아 있을 듯하도다. 그 분은 아주 자상하고 서울 재상가에 다니지 않는 곳이 없다 하니 내가 편지를 보내면 반드시 정성껏 길을 인도할 것이니라. 모름지기 이 일에 유의하라."

도관(道觀): 도사가 수도하는 곳으로 대개 깊은 산 속에 있음.

낙양(洛陽): 지금의 하남성 북서부에 있는 곳. 주(周)나라 이후 장안과 더불어 중국 역사상 자주 국도(國都)가 되어 왔던 곳.

낙수(洛水): 섬서성을 흐르는 강.

소유는 어머니의 말을 듣고 화음현의 채봉에 대하여 이야기하며 몹시 슬픈 빛을 띠었다. 어머니가 한숨을 지으며 위로하였다.

"진 소저가 비록 아름답다고는 하나 인연이 없으니 이미 죽었기 쉽도다. 설령 살아 있다 해도 만날 길이 없으니 단념하고 다시 다른 곳에 아름다운 인연을 맺어 나의 바람을 위로하라."

소유는 어머니께 하직하고 명을 받아 길을 떠나 여러 날 만에 낙양*에 이르렀다. 그 때 갑자기 소나기를 만나 남문 밖 주점으로 피하여 들어갔다.

"술을 자시려 하시오?"

주인이 물었다.

"좋은 술을 가져오오."

주인이 술을 가져오자 소유는 연이어 여남은 잔을 기울이고 나서 주인에게 말하였다.

"이 술이 좋기는 하지만 상품은 아니로다."

주인이 대답하였다.

"저의 주점 술은 이보다 나은 것이 없소이다. 상품의 술을 드시려 하신다면 성 안 천진교(天津橋) 다리 머리에 있는 술다락집(주루酒樓)에 낙양춘(洛陽春)이란 술이 있으니 한 말 값이 일만 전(錢)이오이다."

이 말을 듣고 소유는 생각하였다.

'낙양은 예부터 제왕의 도읍지요 천하의 번화한 곳이다. 지난 해에는 다른 길을 택하여 가서 이 땅의 경개를 보지 못하였으니 이번에는 헛되이 지날 수 없노라.'

술값을 세어 주인에게 주고 나귀를 타고 천진교로 향하였다.

양소유가 술다락집에서 계섬월에게 뽑히고　　　　楊千里酒樓擢桂
계섬월이 원앙금침 안에서 좋은 사람을 추천하다　　桂蟾月鴛被薦賢

낙양성 안에 들어가 보니 듣던 대로 번화하고 화려하였다. 낙수*는 도성(都城)을 가로질러 하얀 비단을 펼쳐놓은 듯하고, 천진교는 물을 걸쳐 타고 무지개처럼 비스듬히 걸쳤는데 지붕 끝 ∧자 모양의 붉은 널판(박공博栱)과 푸른 기와는 공중에 솟아 그 그림자가 물 속에 떨어져 참으로 천하 제일 명승지였다. 소유는 이곳이 주점 주인이 말하던 술다락집임을 짐작하고 나귀를 채찍질하여 다락집 앞으로 나아갔다. 집 앞에는 호사스럽게 장식한 좋은 말이 길에 가득하고 온갖 음악 소리가 다락집 위 공중에서 들려 왔다. 소유는 하남 부윤*이 손님을 모시고 이곳에서 잔치하는가 하여 서동을 시켜 물었다. 성 안의 여러 귀하고 세력 있는 집 자제(공자公子)들이 이름난 기생을 다 모아 놓고 봄 경치를 구경한다는 것이었다. 소유는 앞서 마신 술에 취한 흥으로 나귀에서 내려 바로 다락집으로 올라갔다. 다락집 위에서는 소년 십여 명이 미녀 수십 명과 함께 섞어 앉아 격조 높은 이야기를 나누며 큰 잔을 기울이고 있었다. 그들은 모두 의관이 선명하고 의기와 풍채가 당당하였다. 소유가 올라가자 그들은 소유의 수려한 얼굴을 보고 모두 일어나 허리를 굽혀 예를 갖추고 자리를 나누어 주며 각자 성명을 소개하였다.

윗자리에 앉은 노(盧)씨라는 사람이 소유에게 물었다.

"양형(楊兄)의 차림새를 보니 분명 과거 보러 가는도다."

"그러하나이다."

또 왕(王)씨라는 사람이 말하였다.

"양형이 과거를 보려 한다면 비록 청하지 않은 손님이지만 오늘 잔치에 참여하는 것도 해롭지 아니하리라."

소유가 대답하였다.

"형의 말로 미루어 본다면 여러분의 오늘 잔치는 술잔을 잡는 것만이 아니라 분명 시 모임(시사詩社)을 맺어 글을 비교하려는 것이라. 저는 초 땅의 미천한 선비로서 요행히 향공*에 참여하기는 하였으나 나이가 어리고 소견이 좁아 여러분의 성대한 잔치에 참여하는 것은 외람될까 하오이다."

선비들은 소유의 말씨가 공손하고 또 나이 어린 것을 업신여겨 웃으며 말하였다.

"우리가 특별한 시 모임을 맺은 것은 아니나 양형 말대로 글을 비교한다 함은 비슷하도다. 양형은 이왕 나중에 온 사람이니 시를 지어도 좋고 짓지 않아도 좋으니 우리와 함께 술이나 마실지니라."

그리고 술잔 돌리기를 재촉하자 모든 음악이 일시에 연주되었다.

그 때 소유가 잠깐 눈을 들어 여러 기생을 둘러보았다. 이십여 명이 다 각각 자기 재주를 잡은 것이 있는데 한 사람만은 단정히 앉아 음악도 하지 않고 말도 나누지 않았다. 그러나 그 아름다운 용모가 나라에 으뜸갈 만하여 달 속의 선녀가 속세에 내려온 듯하였다. 소유는 정신이 어지러워 술잔 돌리는 것도 잊고 자주 그 미인을 돌아보았다. 미인 앞에는 글 쓴 종이가 수두룩이 쌓여 있었다. 소유가 사람들을 돌아보며 물었다.

"저 종이들은 분명 여러분의 아름다운 글이 쓰인 것일 터이니 한번 구경할 수 있으리이까?"

그들이 미처 대답하기도 전에 미인이 일어나 그것들을 소유 앞에 가져다 놓았다. 소유는 십여 장 글을 한 장 한 장 뒤적여 보았다. 그 가운데는 잘된 것도 있고 잘못된 것도 있으며, 미숙한 것도 있고 훌륭한 것도 없지는 않았지만 대체로 평이하여 놀랄 만큼 좋은 글은 없었다.

'낙양에는 재주 있는 선비가 많다더니 이것으로 본다면 헛된 말이로다.'

소유는 속으로 생각하며 글을 도로 미인에게 보내고 나서 그들을 향하여 공손하게 말하였다.

"궁벽한 곳에 사는 천한 선비가 큰 나라의 문장 풍류(문풍文風)를 아직 보지 못하였는데 지금 여러분의 주옥 같은 글을 구경하였으니 상쾌함을 어이 다 이르리오."

이 때 사람들은 이미 다 취하였으므로 소유의 말에 흡족하여 크게 웃으며 말하였다.

"양형은 글귀가 묘한 것만 알고 그 가운데 더욱 묘한 일이 있음은 알지 못하는도다."

소유가 다시 말하였다.

"제가 여러분의 사랑을 받아 술잔을 사이에 두고 친밀한 벗이 되

부윤(府尹) 직책 이름. 지방 장관.

향공(鄕貢) 학관(學館)을 거치지 않고 주현(州縣)에서 뽑아 올리는 과거 제도의 하나.

었는데 어찌하여 그 묘한 일은 일러 주지 아니하오?"

그러자 왕씨가 크게 웃으며 말하였다.

"양형에게 말하는 것은 해롭지 않으리라. 우리 낙양은 인재가 모이는 곳이니 예부터 과거에서 낙양 사람이 장원이 아니면 둘째(방안榜眼)·셋째(탐화探花)를 하여 왔더이다. 그래서 우리도 모두 잠시 문자로 인하여 헛된 명성(허명虛名)을 들어 왔으나 우리 스스로 서로의 우열을 정하지 못하였소이다. 그런데 계섬월 (桂蟾月)이라는 저 낭자는 자색(姿色)과 가무가 천하에 따를 사람이 없을 뿐만 아니라 고금(古今)의 시문을 모르는 것이 없고, 더욱이 글 보는 눈이 신령 같아서 낙양 선비들이 과거시험 보기 전에 지은 글만 보고도 글쓴 이의 합격과 낙제를 정하여 틀린 적이 없더이다. 그래서 지금 우리 모두 시를 지어 계랑(桂娘)에게 보내어 자기 눈에 드는 글을 골라 음악에 맞춰 스스로 노래 부르게 함으로써 우열을 정하려는 것이오. 게다가 계랑의 성명이 '계수나무 계, 두꺼비 섬, 달월'로 '달 속의 계수나무에 부응하였으니'* 계랑의 선택에는 과거에서 새로이 장원할 좋은 징조가 있소이다. 이 아니 묘하오?"

두씨가 또 말하였다.

"이 밖에 더 묘한 일이 있소이다. 계랑이 노래 부르는 글의 임자를 우리 모두 위로하고 치하하여 계랑의 집으로 보내어 오늘밤 계랑과 꽃다운 인연을 이루게 할 것이니 이 또한 묘한 일이 아니오. 그대도 남자이니 흥이 있거든 시 한 수 지어 우리와 겨뤄 보지 아니하려오?"

소유가 물었다.

"여러분의 아름다운 글이 계랑에게 이른 지 오래일 터이니, 계랑이 어느 글을 노래하였나뇨?"

왕씨가 말하였다.

"계랑이 아직 맑은 소리를 아끼고 있으니 아마도 교태 부리며 부끄러워하는가 하노라."

소유가 다시 말하였다.

"저는 판 밖의 사람이고, 또 설사 한두 수 지어 보기는 하였으나 어찌 감히 여러분과 재주를 겨루리오?"

왕씨가 다시 큰 소리로 말하였다.

"양형의 얼굴이 고운 여자 같더니 어이 이리 대장부의 뜻이 없나뇨. 성인께서 이르시기를 어진 일을 당하여서는 스승에게도 사양치 아니한다* 하였고, 또 그것을 다투는 것이 군자라 하였으니 시 지을 재주가 없는 것을 두려워할 뿐 참으로 재주가 있다면 어이 겸양하기만 하리오."

소유가 처음에는 사양하는 체하였으나 섬월의 얼굴을 본 후로는 시흥(詩興)을 이기지 못하던 참이었으므로 곧 사람들 옆에 쌓인 빈 종이 한 장을 빼내어 붓을 들어 삼장(三章) 시를 써내려 갔다. 사람들은 소유의 시상(詩想)이 민첩하고 붓이 나는 듯 힘차게 움직이는 것을 보고 매우 놀라고 의아해 하였다.

"여러분의 가르침을 청하는 것이 마땅하겠으나 오늘 일은 계랑이 시험관이고, 또 글 바칠 시간이 지나갈까 두렵나이다."

소유가 붓을 던지며 사람들에게 말하고 시 쓴 종이를 바로 섬월에게 보냈다. 섬월이 가을 물결같이 맑은 눈을 들어 한 번 죽 내려다보더니 목판(단판檀板) 박자 한 소리에 고운 노래를 빼어내었다. 노래는 바로 하늘 높이 올라가 학의 울음소리와 섞여 도니 거문고와 비파가 자기 소리를 빼앗기고 자리에 앉아 있던 사람들은 놀라서 낯빛을 고쳤다.

소유의 시는 이러하였다.

달 속의 계수나무에 부응하였으니 과거 급제하는 것을 계수나무 가지를 꺾었다고 하여 당나라 이후로 계수나무 가지를 썼는데, 그 후로 달 속에 계수나무가 있다고 생각하였기 때문에 이것을 월계라 하였음. 또 달 속에는 두꺼비가 있다고 하여 과거 급제하는 것을 섬궁(蟾宮)에 오른다고도 하였음.

어진 일을 당하여서는 스승에게도 사양치 아니한다 「위령공(衛靈公)」에 나오는 구절. 『논어(論語)』

향기로운 티끌은 일고자 하고* 저문 구름이 많으니	香塵欲起暮雲多
다 함께 고운 계집의 한 곡 노래를 기다리는도다	共待妖姬一曲歌
열두 거리에 봄이 한참 늦어	十二假頭春緩慢
버들꽃이 눈 같으니 어찌 근심하리오	楊花如雪奈愁何
꽃가지가 미인의 단장을 부끄러워하니	花枝羞殺玉人粧
고운 노래를 부르기도 전에 입이 벌써 향기롭도다	未發纖歌口已香
하채와 양성*은 다시는 거리끼지 아니하나	下蔡襄城渾不關
다만 무쇠 같은 창자를 얻기 어려울까 근심하노라	只愁難得鐵爲腸
주점 저문 눈 속에 양주자사*를 부르니	旗亭暮雪按楊州
이것이 왕랑*이 가장 뜻을 이룬 때로다	最是王郎得意秋
먼 옛날부터 이 글은 원래 한 맥이니	千古斯文原一脈
옛사람들에게 풍류를 멋대로 하게 하지 말라	莫敎前輩擅風流
초나라 나그네가 서쪽으로 놀아 진나라 길에 들어	楚客西遊路入秦
술다락집에 와서 낙양의 봄에 취하였도다	酒樓來醉洛陽春
달 속의 붉은 계수나무를 누가 먼저 꺾으랴	月中丹桂誰斷折
이 시대 문장 가운데 저절로 인물이 있으리라	今代文章自有人

사람들이 처음에는 소유가 나이 젊은 것을 보고 시를 짓지 못하리라 여겨 권하였다가 그의 글이 청신하고 뛰어나며 섬월의 눈에 든 것을 보고는 완전히 흥이 깨져 버렸다. 그리하여 소유에게 사양하기도 어렵고 신의를 잃기도 어려워 서로 바라보기만 할 뿐 아무 말도 못 하고 앉아 있었다. 소유가 그들의 이러한 모습을 보

고 몸을 일으켜 하직하며 말하였다.

"우연히 여러분의 사랑을 받아 성대한 연회에 참여하였으니 무척 다행하오이다. 이제 저는 길이 바빠 종일토록 놀지 못하니 나중에 과거에 합격하여 곡강* 잔치에서 만나 남은 정을 다하리이다."

말을 마치고 조용히 내려가니 그들도 만류하지 않았다.

소유가 막 나귀를 타려는데 섬월이 따라나와 소유에게 말하였다.

"다리 남쪽, 회칠한 담 밖으로 앵도꽃 활짝 핀 집이 곧 저의 집이오니 먼저 가서 기다리소서."

그리고 도로 다락집으로 돌아가 그들에게 물었다.

"선비들께서 저를 더럽다 하지 않으시고 노래 곡조로 오늘밤의 인연을 점쳤는데 이제 어찌하리이까?"

"양가(楊哥)는 본디 판 밖의 사람인데 어찌 그 사람 때문에 거리끼리오."

그들은 여전히 섬월을 애모하는 마음을 버리지 못하고 끝내 의논을 결정짓지 못하였다.

섬월이 말하였다.

"사람이 신의가 없어도 되는지 모르겠나이다. 이 자리에 노래가 부족하지 않으니 선비들께서는 남은 흥을 다하소서. 저는 마침 병이 생겨 모시고 즐기지 못하겠나이다."

섬월은 말을 마치고 일어나 천천히 걸어나왔다. 그러나 이미 전의 언약이 있었으므로 아무도 만류하지 못하였다.

소유는 남문 밖 주점으로 돌아가 행장을 차려 놓고 어두워지기만을 기다려 섬월의 집을 찾아갔다. 섬월은 벌써 돌아와 대청마루에 등불을 밝히고 소유를 기다리고 있었다. 마침내 둘이 만나게 되었으니 그 기쁜 마음을 알 수 있으리라.

섬월이 옥잔에 술을 가득 부어 「금루의(金縷衣)」라는 노래를 부르며 술을 권하니 그 아리따운 태도와 부드러운 목소리가 사람의 간장을 끊어내었다. 이윽고 그들이 정을 이기지 못하고 서로 이끌어 잠자리에 나아가니 신녀(神女)를 만나 고운 인연을 맺은 초 회왕의 '무산의 꿈'*과, 죽어 낙수의 신녀가 된 연인을 만난 위나라 조식의 '낙수의 만남'*이라도 이보다 더하지는 못할 것이었다.

밤이 반쯤 지나자 섬월이 침상(寢牀)에서 말하였다.

"저의 평생을 이미 낭군에게 의탁하였으니 저의 사정을 들어 주소서. 저는 본디 소주* 사람이온데 아버지가 이곳에서 역의 관리(역승驛丞)를 하시다가 불행히도 이곳 타향에서 객사하였더이다. 집은 가난하고 고향은 멀어 집으로 모셔다 장사 지낼 길이 없으니 계모가 저를 백금(百金)을 받고 창가(娼家)에 팔았나이다. 제가 지금까지 욕을 참고 여기에 이른 것은 하늘이 저를 불쌍히 여기시어 어느 날 군자를 만나게 해주시어 하늘의 해를 다시 볼까 하였기 때문이었나이다. 마침 저의 다락집 앞은 장안으로 가는 큰 길거리여서 밤낮으로 거마(車馬) 소리가 그친 적이 없으니 누구인들 저의 집 문 앞에서 채를 내리고 쉬지 않았으리오. 삼사 년 사이에 사람들이 구름같이 지나갔으나 지금껏 낭군 같은 사람을 보지 못하였나이다. 저를 더럽다 하지 않으신다면 저는 낭군을 위하여 물 긷고 밥 짓는 종이 되어도 따를 것이니 낭군의 뜻은 어떠하시니이까."

"내 뜻이 어이 계랑과 다르리오. 그러나 나는 가난한 청년이고 집에는 늙은 어머니가 계시니 내가 계랑과 해로(偕老)하는 것은 어머니의 뜻에 어긋날 듯하고, 또 내가 처첩

곡강(曲江) 장안현 동남쪽에 있었는데 당나라 때 과거에 합격한 사람들이 이곳에 있는 정자에서 잔치를 하였다고 함.

무산의 꿈(巫山之夢) 무산은 사천성(四川省) 무산현(巫山縣) 동남에 있는 산. 송옥(宋玉)의 「고당부(高唐賦)」에 의하면 옛날에 초 회왕(懷王)이 고당에 올라가 낮잠을 자다가 꿈을 꾸었는데 한 부인이 와서 자기는 무산의 여자이며 왕의 잠자리를 모시러 왔다고 함. 여자는 떠나면서 자기는 무산 남쪽에 있는데 아침에는 구름이 되고 저녁에는 비가 되어 아침저녁으로 양대(陽臺)에 내리겠다고 함. 그래서 왕이 사당을 세우고 조대(朝臺)라 하였다고 함.

낙수의 만남(洛水之逢) 「낙신부(洛神賦)」에 의하면, 위(魏)나라 조식(曹植)이 사랑하여 간절히 그리워하던 견후(甄后)가 죽어 낙수의 신이 되었는데, 조식이 낙수가에서 견왕후를 생각하다가 그의 영혼을 만났다고 함.

소주(韶州) 지금의 광동성(廣東省) 곡강현(曲江縣)에 있던 고을.

(妻妾)을 갖추는 것은 계랑이 즐겨 하지 않으리라. 비록 계랑이 거리끼지 않는다 할지라도 천하에 두루 구한들 계랑의 여군* 될 만한 숙녀를 얻기는 어려울까 하노라."

"낭군은 무슨 말씀이시오이까. 지금 천하의 재주 있는 사람 가운데 낭군의 위에 오를 사람은 없을 것이오이다. 낭군이 이번 과거에 새로이 장원할 것임은 말할 것도 없고 승상의 관인(인수*)과 대장의 징표(절월*) 또한 오래지 않을 것이오이다. 천하 미인 가운데 누가 낭군을 따르려 하지 않을 것이며 섬월이 어찌 털끝만큼이나마 총애를 독차지할 뜻을 두리이까. 낭군은 훌륭한 가문의 어진 부인을 취하시고 저도 버리지 마옵소서. 저는 오늘부터 몸을 깨끗이 하고 명을 기다리겠나이다."

"지난 해에 화주를 지날 때 우연히 진 소저를 만났는데 용모와 재주가 계랑과 형제 될 만하였으나 지금은 이미 그 사람이 없어졌오. 이제 어디 가서 다시 숙녀를 구하라 하는가."

"낭군이 말씀하시는 분은 분명 진 어사의 따님일 것이오이다. 어사가 일찍이 이곳에서 벼슬한 적이 있는데 그 때 진 낭자가 저와 매우 사랑하였더이다. 진 낭자는 탁문군의 재주와 용모를 가졌으니 낭군이 거문고로 탁문군을 유혹하던 사마장경의 정을 둠은 마땅하오이다. 그러나 이제는 생각하여도 허사가 되었으니 다른 집안에서 다시 구하소서."

"예부터 절색은 대(代)마다 나지 않는다 하였는데, 한 시대에 진 낭자와 계랑 두 사람이 있으니 천지의 정령(精靈)한 기운이 벌써 다하였으리라."

섬월이 크게 웃으며 말하였다.

"낭군의 말은 우물 안 개구리와 같나이다. 우리 창기(娼妓)들 사이의 공론에 의하면, 지금 천하에 '기방의 뛰어난 세 기생'(청루삼절靑樓三絶)이란 말이 있으니 곧 강남(江南)의 만옥연(萬玉燕)과 하북(河北)의 적경홍(狄驚鴻), 그리고 낙양의 계섬월이오이다. 섬월은 곧 저이오니 저만은 요행히 헛된 명성을 얻었으나 경홍과 옥연은 당대의 뛰어난 미인들이오이다. 어찌 천하에 미인이 없으리라 하시나이까."

"내 생각에는 저 두 사람이 외람되게 계랑과 이름을 나란히 하는가 하노라."

"옥연은 지역이 멀어 서로 보지 못하였으나 남쪽에서 오는 사람들이 칭찬하지 않는 이가 없으니 분명 헛된 명성이 아닐 것이고, 경홍은 저와 형제 같은 벗이오이다. 경홍은 파주* 양가(良家)의 딸로 부모가 일찍 죽고 숙모에게 의지하여 살았는데 열네 살에 이미 아름다운 용모가 하북 지방에 유명하여져서 처첩 삼으려는 근처 사람들의 중매가 문에 메었더이다. 그러나 경홍이 모두 물리치니 매파들이 묻기를 '아가씨가 동쪽으로 물리치고, 서쪽으로 거절하여 아무데도 허락하지 않으니 어찌해야 아가씨의 뜻에 맞으리오. 재상의 첩이 되려오, 절도사의 첩이 되려오, 명사(名士)를 따르려오, 젊은 선비를 따르려오.' 하였다고 하더이다. 경홍이 대답하기를, '진(晉)나라 때 기생들을 이끌던 사안석*

같으면 재상의 첩이 될 것이요, 잘못 연주되는 곡을 들으면 돌아보아 알게 해주던 삼국 시절의 주공근* 같으면 장수의 첩이 될 것이요, 취중에 「청평사(淸平詞)」를 드리던 시인 이백 같으면 명사를 따를 것이요, 녹기금(綠綺琴)이라는 거문고로 봉황곡을 타던 한나라의 사마장경 같으면 선비를 따를 것이니 어찌 미리 정하리오.' 하여 여러 매파가 크게 웃으며 물러났다고 하

여군(女君) 첩이 남편을 군(君)이라고 하므로 첩의 위치에서 남편의 정처(正妻)를 여군(女君)이라고 함.

인수(印綬) 옛날 관인(官印) 꼭지에 단 끈. 인끈.

절월(節鉞) 부절(符節)과 부월(斧鉞). 부절은 돌이나 대나무로 만든 부신(符信)으로, 옛날에 사신이 가지고 다니던 물건. 부월은 작은 도끼와 큰 도끼로 출정하는 대장이나 중요한 군직(軍職)을 띠고 지방에 나가는 사람에게 임금이 손수 주던 것.

파주(播州) 지금의 귀주성(貴州省) 준의현(遵義縣).

사안석(謝安石) 본명은 안(安). 안석은 자(字). 동진(東晉) 중기의 명신(名臣). 벼슬하지 않고 동산(東山)에 들어가 은거하고 있다가 사십 세에 이르러서야 관계에 나아감.

주공근(周公瑾) 이름은 유(瑜). 공근은 자(字). 삼국시대 오(吳)나라 장수. 오나라에서는 주랑(周郞)이라고 불렀다 함. 젊어서 음악에 힘써 잘못된 곡을 들으면 반드시 알아서 돌아보았다고 함.

오십일

더이다.

경홍이 생각하기를, '궁벽한 시골 여자로서는 보고 듣는 것이 좁아서 천하의 인재를 직접 만나 보기 어렵고, 오직 창녀만이 영웅 호걸을 직접 많이 만나 마음대로 가릴 수 있으리라.' 하고 자원하여 창가에 팔렸는데 일이 년이 못 되어 이름이 크게 알려졌나이다. 지난 가을 하북(河北) 지방 열두 고을의 문인과 재주 있는 선비들이 업도*에 모여 크게 잔치할 때 경홍이 「예상무(霓裳舞)」 한 곡을 연주하자 그곳에 있던 미녀 수백 명이 빛을 잃었더이다. 잔치가 끝나고 나서 경홍이 혼자 동작대*에 올라가 달빛을 받고 배회하며 옛사람의 자취를 조문(弔問)*하였는데 이 때 보는 사람이 모두 경홍을 선녀같이 여겼으니 규중이라 하여 어찌 그런 사람이 없으리이까. 전에 경홍을 변주* 상국사(上國寺)에서 만나 속마음을 이야기하면서, 우리 두 사람 가운데 누구든지 소원하던 군자를 만나면 서로 천거하여 함께 살자 하였더이다. 저는 이제 낭군을 만나 소망이 충족되었으나 불행히도 경홍은 지방의 권세 있는 제후의 궁중에 들어 있으니 비록 부귀로우나 이것은 그의 바람이 아니오이다."

"기방(妓房)에는 비록 수많은 인재가 있으나 규중에는 없으리라."

"제 눈으로 본 바로는 실로 진 소저만한 사람이 없으므로 감히 낭군께 천거하지 못하겠사오나 장안 사람들에 의하면 정 사도*의 딸이 용모와 재주와 덕이 요즈음 여자 가운데 제일이라 하더이다. 서울에 가시거든 모름지기 유의하여 듣고 보

업도(鄴都) 조위(曹魏)의 수도로 하남성 임담현(臨潭縣)에 있었음.

동작대(銅雀臺) 조조(曹操)가 지은 누대 이름.

옛사람의 자취를 조문 『삼국지연의(三國志演義)』에 의하면, 조조가 여러 장수를 돌아보면서 만일 강남(江南)을 얻으면 동작대를 새로 짓고, 전날 교공(喬公)이 약속한 대로 국색(國色)인 그의 두 딸을 맞이하여 노년을 즐기겠노라고 하였는데 뒤에 교공의 두 딸은 손책(孫策)과 주유(周瑜)가 각각 취하였다고 함. 따라서 경홍이 동작대에 올라가 조문했다는 옛사람은 조조일 것으로 생각됨.

변주(汴州) 지금의 하남성 개봉현(開封縣)의 경계.

정 사도(鄭司徒) 사도는 지금의 교육부 장관에 해당하는 관직 이름.

금석(金石) 종(鐘)과 경(磬). 쇠나 옥이나 돌로 만든 악기; 금석지언(金石之言)은 종과 경을 쓰는 음악처럼 교훈이 되는 귀중한 말을 말함.

소서."

이렇게 묻고 대답하는 사이에 날이 이미 밝았다. 일어나 세수를 마치고 섬월이 말하였다.

"이곳은 낭군이 오래 머물 곳이 아니오이다. 어제 여러 공자(公子)가 자못 불만스러워하는 마음이 많았으니 이롭지 않은 일이 있을까 두렵나이다. 일찍 가시오소서. 앞으로 모실 날이 많은데 어찌 구태여 약한 아녀자의 모습을 하리이까."

소유가 감사하며 말하였다.

"가르치는 말이 금석*같이 소중하니 마음에 새기리라."

이윽고 두 사람이 눈물을 뿌리며 작별하였다.

여도관이 되어 정 사도 집에서 지음을 만나고   招女道冠鄭府知音
늙은 사도가 과거 합격자 가운데서 사위를 택하다   老司徒金榜擇賢婿

소유는 여러 날 만에 서울에 이르러 묵을 곳을 정하였다. 그러나 과거 날이 아직 멀었으므로 여인숙 주인에게 자청관이라는 도관이 어디에 있는지 물었다. 자청관은 춘명문(春明門) 밖에 있다고 하였다. 소유는 예물을 갖추어 가지고 어머니의 사촌인 두 연사를 찾아갔다. 연사는 나이가 육십여 세쯤 되었는데 계율을 잘 닦아 자청관의 으뜸 여도사(여관女冠)가 되어 있었다. 소유가 연사에게 절하여 뵙고 어머니의 편지를 드리자 연사는 어머니의 안부를 물으며 한편 기쁘고 한편 슬퍼하며 말하였다.

"내가 그대의 어머니를 이별한 지 이십 년이라. 그런데 그 후에 태어난 사람이 이렇게 씩씩하고 의젓하니 인간 세월이 실로 흐르는 물 같도다. 나는 이제

늙어서 번잡하고 시끄러운 곳이 싫어 공동산*에 들어가 신선을 찾으려 하였는데 네 어머니의 편지에 내게 부탁한 것이 있으니 너를 위하여 머물리라. 너의 풍채가 신선 같아서 요즈음 여자 가운데에서 배필 될 만한 사람을 얻기는 어려울 듯하나 잘 생각하여 볼 터이니 겨를이 있거든 다시 오너라."

소유는 하직하고 물러나 숙소로 돌아왔다.

며칠 후, 이미 과거 날짜가 임박하였으나 소유는 공부에는 마음이 없어 다시 연사를 찾아갔다. 연사는 소유를 보고 말하였다.

"한 처녀가 있는데 재주와 용모로 말하자면 참으로 그대의 짝이나 여섯대 제후요, 삼대 정승의 집안이니 문벌과 지체가 너무 높도다. 네가 만일 이번 과거에서 장원을 한다면 이 혼사를 의논하려니와 그러기 전에는 말해도 부질없으니 구차하게 나를 자주 찾아오지 말고 공부에나 힘쓸지니라."

"대체 어떤 집 여자이오이까."

"춘명문 안 정 사도의 집이니 붉은 칠한 문이 길에 닿아 있고 문 위에 창을 벌려 세운 곳이 그 집이니라."

이 말을 듣고 소유는 섬월이 이야기하던 그 여자임을 짐작하였다.

'어떤 여자이기에 장안과 낙양 사이에 이렇듯 이름을 얻었는가.'

그리고 물었다.

"정씨 여자를 보신 적이 있으시오이까?"

"그럼, 보고말고. 정 소저는 하늘 사람인데 그 아름다움을 어찌 말로 다 형용할 수 있으리오."

"제가 감히 스스로 자랑하는 것은 아니오나 이번 봄 과거는 저의 주머니 안에 있는 물건과 같으오이다. 제 평생의 어리석은 소원이 처녀의 얼굴을 보고 난 후에야 구혼하려는 것이오니 스승께서는 자비를 베푸시어 한 번 보게 하여 주시오소서."

연사는 크게 웃으며 말하였다.

"재상가 처녀를 어찌 볼 수 있으리오. 내 말이 미덥지 않아 의심하는가?"

"어찌 감히 의심하리이까마는 사람마다 숭상하는 것이 각각 다르니 스승의 눈이 어찌 저와 같으리이까."

"그럴 리 없노라. 사람은 누구나 봉황과 기린이 상서로운 짐승이라는 것을 알고, 또 푸른 하늘과 하얀 태양의 맑고 밝음을 우러러보노라. 눈 없는 사람이 아니라면 어찌 미남자 자도(子都)가 잘생겼다는 것을 모르리오."

연사가 타일렀으나 소유는 여전히 흡족하지 못한 채 돌아왔다. 그리고 이튿날 아침 일찍 일어나 다시 자청관으로 갔다.

연사가 웃으며 말하였다.

"일찍 오는 걸 보니 분명 까닭이 있도다."

"그 아가씨를 보지 않고서는 끝내 의심스러우니 어머니의 정성 어린 부탁을 생각하여 계교를 내시어 아무 일로나 잠깐 보게 하여 주소서."

"쉽지 않지, 쉽지 않아."

연사는 머리를 흔들며 한참을 생각하다가 말하였다.

"너는 뛰어나게 총명하니 글 공부하는 틈틈이 음률을 익혔는지 모르겠구나."

"일찍이 기이한 사람을 만나 음악 곡조를 배운 적이 있어 아주 오묘한 곡을 알고 있나이다."

"재상의 집은 깊은 문이 다섯 층이고 화원 담이 두어 길이나 되어 볼 길이 없도다. 또 정 소저는 시를 외우고 예를 익혀서 한 번 움직이고 그치는 것도 구차히 하지 않으니 여도관이나 여승이 있는 절에도 분향하지 않고, 정월 대보름날에도 연등 구경을 하지 않으며, 삼월 삼일에도 곡강에 가서 놀지 않으니 바깥 사람이 어찌 엿볼 길이 있으리오. 방법

공동산(崆峒山) 감숙성(甘肅省) 서쪽에 있는 산.

이 있기는 하나 아마도 네가 좋아하지 않으리라."

"정말 정 소저를 볼 수 있다면 어찌 따르지 않으리이까."

"정 사도가 요사이 병 때문에 벼슬에 나아가지 않고 동산 숲과 악기(종고 鐘鼓)에 재미를 붙였고, 사도 부인 최씨는 음악을 지극히 좋아하며, 아가씨는 날 때부터 천성이 영리하고 슬기로워 천하의 일을 모르는 일이 없노라. 그 가운데 음률에 더욱 정통하여 옛날 노(魯)나라의 악관(樂官)인 사양과 거문고의 명인 종자기라도 이보다 더 낫지는 못하리니 채문희*가 타던 거문고 곡을 아는 정도는 기이하고 특별한 일도 아니라. 그러므로 최 부인은 아무데나 새 곡을 연주하는 사람이 있다고 하면 반드시 청하여 안석에 기대고 들으면서 아가씨에게 그 곡조 품격의 높낮이와 공교로움과 기이한 재주를 충실히 평론하게 하면서 이 일로 노년을 즐기고 있노라. 그대가 정말 음률에 능통하다면 거문고 한 곡조를 익혀 두었다가 삼 일 후인 이월 그믐날 신선 영보도군(靈保道君) 탄일에 잠깐 여도관의 옷차림을 하고 거문고를 타는 것이 좋으리라. 그 날은 정 사도 집에서 해마다 계집종을 보내어 우리 도관에 향촉을 보내니 이 때 거문고를 타서 자연스럽게 계집종이 듣도록 한다면 돌아가 반드시 부인께 여쭐 것이고, 부인이 들으면 보기를 청할 듯하도다. 정 사도의 집안에 들어간 후에 아가씨를 보고 못 보기는 인연에 있으니 미리 정하지 못하려니와 이 밖에 다른 계교는 없노라. 마침 네 얼굴이 곱고 입가에 수염이 나지 않은데다가, 우리 출가(出家)한 사람들 가운데는 귀를 뚫지 않은 사람도 있으니 변장하기는 어렵지 않으리라 하노라."

소유가 크게 감사하며 말하였다.

"말씀대로 하리이다."

원래 정 사도는 다른 자녀 없이 오직 딸 하나만을 길렀는데 최 부인이 해산할 때 정신이 흐릿한 가운데 한 선녀가 손에 구슬 한 알을 가지고 들어오는 것을 보았다. 그래서 아이의 이름을 경패(瓊貝)라 하였다. 경패는 자라면서 용모와 재주와 덕이 이 세상 사람 같지 않으니 배필을 가리기 어려워 비녀 꽂을 나이가 되었는데도 아직 혼인을 정한 곳이 없었다.

하루는 부인이 경패의 유모 전씨 할멈을 불러 일렀다.

"오늘이 영보도군 탄일이니 네가 향촉을 가지고 자청관에 다녀오너라. 또 옷 감과 차와 과일도 함께 가져다가 두 연사에게 주고 오라."

할멈은 여러 가지 선물을 가지고 가마를 타고 자청관으로 갔다. 연사는 할멈 이 가져온 것들을 받아 먼저 향촉을 삼청전*에 공양하고 할멈을 대접하여 절문 밖까지 배웅하였다. 할멈이 막 가마에 오르려 하는데 문득 삼청전 동쪽 복도 에서 몹시 오묘한 거문고 소리가 들렸다. 할멈은 차마 떠나지 못하고 이리저리 두리번거리며 한참을 귀기울여 거문고 소리를 들었다. 소리는 들을수록 오묘 하였다.

"내가 부인을 모시고 잘 타기로 이름난 거문고 소리를 많이 들었으나 이 곡조 는 들어 본 적이 없으니 어떤 사람인지 모르겠나이다."

"며칠 전에 초 땅에서 젊은 여도관이 서울 구경을 와 서 이곳에 머물며 이따금 거문고를 타는데, 나는 잘 모 르지만 이렇게 칭찬하시니 분명 잘하는 솜씨로다."

"우리 부인이 들으시면 부르실 법하니 저 사람을 머 무르게 하여 두소서."

할멈은 연사에게 재삼 당부하고 돌아갔다.

할멈을 보낸 뒤에 연사가 이 말을 전하자 소유는 크게 기뻐하며 좋은 소식이 오기를 고대하였다. 이튿날 정 사 도의 집에서 작은 가마 한 채와 계집종 하나를 보내어 거문고 타는 여자를 청하였다. 소유가 여도관의 차림으로 거문고를 안고 나서는데 마치 옛날 고여산에서 수도하여 선녀가 되었다는 마고선녀(麻姑仙女)와, 여도관으로서 도술을 익혀 신선이 되었다는 사자연(謝自然) 같으니 데리러 온 사람이 모두 칭찬하여 마지않았다.

소유가 가마에 올라 정 사도의 집에 도착하니 부인은 몹시 단정하고 엄숙한 위의로 대청마루에 앉아 있었다. 소유는 거문고를 내려놓고 대청 아래에서 머리 숙여 부인께 뵈었다. 부인은 소유를 대청마루에 오르게 하여 자리를 주며 말하였다.

"어제 집안의 유모가 도관에 갔다가 신선의 음악을 듣고 와서 이야기하기에 한번 보고자 하였는데, 지금 연사의 맑은 거동을 대하니 문득 더러운 마음이 저절로 사라지도다."

소유가 자리를 조금 비켜 앉으며 예를 표하고 대답하였다.

"소인은 본디 초 땅 사람으로 구름 같은 자취 정처없이 다니다가 천한 재주로 말미암아 부인께 뵈오니 뜻밖이나이다."

"선생이 잘하는 곡은 무슨 곡조이뇨?"

"저는 일찍이 남전산에서 이인(異人)을 만나 여러 곡을 전해 받았으나 다 옛사람의 소리이니 요즈음 사람들의 귀에 마땅치 않으리라 하나이다."

부인이 계집종을 시켜 소유의 거문고를 가져오게 하여 만져 보고 말하였다.

"아주 좋은 재목이로다."

"이것은 용문산에서 벼락에 꺾인 백 년 묵은 오동나무이니 나무의 성질은 다하고 쇠붙이나 돌같이 굳고 강해져 천금을 주고도 바꾸지 못하리이다."

이렇게 말을 주고받는데도 경패가 나오지 않았다. 소유가 조급하여 부인께 여쭈었다.

"제가 비록 옛 소리를 전해 받기는 하였으나 잘못된 음을 스스로 깨닫지 못하나이다. 자청관에서 들으니 아가씨가 총명하고 지혜로워 음을 이해하는 것이 채문희보다 낫다 하더이다. 저의 천한 재주를 시험하여 아가씨의 가르치심을 바라나이다."

그러자 부인이 시녀를 돌아보고 경패를 나오도록 하였다. 이윽고 옥 부딪치는 소리와 함께 향기로운 바람이 일더니 경패가 나와 부인 곁에 모로 꺾어 앉았다. 소유가 예를 갖추어 뵙고 눈을 들어 바라보니 눈이 부시고 정신이 요란하여 바로 볼 수가 없었다. 그러면서도 자기가 앉은 자리가 경패가 앉은 곳과 다소 떨어진 것이 불만스러워 부인에게 청하였다.

"아가씨의 가르침을 바로 듣고저 하나 대청마루가 너무 넓어 아가씨가 자세히 듣지 못할까 염려스럽나이다."

부인이 시녀를 시켜 경패의 자리를 앞으로 내어오게 하였다. 시녀가 경패의 자리를 부인 곁으로 옮겨 놓아 소유와 가까이 앉게 되었으나 이제는 옆으로 앉게 되어 도리어 전에 바라볼 때만 못하게 되었다. 소유는 애달팠으나 감히 다시 청할 수가 없었다.

시녀가 소유 앞에 상을 벌려 놓고 도금(鍍金)한 향로에 향을 피우자, 소유가 자리를 고쳐 앉으며 거문고를 당겨 「예상우의곡(霓裳羽衣曲)」을 연주하였다.

"아름답도다. 이 곡은 분명 현종(玄宗) 황제 시절의 태평 기상이로다. 사람마다 이 곡을 타기는 하나 이렇게 아름답게 연주를 잘하는 사람은 보지 못하였도다. 그러나 이것은 세속의 음란한 음악으로 들을 만한 것이 못 되니 다른 곡을 듣고자 하나이다."

경패가 칭찬하며 다른 곡을 청하였다. 소유가 다시 한 곡을 연주하였다.

"이 곡은 즐거우나 음란하고 슬픔이 지나치니 진 후주*의 「옥수후정화(玉樹後庭花)」란 곡이라. 이것은 망한 나라의 음악이니 다른 곡을 듣고자 하나이다."

소유가 또 한 곡을 연주하였다.

"아름답도다. 기뻐하는 듯 감격하는 듯 또 생각하는 듯하니 옛날 채문희가 오랑캐에게 홀리어 이십 년을 살면서 두 아들을 낳았더니, 조조가 몸값을 내주어 고향으로 돌아가게 되자 그 아들을 이별하며 지은 「호가십팔박(胡笳十八拍)」이란 곡이라. 비록 들을 만하나 절개 잃은 부인이 부끄러우니 다른 곡을 타소서."

경패가 다시 청하자 소유는 또 다른 곡을 연주하였다.

"이것은 한나라 궁녀로 오랑캐에게 바쳐졌던 왕소군*의 「출새곡(出塞曲)」이란 곡이라. 임금과 고향을 그리워하고 신세를 슬퍼하며 화공(畵工)의 공평하지 않음을 원망하여 온갖 불평한 뜻이 다 모였도다. 비록 아름다우나 오랑캐 계집의 변방 소리이니 바른 음악(정성正聲)이 아닌가 하나이다."

소유가 또 한 곡조를 타자 경패가 낯빛을 고치며 말하였다.

"내가 이 소리를 들은 지 오래였더니 선생은 참으로 보통 사람이 아니라. 이 곡은 영웅이 때를 만나지 못하여 마음을 세속 밖에 붙이고 방탕한 가운데 충의로운 기운을 머금었으니 진(晉)나라 죽림칠현(竹林七賢)의 한 사람인 혜강(稽康)의 「광릉산(廣陵散)」이란 곡이 아니니이까. 해강이 화를 만나 동쪽 시장 거리에서 죽임을 당할 때 해 그림자를 돌아보며 한 곡을 타고 나서 '나의 제자 원효니(袁孝尼)가 「광릉산」을 가르쳐 달라 하였으나 아껴 전하지 않았더니, 이제는 「광릉산」이 그쳐 전하지 않게 되었도다.' 하였으니 선생은 반드시 해강의 넋을 보시도다."

"아가씨의 영특하고 지혜로우심은 공부자(공자孔子)에게 불과 거문고를 가르쳐 주었다는 사양이라도 미치지 못하리이다. 스승 또한 그렇게 말씀하시더이다."

소유가 다시 예를 표하며 대답하고 또 한 곡을 연주하였다.

"아름답도다. 이 곡은 높은 산이 우뚝 솟고 흐르는 물이 출렁거려 속세 가운데 신선의 자취가 뛰어나니, 백아*의 「수선조(水仙操)」가 아니오이까. 백아의 넋이 알고 있다면 종자기가 죽은 것을 한탄하지 않으리이다."

소유가 또 한 곡을 타자 경패가 옷깃을 여미고 고쳐 앉으며 말하였다.

"난세를 당하여 천하가 다급해지자 성인이 백성을 건지려 하시니 공부자가 아니면 누가 이 곡을 지을 수 있으리오. 이것이 바로 「의란조」*란 곡이오이다."

소유는 향로에 향을 더 넣고 한 곡을 더 탔다. 경패가 말하였다.

"「의란조」는 천하를 건지려는 큰 덕이 있으나 아직 때를 만나지 못한 대성인의 탄식이 있는데, 이 곡에 와서는 천지 만물이 함께 밝은 봄이 되었으니 너무나 높고 넓어서 이름 붙이지 못할지라. 분명 순임금의 「남훈가」*란 곡이니 지극히 높고 아름다워 이보다 나은 소리는 없으리라. 다른 곡이 있더라도 그만 듣고자 하나이다."

소유가 자리를 고쳐 앉으며 말하였다.

"음악의 곡이 아홉 번 변하면 하늘의 신령이 내려온다 하더이다. 지금까지 연주한 것이 여덟 곡이니 아직 한 곡이 더 남았나이다."

그리고는 다시 거문고를 떨쳐 안고 줄을 골랐다. 그러자 곡조가 유유히 울리고 기운이 느긋하게 풀리며 뜰의 온갖 꽃이 봉우리를 벌리고 제비와 꾀꼬리가 쌍으로 춤을 추었다. 경패가 고운 눈썹을 나직이

백아(伯牙) 춘추시대 사람으로 거문고를 잘 탔음. 종자기가 죽자 다시는 거문고를 타지 않고 세상에 자기의 거문고 가락을 알아줄 이가 없어졌음을 한탄하며 통곡하였다고 함. 「수선조(水仙操)」는 백아가 동해 가운데 있는 봉래산의 적막한 숲속에서 물소리와 새소리를 들으며 지었다고 하는 곡.

의란조(椅蘭操) 혹은 유란조(幽蘭操). 왕자(王者)를 위하여 향기를 뿜어야 하는 향란(香蘭)이 그늘진 계곡 가운데 여러 잡초 속에서 홀로 향을 뿜고 있는 것을 보고 공자가 때를 못 만난 자신에게 의탁하여 지었다고 함.

남훈가(南薰歌) 옛날에 순임금이 다섯 줄 거문고(五絃琴)로 남풍을 노래하였다고 함. 노래말은 "남풍의 향기로움이여 내 백성의 성냄을 풀어 줄 수 있도다. 남풍이 불 때여, 내 백성의 재산을 넉넉하게 해줄 수 있도다."

내리고 맑은 눈을 거두지 않은 채 잠자코 앉았다가 문득 눈을 들어 소유를 두어 번 거듭 올려다보고 옥 같은 보조개에 붉은 기운이 올라 봄술에 취한 듯하더니 몸을 일으켜 안으로 들어가 버렸다. 소유가 깜짝 놀라 거문고를 밀치고 일어서서 오래도록 정신을 차리지 못하는데 부인이 앉으라고 하면서 물었다.

"선생이 탄 이 소리는 무슨 곡이뇨?"

"제가 스승에게서 소리를 전하여 받기는 하였으나 이름은 듣지 못하였으니 아가씨의 가르치심을 바라나이다."

그러나 경패가 오래도록 나오지 않자 부인이 시녀를 시켜 물었다. 경패는 한 나절이나 바람을 쏘여 기운이 편치 못하므로 나오지 못한다고 하였다.

소유는 경패가 알아보았는가 싶어 조심스럽고 불안하여 오래도록 앉아 있을 수가 없었다.

"아가씨께서 몸이 불편하시다 하니 소인 물러가겠나이다."

소유가 일어나며 부인께 하직하자 부인이 비단을 상으로 주었다.

"출가한 사람이 우연히 음률을 잡아들었으나 감히 악공의 사례를 받겠나이까."

소유는 사양하며 머리 숙여 하직하고 거문고를 끼고 그곳을 떠나왔다.

소유가 떠난 뒤에 부인이 경패의 병세를 물으니 이내 좋아졌다고 하므로 방으로 돌아가 시녀에게 물었다.

"오늘 춘랑(春娘)의 병은 어떠하였는가?"

시녀가 대답하였다.

"병이 나아서 아가씨가 중앙 마루에서 거문고 연주를 들으려 하신다는 말을 듣고 처음으로 머리 빗고 세수하였나이다."

춘랑은 본래 서촉(西蜀) 사람으로 성은 가씨(賈氏)이다. 아버지가 서울에 올라와 승상부의 아전이 되어 정 사도의 집안에 공이 많았으나 오래지 않아 병으로 죽었다. 그 후 열 살 난 딸이 의지할 곳이 없게 되자 사도 부부가 불쌍히 여겨 집안에 두고 경패와 함께 놀도록 하였다. 춘랑은 나이가 경패보다 몇 달 아래인데 용모가 수려하여 온갖 고운 자태를 다 갖추어 단정하면서도 존귀한 기상이 비록 경패에게 미치지는 못하나 또한 절대가인(絕代佳人)이고, 시재(詩才)와 필법(筆法)과 공교한 바느질 솜씨는 경패와 서로 위아래가 없었다. 그리하여 경패가 형제같이 사랑하여 잠시도 떨어지지 못하니 이름은 비록 주인과 종이지만 실은 규중의 친구이다. 본명은 초운(楚雲)이나 자태가 무척 사랑스럽다 하여 경패가 한유*의 글귀에서 취하여 춘운(春雲)이라고 고쳐 집안 사람들이 모두 춘랑이라고 불렀다.

이 날 춘운이 경패에게 와서 말하였다.

"중앙 마루에 거문고 타는 여도관이 왔는데 얼굴이 신선 같고 그의 음악 곡조를 아가씨가 몹시 칭찬하시더라 하기에 아픔을 잊고 가보려 하였더니 어이 그리 빨리 가니이까?"

경패가 낯빛을 붉히며 말하였다.

"내가 지금까지 몸을 옥같이 아껴서 발자취가 안채 밖으로 이르지 않고, 친척도 내 얼굴 보기 어렵다는 것은 네가 아는 일이라. 그런데 하루 아침에 간사한 남자에게 속아 한나절이나 수작하여 씻기 어려운 욕을 보았으니 이제 어떻게 낯을 들고 사람들을 대하리오."

춘운이 놀라 말하였다.

"어인 말씀이오이까."

"아가 왔던 여도관이 과연 얼굴이 빼어나고 연주하는 곡도 다 세상에 없는 것이었으나 다만……"

경패는 말을 하다 말고 그쳤다. 춘운이 되물었다.

"다만 어떠하더이까."

"이 여도관이 처음에는 「예상곡」을 연주하더니 차차 올려 나중에는 순임금의 「남훈가」를 타기에 내가 일일이 평론하고 그만 듣겠노라 하였구나. 그러나 자기에게 또 한 곡이 있다고 하면서 새 곡을 연주하는데, 이것은 사마상여가 탁문군을 유혹하던 「봉구황(鳳求凰)」이란 곡이라. 내 비로소 의심스러워 유의하여 잘 보니 용모와 행동거지가 여자와 다르니 분명 간사한 남자가 내 얼굴을 엿보려고 변장한 것이었도다. 네가 병이 아니었더면 너는 분명 처음부터 알았으리라. 규중 처녀의 몸으로 세상 남자를 대하여 한나절이나 말을 주고받았으니 어떻게 이런 일이 있으리오. 어머니께도 차마 말씀 드리지 못하였으니 네가 아니면 이 괴로운 마음을 누구에게 말하겠느냐."

춘운이 웃으며 말하였다.

"사마상여의 「봉황곡」을 여자는 못하리이까. 아가씨는 '술잔 속에 뜬 활 그림자를 뱀으로 잘못 보시도다.'*"

"그렇지 않다. 이 사람이 연주한 곡이 다 차례가 있었으니 무심코 연주한다면 어찌 구태여 「봉황곡」을 맨 뒤에 타리오. 더욱이 여자 중에도 용모가 맑게 빼어난 이가 있고 장대한 이도 있으나 이 사람처럼 기운이 호탕하고 시원한 이는 보지 못하였노라. 내 생각에는 마침 과거가 닥쳐 사방의 재주 있는 선비들이 전부 서울에 모였으니 그 중에 어떤 사람이 내 이름을 잘못 듣고 망령된 뜻을 내었는가 하노라."

"얼굴이 아름답고 기상이 호탕하고 음률이 정통함으로 보아 이 사람이 남자라면 그 재주가 많은 것을 알리로소이다."

"그는 정말 사마상여이나 나는 결코 탁문군이

한유(韓愈) 당나라 때의 문학자. 자는 퇴지(退之). 정치적으로는 불우하였으나 문단에서는 당송팔대가(唐宋八大家)의 한 사람으로 꼽힘.

술잔 속에 뜬 활 그림자를 뱀으로 잘못 보시도다 진(晉)나라 때 하남 부윤 악광(樂廣)이 벽에 뱀을 그려 놓은 활을 걸어 두었다. 그런데 어느 날 한 친구가 와서 술을 마시다 술잔에 비친 활 그림자로 인하여 술잔 안에 뱀이 있다고 생각함. 그 술잔의 술을 마시고 오래도록 마음에 꺼림칙하게 여겼다는 고사에서 나온 말로 지나치게 신경쓰는 것을 일컬음.

되지 않으리라."

"우스운 말 마소서. 문군은 과부였으나 아가씨는 처녀이고, 문군은 뜻을 가지고 따랐으나 아가씨는 무심코 들었으니 어찌 문군과 비기시나이까."

두 사람은 이렇게 저물도록 담소하며 즐거워하였다.

하루는 정 사도가 밖에서 들어와 새로 난 급제자 명단을 부인에게 보이며 말하였다.

"지금껏 딸아이의 혼사를 정하지 못하였기에 새로운 급제자 가운데 아름다운 사람이 있을까 하였더니, 장원 급제한 회남의 양소유란 사람이 나이가 열여섯이라. 시험관 가운데 그의 글을 칭찬하지 않은 사람이 없었으니 분명 이 시대의 재주꾼이라. 또한 들으니 얼굴이 뛰어나게 아름답고 아직 혼인도 하지 않았다 하니 이 사람을 사위로 삼으면 만족할 듯하노라."

"그러나 부디 직접 보고 난 후에 결정할 일이오이다."

"그것도 어렵지 않으리라."

| 비단신을 노래하여 품고 있던 마음을 드러내고 | 詠花鞋透露懷春心 |
| 신선의 별장에 홀려 첩과 인연을 이루다 | 幻山庄成就小星緣 |

경패가 방으로 돌아와 아버지가 이르던 말을 춘운에게 전하며 말하였다.

"지난번 거문고 타던 여도관이 스스로 초 땅 사람이라 하였고 나이도 바로 십육칠 세쯤 되어 보였도다. 회남은 초 땅이고 나이도 서로 맞으니 참으로 의심스럽도다. 만일 이 사람이 그 사람이라면 반드시 와서 아버님을 뵐 터이니 모름지기 자세히 보라."

"저는 그 사람을 보지 못하였으니 이 사람을 본들 어이 알리이까. 제 생각에는 아가씨가 문 안에서 스스로 엿보아야 할까 하나이다."

두 사람이 마주 보고 웃었다.

이 때 소유는 회시(會試)와 전시(殿試)에 연이어 장원하여 한림원*에 들어가 명성이 일세를 기울일 지경이니 공후(公侯)와 존귀한 집안의 딸 둔 사람들이 구름같이 찾아와 구혼하였다. 그러나 소유는 이들을 다 물리치고 예부(禮部)의 권 시랑(權侍郎)을 찾아가 정 사도 집안에 구혼할 뜻을 밝히고 자신을 소개하여 줄 것을 요청하였다. 소유는 권 시랑이 써 준 편지를 받아 소매에 넣고 정 사도의 집으로 향하였다. 천자가 내려준 비단 옷을 입고 머리에는 계수나무 꽃 가지를 꽂고, 양쪽으로 신선의 음악에 둘러싸여 소유는 정 사도 집 문앞에 이르렀다.

"장원 급제한 양 장원(梁壯元)이 왔도다."

사도가 부인에게 말하고 나가 소유를 뒤채로 맞아들여 서로 인사하니, 이 때 집안 사람 가운데 경패 한 사람을 제외하고 소유를 보지 않은 사람이 없었다.

춘운이 부인의 시비에게 물었다.

"우리 어르신께서 부인과 하시는 말씀을 들으니 전날 집에 와서 거문고 타던 여도관이 양 장원의 사촌이라 하는데 얼굴이 닮은 곳이 있는가."

"과연 그렇도다. 용모와 거동이 조금도 다른 곳이 없으니 세상에 내외종 형제가 그렇게 닮은 이도 있도다."

춘운이 즉시 경패에게 가서 말하였다.

"아가씨의 높은 식견이 과연 그르지 않더이다."

"또 가서 무슨 말씀을 하는지 듣고 오너라."

경패가 춘운을 다시 보낸 후 오래 지나서야 춘운이 되돌아와 말하였다.

"우리 어르신께서 아가씨를 위하여 구혼하는 말씀을 하시니 양 장원이 일어나 '제가 서울에 와서 따님이 몹시 아름답고 그윽하며 품위 있다는 말을 듣고 문득 망령된 생각으로 권 시랑 어른의 편지를 받아 왔사오나 다시 생각해 보니 문벌이 푸른 구름과 탁한 물같이 맞지 않고, 인품이 봉황과 까마귀·참새같이 다르니 부끄럽고 조심스러워 감히 드리지 못하였나이다.' 하고 편지를 꺼내어 어르신 앞에 드리더이다. 어르신께서 편지를 받아 떼어 보고 매우 기뻐하시며 이제 막 주안상을 재촉하셨나이다."

"이런 큰 일을 어이 그리 쉽사리 결정하시는고?"

경패가 놀라서 말하는데 시녀가 들어와 부인이 부르신다는 말씀을 전하였다. 경패가 나아가 어머니를 뵙자 어머니가 말하였다.

"양 장원은 정말 재주꾼이로다. 아버님께서 이미 혼사를 허락하셨으니 우리 노부부가 길이 의탁할 곳을 얻었도다. 이제 다시는 근심이 없으리라."

"시비의 말을 들으니 양 장원의 얼굴이 지난날 거문고 타던 여도관과 닮았더라 하니 옳으니이까."

"정말 그렇도다. 그 여도관의 신선 같은 풍채와 도인 같은 골격이 세상에 뛰어나 오래도록 잊히지 않아 다시 청하려 하다가 일이 많아 못 하였는데 지금 양 장원을 보니 과연 그 여도관의 얼굴과 조금도 다름이 없도다. 이것으로 보면 양 장원의 아름다움을 짐작할 수 있으리라."

"양 장원이 비록 아름답기는 하나 저는 그와 거리끼는 일이 있으니 혼인은 마땅치 않으리라 하나이다."

"몹시 고이한 말이로다. 너는 안채 깊은 곳에 있는 처녀요 양 장원은 회남 사람이니 서로 아무 관계가 없을지라. 무슨 거리낌이 있으리오."

"그것은 너무나 부끄러운 일이어서 지금껏 어머님께도 차마 여쭙지 못하였나이다. 전에 왔던 여도관이 곧 양 장원이니 저의 얼굴을 보기 위하여 여인으로 변장하고 거문고를 탔던 것이오이다. 제가 그 간사한 계교에 빠져 한나절이나 말을 주고받았으니 어이 거리낌이 없으리이까."

부인이 이 말을 듣고 놀랐다. 그 때 사도가 소유를 보내고 두 눈에 가득 기쁜 빛을 띠고 들어오며 말하였다.

"내 딸 경패야. 오늘 사위 보는 기쁨이 있으니 매우 유쾌하도다."

그러자 부인이 말하였다.

"딸아이의 생각은 우리 부부와 다르오이다."

그리고 경패가 한 말과 여도관이 와서 「봉황곡」 연주하던 일을 이야기하였다. 사도는 다 듣고 더욱 기뻐 크게 웃으며 말하였다.

"양랑(楊郎)은 참으로 풍류로운 재주꾼이로다. 옛날에 학사 왕유가 악공(樂工)의 복장으로 고종(高宗) 황제의 딸인 태평공주의 집에 가서 비파를 타며 장원 급제를 구하였다 하여 이제까지 아름다운 일로 전하나니, 양랑은 숙녀를 위하여 잠시 여장(女裝)을 하였으니 이것은 그가 재주 있고 정 많은 사람이라는 뜻이도다. 무슨 해로움이 있으리오. 또 너는 그를 여자로 알고 보았으니 탁문군이 문 안에서 사마상여를 엿본 것과는 다르니 무슨 거리낌이 있으리오."

"제 마음에는 부끄러운 것이 없으나 남에게 그토록 속은 것이 애달프나이다."

경패가 말하자 사도가 크게 웃으면서 말하였다.

"이것은 내가 알 바 아니니 뒷날 양랑에게 물으라."

부인이 듣고 물었다.

"양랑이 혼기를 언제로 정하더이까?"

"혼인 청하는 의례(납채納采)는 풍속을 따라서 하고 혼례식(친영親迎)은 다음에 대부인 모셔 온 뒤에 하려 하더이다."

사도가 길일을 택하여 납채를 받은 후에 집안 화원(花園) 별당에 소유의 숙소를 정하고 장인과 사위의 예를 행하였다.

어느 날 경패가 우연히 춘운의 방 앞을 지나다가 춘운이 수틀에 기대어 졸고 있는 것을 보았다. 춘운은 마침 비단 신에 모란을 수놓다가 봄 기운에 젖어 졸고 있었다. 경패는 춘운의 방으로 들어가 정밀하고 교묘한 그 수놓은 솜씨에 탄복하면서 춘운의 곁에 접힌 채 놓여 있는 작은 종이를 펴보았다. 그것은 춘운이 짚신(초혜草鞋)을 두고 지은 글이었다.

옥 같은 사람에게 친히 함을 가엾게 여기나니　　　憐渠最得玉人親
걸음마다 서로 따라 잠시도 버리지 아니하도다　　步步相隨不暫捨
촛불 끄고 비단 휘장 안에서 옷의 띠를 풀 때는　　燭滅羅帷解帶時
마침내 상아(象牙) 침상 아래 벗어던져 버리리라　　終遂抛擲象牀下

경패가 읽고 생각하기를, '춘랑의 글이 더욱 좋아졌도다. 신을 자신에게 비교하고 나를 옥 같은 사람에 빗대어 항상 서로 떨어지지 않다가 내가 시집 가려 하자 저를 버릴까 염려한 것이로다. 춘랑이 정말 나를 사랑하도다.' 하였다. 그리고 다시 한 번 읽고 나서 미소를 머금고, '춘랑이 내가 자는 침상에 함께 오르고자 하였으니 나와 한 사람을 섬기려 하는도다. 이 아이 마음이 이미 움직였도다.' 하고 어머니가 거처하는 안채로 올라갔다. 어머니는 마침 시비를 데리고 소유의 음식을 준비하고 있었다.

"양 한림이 우리 집에 온 후로 어머니께서 그의 의복이며 음식을 손수 준비하시느라 정신을 허비하시나이다. 제가 수고하는 것이 마땅할 것이나 도리에 옳지 않으니 춘랑을 화원에 보내어 양 한림의 안 일을 보살피게 하는 것이 마땅할까 하나이다. 춘랑도 나이가 장성하여 아무 일이라도 충분히 차릴 수 있으리이다."

경패의 말에 부인이 말하였다.

"춘랑의 재주와 기질에 무엇인들 마땅치 않으리오마는 제 아비가 우리 집에 공로 있고, 인물 또한 남보다 빼어나 너의 아버님이 항상 어진 배필을 구하려 하시니 너를 따라가는 것은 춘랑의 바람이 아닐까 하노라."

"춘랑은 저를 떠나지 않으려 하나이다."

"시집 갈 때 비첩*을 데려가는 것은 예사로운 일이나 춘랑의 재주가 뛰어나니 함께 가는 것은 마땅한 일이 아닐까 하노라."

"양 한림은 열여섯 살 서생(書生)으로 먼 곳으로부터 석 자 거문고를 이끌고 재상집 깊고 깊은 중앙 마루에 들어와 규중 처녀를 내어 앉히고 거문고 곡조로 장난쳐 놀렸나이다. 이러한 기상이 어찌 기꺼이 한 여자의 손에 늙으려 하리오. 양 한림이 승상이 되어 그 집안을 거느리게 되면 몇 여자를 거느릴 줄 알리이까?"

이렇게 말을 주고받고 있을 때 사도가 들어왔다. 부인이 경패가 한 말을 전하며 말하였다.

"이것이 마땅한 일인 줄 모르겠고, 또 혼인 전에 비첩을 보내는 것은 더욱 옳은 일이 아니라고 생각하나이다."

사도가 말하였다.

"춘랑의 재주와 용모가 경패와 비슷하고 또 서로 사랑하니 헤어지지 않게 하는 것이 마땅하리라. 또 마침내 함께 시집 갈 터이니 이르고 늦고, 먼저 하고 뒤에 하는 것이 무슨 상관이 있으리오. 춘랑을 먼저 보내어 양 한림의 적막함을 위로하는 일이 안 될 것도 없으리라. 다만 그저 보내기는 너무 쓸쓸하고, 또 조금이나마 예를 차리려 하면 혼인 전이라 마땅치 않으니 어찌하면 좋을까?"

이에 경패가 말하였다.

"저에게 한 꾀가 있으니 춘랑의 몸을 빌려 저의 부끄러움을 씻고자 하나이다. 십삼(十三) 오라버니에게 이러이러하라 하소서."

비첩(婢妾) 종으로 첩이 된 여자.

"이 계교가 퍽 좋도다."

사도가 크게 웃으며 말하였다. 사도의 여러 조카 가운데 십삼랑(十三郎)이라는 사람이 있는데 어질고 호탕하여 우스갯소리를 잘하므로 소유가 매우 좋아하였다.

경패가 방으로 돌아가 춘운에게 말하였다.

"춘랑아, 내가 머리털이 이마에 덮였던 어린 시절부터 너와 서로 마음이 통하여 꽃가지를 다투며 저물도록 함께 놀았더니라. 그런데 이제 내가 남의 집 약혼 예물을 받았으니 너 또한 어리지 않다는 것을 알겠도다. 너도 평생의 큰 일을 스스로 헤아린 지 오랠 것이니, 어떤 사람을 따르고자 하는지 모르겠노라."

"저는 낭자의 은혜를 갚을 길이 없으니 평생토록 낭자를 모셔 떠나지 않으려 하나이다."

"나는 진작부터 네가 내 마음과 같은 것을 알았도다. 지금 너와 의논할 일이 있구나. 양 한림이 거문고 곡조로 나를 속인 것은 씻기 어려운 부끄러운 일이니 네가 아니고서는 이 치욕을 씻을 길이 없도다. 우리 집 산장이 종남산* 깊은 골짜기에 있으니 서울에서 지척인데도 경개가 그윽하여 인간 세상 같지 않으니라. 이곳에 너의 화촉을 밝히고 십삼 오라버니에게 이러이러하게 하면 양 한림을 속일 수 있으리니 나를 위하여 수고를 피하지 말라."

"아가씨의 말씀을 어이 순종치 않으리오마는 뒷날 낯을 들기 어려울까 하나이다."

"남을 속이고 부끄러운 것이 남에게 속고 부끄러운 것보다는 나으리라."

"그리하겠나이다."

'한림'이란 벼슬은 본래 한가하여 소유는 궐 안에 입직(入直)하는 외의 여가에는 친구를 찾아 술집에 가서 취하기도 하고, 성 밖에 나가 꽃 구경도 하였다. 하루는 십삼랑이 소유에게 청하였다.

"성 남쪽 멀지 않은 곳에 산수가 빼어난 곳이 있으니 함께 가 볼 것이라."

그들은 술과 안주를 잔뜩 차려 집을 나섰다. 십여 리를 나아가니 숲이 우거지고 물이 맑았다. 소유와 십삼랑은 솔수풀을 헤치고 맑은 시냇가에 앉아 잔을 주고받았다. 그 때 아지랑이 사이로 어지러이 떨어진 산꽃들이 물결을 따라 흘러내려와 그 뛰어난 경치는 신선이 살았다는 별천지(別天地) 무릉도원*이 분명하였다.

"이 물은 자각봉으로부터 내려오니 여기서 십여 리를 가면 기이한 곳이 있어 꽃 피고 달 밝은 밤이면 신선의 음악 소리가 난다 하오. 나도 아직 보지 못하였으니 형과 함께 가 보리라."

십삼랑이 말하였다.

소유는 본디 특이한 일을 좋아하여 이 말을 듣고 매우 기이하게 여겨 즉시 그 곳으로 가려 하였다. 그 때 십삼랑의 집 종이 급히 와서 불렀다.

"우리 아씨께서 병환이 나셔서 서방님을 청하시나이다."

그러자 십삼랑이 다급히 일어나며

"형과 함께 선경(仙境)을 찾으려 하였으나 집안 근심 때문에 이루지 못하고 돌아가니 나는 선인과 인연이 없나 보오이다."

하고 말하며 종과 함께 총총히 떠나갔다.

십삼랑이 떠난 후, 소유는 비록 외롭기는 하나 흥이 다하지 않아 흐르는 물을 따라 점차 깊이 들어갔다. 물은 갈수록 더욱 맑아지고 경치도 뛰어났다. 그 때 물위로 글씨 쓰인 계수나무 잎 하나가 떠내려 왔다. 서동에게 건져 오게 하여 보니, "신선의 개가 구름 밖에서 짖으니 양랑이 온 것이 아닌가." 하고 씌어 있었다.

종남산(終南山) 섭서 성을 통하여 하남성에 이르는 여러 산봉우리. 주봉(主峰)은 장안현 남쪽에 있음.

무릉도원(武陵桃源) 신선이 살았다는 중국의 전설적인 명승지. 호남성 동정호 서남쪽 무릉산 기슭 완강(阮江)의 강변이라고 함. 당나라 시인 도연명(陶淵明)이 지은 「도화원기(桃花源記)」에서 나온 말로 이 세상과 따로 떨어진 별천지의 뜻.

'이런 산 위에 어찌 인가가 있으며, 이 글이 어찌 보통 사람의 글이리오.'

소유는 이상하게 생각하며 점점 더욱 깊이 찾아 들어갔다.

"날이 저물어 가니 성 안으로 돌아가지 못하겠나이다."

서동이 청하였으나 소유는 듣지 않았다. 다시 또 십여 리쯤 가니 이미 해는 지고 어느덧 달이 산허리에 떠올라 있었다. 소유는 밤이 깊도록 숲을 헤치고 시내를 건너 달빛을 따라갔으나 잘 곳을 찾지 못하였다. 그제야 비로소 내심 당황하고 있는데 문득 십여 세쯤 되어 보이는 푸른 옷을 입은 여동(女童) 하나가 계곡 물가에서 옷을 빨고 있다가 소유를 보고 황급히 달려가며 외쳤다.

"아가씨, 낭군이 오시나이다."

소유는 몹시 이상하여 수십 걸음쯤 더 들어갔다. 그러자 산이 달라지면서 아주 정교하고 깨끗한 작은 집 한 채가 계곡 물가에 서 있고 한 여인이 달빛을 받으며 벽도화* 아래 서 있다가 소유가 오는 것을 보고 깊이 절하며 말하였다.

"양랑은 어이하여 늦게야 오시나이까."

여인은 붉고 얇은 비단 옷을 입고, 머리에 비취 머리꽂이를 꽂았으며 허리에는 백옥 노리개를 찼는데 맵시가 날렵하고 고우며 나부낄 듯 가벼워 틀림없는 신선이었다. 소유가 정신없이 답례하고 말하였다.

"저는 속세 사람으로 본디 달 아래 기약*이 없는데 선녀께서 늦게야 온 것을 꾸짖으시니 어찌된 일이오이까."

"정자에 올라가서 말씀할지어다."

여인이 소유를 인도하여 정자 위로 올라가 주인과 손님으로 나누어 앉자 여동이 곧 주안상을 들였다. 여인이 탄식하며 말하였다.

"옛 일을 말하려니 슬픈 마음이 더하는도다. 첩은 본래 요지*의 신선 서왕모(西王母)의 시녀이고 낭군은 하늘의 선관(仙官)이더이다. 그런데 낭군이 옥황상제의 명으로 서왕모에게 조회할 때 저에게 신선의 과일을 던지며 장난하니 왕모께서 노하시어 상제께 여쭈어 낭군은 인간 세상에 떨어지고 저는 이 산속으로 귀양 왔더이다. 저는 이제 기한이 차서 요지로 되돌아가게 되었기에 가기 전에 부디 한 번이라도 낭군을 보고 옛 정을 피우고 싶어 선관에게 간청하여 하루 기한을 얻은 것이오니 오늘 낭군이 오실 줄 알았더이다."

이 때 이미 달이 높고 은하수가 기울어 밤이 깊었으니 둘이 서로 이끌어 잠자리에 나아갔다. 소유는 마치 유완*이 천태산에서 선녀를 만난 것같이 황홀하여 그 기분을 이루 다 말할 수 없었다. 두 사람의 은근한 정이 미처 다하기도 전에 어느덧 산새가 지저귀고 동방이 밝았다. 여인이 일어나 소유에게 말하였다.

"오늘은 제가 요지로 가는 날이오이다. 선관이 와서 저를 데려갈 것이니 낭군이 먼저 가지 아니하면 우리 모두에게 허물이 될 것이오이다. 낭군이 옛 정을 잊지 아니하면 다시 만날 날이 있으리이다."

그리고 비단 치마에 이별의 시를 써서 소유에게 주었다.

서로 만나니 꽃이 하늘에 가득하고	相逢花滿天
서로 이별하니 꽃이 물 속에 있도다	相別花在水
봄빛은 꿈 속에 있는 듯하고	春光如夢中
흐르는 물은 천리에 아득하도다	流水杳千里

소유도 저고리 소매를 떼어내어 시를 써서 여인에게 주었다.

하늘 바람이 옥 장신구에 부니	天風吹玉佩
흰 구름이 기이하도다	白雲何奇奇
무산*의 다른 날 밤비에	巫山他夜雨
양왕*의 옷을 적시고저 하노라	願濕襄王衣

여인이 받아 읽은 후에 향주머니에 간직하고 소

벽도화(碧桃花) 복숭아의 일종으로 신선의 세계에 있다고 함.

달 아래 기약 월하(月下)의 기약. 혼인의 기약을 말하며, 월하 노인(月下老人)의 고사에서 유래함.

요지(瑤池) 신선이 사는 곳이며, 서왕모(西王母)는 옛날 중국의 신선.

유완(劉阮) 동한(東漢)의 유신(劉晨)과 완조(阮肇)의 고사. 천태산에서 약초를 캐다가 자신들의 이름을 부르는 선녀를 만나 즐기고 반년 만에 돌아왔는데 자손들이 이미 칠대(七代)가 되어 있었다고 함.

무산(巫山) 사천성(四川省) 무산현 동남에 있는 산.

양왕(襄王) 무산에서 신녀(神女)와 만나 즐겼다는 초 회왕(楚懷王)의 아들.

相逢
春相逢
流痕花別花
火去花滿
天含香桂天
香枝未

유에게 거듭 가기를 재촉하였다. 소유는 눈물을 뿌리며 여인과 헤어졌다. 소유가 산을 내려오며 머리를 돌려 자던 곳을 돌아보니 수많은 골짜기에 새벽 구름이 자욱하여 지난 밤의 일이 신선들이 잔치하던 요지의 꿈처럼 희미하였다.

소유는 집으로 돌아와 생각하였다.

'선녀가 비록 기한이 다하여 천상으로 돌아가노라 하였으나 반드시 오늘 올라갈 것을 어찌 알리오. 잠깐 산속에 머물러 몸을 숨겼다가 선관이 선녀를 맞아 가는 것을 보고 내려와도 늦지 않으리라.'

밤새도록 잠을 이루지 못하다가 다음날 새벽 일찍 일어나 아무에게도 말하지 않고 서동만을 데리고 자각봉으로 올라갔다. 선녀 만난 곳에 이르니 물 위에 복숭아 꽃잎이 떨어져 흐르던 경치는 뚜렷한데 빈 정자는 적막하여 사람이 머물던 자취도 없었다. 소유는 온종일 눈물을 뿌리며 주위를 서성이다가 돌아왔다.

며칠 후 십삼랑이 와서 소유를 보고 말하였다.

"전에 집사람의 병 때문에 형과 함께 놀지 못하여 지금도 안타까움이 남아 있나이다. 지금 비록 복숭아꽃은 졌으나 성 남쪽에 마침 버들 그림자가 좋으니 함께 가서 꾀꼬리 소리를 들으리라."

두 사람은 나란히 말을 타고 성을 나가 숲이 깊이 우거진 곳에 풀을 깔고 앉아 잔을 주고받았다. 곁에는 반이나 무너진 옛 무덤 하나가 우거진 쑥덤불과 잡초 속에 꽃과 버들에 둘러싸인 채 거친 언덕 위에 놓여 있었다.

"인생이 언제든 한 번은 저곳으로 갈 터이니 살았을 때 어찌 취하지 아니하리오."

소유가 무덤을 가리키며 탄식하자 십삼랑이 말하였다.

"형은 저 무덤을 모르리라. 저것은 바로 장여랑(張女娘)의 무덤이라. 살았을 때는 용모가 몹시 빼어났으나 스무 살에 죽으니 사람들이 이곳에 묻고 꽃과 버들을 심었도다. 우리도 저 무덤에 한 잔 술을 부어 꽃다운 넋을 위로하리라."

소유는 본디 다정한 사람인지라 십삼랑과 함께 무덤 앞으로 나아가 술을 뿌리고 외로운 영혼을 위로하여 각각 시를 지어 읊었다.

그 때 무덤 주위를 서성이던 십삼랑이 무덤 허물어진 구멍에서 시 한 수가 적힌 하얀 비단을 주워 읽으며 중얼거렸다.

"어떤 부질없는 시인이 아가씨의 무덤에 시를 지어 넣었나뇨?"

소유가 받아 보니 그것은 자기가 저고리 소매를 떼내어 선녀에게 써 준 글이었다. 소유는 속으로 매우 놀라서, '장여랑의 영혼이 자신을 선녀라 하고 나를 만났도다.' 생각하고 마음이 자못 편치 못하고 머리털이 쭈뼛하였다. 그러나 '얼굴이 그렇게 곱고 정도 그렇게 많은데 신선과 귀신을 분별하여 무엇하리오.' 하고 고쳐 생각하였다. 십삼랑이 잠깐 저쪽으로 가자 소유는 술을 들어 다시 뿌리며 가만히 빌었다.

"이승과 저승이 비록 다르나 정은 갈리지 않았으니, 꽃다운 영혼은 나의 정성을 굽어 살펴 오늘밤에 서로 다시 만나기 바라노라."

그리고 십삼랑과 함께 집으로 돌아왔다.

이날 밤 소유는 선녀를 생각하며 늦도록 잠을 이루지 못하고 있었다. 나무 그림자가 창에 가득하고 달빛 몽롱한 그 때 가까이에서 사람의 발자국 소리가 들렸다. 창을 열어 보니 어떤 고운 여인이 엷은 화장에 하얀 옷을 차려입고 수풀 사이 달빛 아래 서 있었다. 자세히 보니 자각봉에서 만난 선녀였다. 소유가 정을 이기지 못하고 나아가 손을 이끌고 함께 방으로 들어가기를 청하자 여인이 사양하며 말하였다.

"낭군이 벌써 저의 근본을 알았으니 어찌 꺼리는 마음이 없으리까. 제가 낭군을 처음 만났을 때 바른대로 여쭙는 것이 마땅하였으나 낭군이 두려워할까 하여 신선이라 거짓 말하고 하룻밤 잠자리를 모셨으니, 저의 영화가 지극하고 마른 뼈가 썩지 아니하리이다. 오늘은 또 저의 집을 돌아보고 술을 뿌리며 외로운 넋을 위로하시니 제가 감격을 이기지 못하여 한번 얼굴을 대하고 사례하고저 한 것이오이다. 어두운 저승의 더러운 몸으로 어찌 감히 군자를 가까이 모시리이까."

"귀신을 꺼리는 사람은 세속의 어리석은 사람이라. 사람이 죽어 귀신이 되고 귀신이 변하여 사람이 되니 귀신과 사람을 어이 구별하리오. 나의 정의(情誼)가 이러한데 그대는 어찌 차마 나를 버리리오."

"낭군은 저의 푸른 눈썹과 붉은 뺨을 보고 그리워하는 마음을 가지거니와, 이것은 모두 참이 아니고 거짓을 꾸며 산 사람과 상대하려 함이오이다. 저의 참모습은 진정 푸른 이끼 끼어 있는 백골 두서너 조각뿐이오니 어찌 차마 귀하신 몸에 가까이 하려 하시나이까."

"부처의 말에 의하면, 사람의 몸은 바람에 지는 꽃으로 임시 만든 거짓 것이라 하니 누가 참된 것이고 누가 거짓된 것인지 누군들 알리오."

소유가 여인을 이끌어 잠자리에 나아가 밤을 함께 지내니 친밀한 정이 전날보다 더하였다.

"이제부터 밤마다 만날 수 있나뇨?"

"귀신과 사람이 서로 만나는 것은 오직 깊은 정성에서 비롯되나니, 낭군이 만일 저를 생각하신다면 제가 어찌 낭군께 의탁하지 아니하리이까."

그 때 문득 새벽 북소리가 들리자 여인이 몸을 일으켜 꽃수풀 깊은 곳으로 들어가 버렸다.

| 가춘운이 신선도 되고 귀신도 되며 | 賈春雲爲仙爲鬼 |
| 적경홍이 문득 사라지더니 갑자기 나타나다 | 狄驚鴻乍陰乍陽 |

소유가 선녀를 만난 후로는 친구도 찾지 않고 고요히 화원에만 있으면서 선녀를 다시 만날 한 가지 일에만 전념하였다. 어느 날 화원 문 밖에 말발굽 소리가 나더니 십삼랑이 낯선 사람 하나를 데리고 들어와 소유에게 말하였다.

　"이분은 태극궁*의 도사 두진인(杜眞人)이라. 옛날에 관상이나 점술을 잘 보던 원천강·이순풍*과 같은 류의 사람이니 양형의 상(相)을 보이려고 데려왔노라."

　"높은 이름을 들은 지는 오래이나 인연이 없어 만남이 늦었도다. 선생이 이미 십삼랑의 상을 자세히 보았을 터이니, 어떠하더뇨?"

　소유가 진인에게 말하자 십삼랑이 대답하였다.

　"선생이 나에게 삼 년 내에 급제하여 여덟 고을 자사(刺使)를 살다가 잘 물러나게 되리라 하니 나에게는 흡족하오이다. 두 선생은 잘못 말한 적이 없으니 시험삼아 물어 보라."

　"군자는 복을 묻지 아니하고 재앙을 묻는다 하니 선생은 바른대로 이르시오."

　진인이 소유를 한동안 바라보다가 말하였다.

　"양 선생은 두 눈썹이 빼어나고 봉(鳳)의 눈이 귀밑을 향하였으니 반드시 벼슬이 삼정승에 오를 것이요, 귓불이 구슬같이 둥글고 분칠한 듯이 희니 이름이 천하에 진동하리이다. 또 권세 잡을 골격(권골權骨)이 얼굴에 가득하니 반드시 병권(兵權)을 잡아 그 위엄으로 사방 오랑캐를 진정하고 널리 만리(萬里) 밖에까지 제후를 하겠나이다. 이렇게 모든 일에 한 가지도 빠진 것이 없으나 눈앞에 뜻밖의 재해(災害)로 죽을 액이 있으니 나를 만나지 않았으면 위태로웠으리라."

　"사람의 길흉(吉凶)과 화복(禍福)은 모두 자기가 행하는 것에 따라 생기는 것이고, 질병만은 마음대로 못 하는 것이니 무슨 중병으로 죽을 조짐이 있나뇨?"

　소유가 묻자 진인이 다시 말하였다.

　"이것은 보통 재액이 아니라. 푸른빛이 두 눈썹 사이(천정天庭)를 꿰뚫고 요사스런 기운이 두 눈 밑(명당明堂)을 침범하였으니 상공께서 내력이 분명하지 않은 시비를 집안에 두어 계시니이까?"

소유는 속으로 장여랑 때문인 줄 알면서도 정에 가리어 조금도 놀라지 않고 대답하였다.

"그런 일 없나니라."

"그렇다면 오래된 사당에 들어가 감동한 일이 있거나, 꿈속에서 귀신과 접한 일이 있으시나이까."

"그런 일도 없나니라."

그러자 십삼랑이 말하였다.

"두 선생은 일찍이 잘못 말한 적이 없으니 모름지기 자세히 생각하여 보오."

그런데도 소유가 대답하지 않자 진인이 다시 말하였다.

"사람은 양기(陽氣)의 밝음으로 몸을 보존하고, 귀신은 음기(陰氣)의 어두움으로 기운을 이루었으니, 마치 밤과 낮이 서로 반대되고 물과 불이 용납하지 못하는 것과 같도다. 지금 여자 귀신의 음기가 이미 상공의 몸에 들었으니 삼 일 후에 이것이 골수로 들어가면 생명을 구하지 못하리이다. 그 때 제가 말하지 않았다고는 하지 마소서."

소유는 속으로, '진인의 말이 근거는 있으나 나와 정이 그토록 지극한데 그녀가 어찌 나를 해칠 리 있으리오. 초 양왕은 무산의 신녀(神女)를 만나 잠자리를 함께하였고, 노충*은 귀신 아내에게서 자식도 낳았으니, 어찌 내게 이렇게 일찍 화가 있으리오.' 생각하고 진인에게 말하였다.

"사람의 삶과 죽음, 복과 화는 날 때부터 정해졌으니 만일 내가 장수나 재상, 제후가 될 상이라면 귀신인들 내게 어떻게 할 수 있으리오."

태극궁(太極宮): 섬서성 장안현에 있는 궁. 수나라 때의 대흥궁(大興宮).

원천강(袁天綱)·이순풍(李淳風): 원천강은 당나라 때 관상을 잘 보던 사람이고 이순풍은 당나라 때 역산(曆算)·점술을 잘 했던 사람임.

노충(盧充): 당나라 때 정분(鄭賁)의 『재귀기(才鬼記)』의 주인공. 노충은 처녀로 죽은 최씨 여자를 만나 아들을 얻었다고 함.

"그것은 내가 알 바 아니로다."

진인은 안색을 변하며 말하고 소매를 떨치고 가 버리니 소유도 붙잡지 않았다. 진인이 돌아간 후에 십삼랑이 소유를 위로하여 말하였다.

"양형은 길(吉)하고 귀히 될 상이니 반드시 하늘이 도울 것이라. 무슨 귀신이 있으리오. 이런 사람들이 간혹 거짓말로 사람을 속이니 애처롭도다."

그러고는 술을 내어다가 저물도록 함께 마시고 소유가 취한 후에야 돌아갔다.

이날 밤, 소유가 방 안에 향을 피워 놓고 장여랑이 오기를 기다렸으나 밤이 다하여 가는데도 그림자 기척이 없었다. 소유는 여랑이 오지 않을 것이라 생각하고 침대로 가 자려 하였다. 그 때 문득 창 밖에서 여랑의 울음 섞인 말소리가 들렸다.

"낭군이 머리에 요괴로운 도사의 부적을 감추었으니 제가 어찌 가까이 하리오. 비록 낭군의 뜻이 아닌 줄은 알지만 이 또한 인연이 다한 것이니 낭군은 몸을 아끼소서. 이제부터는 영원히 이별하나이다."

소유가 놀라 일어나 마루로 난 외짝문(지게문)을 열고 보니 여인은 이미 간 곳이 없었다. 소유는 몹시 괴이하여 스스로 머리를 만져 보니 상투 사이에 무엇인가 들어 있었다. 내어 보니 붉은 글씨(주사朱砂)로 쓴 부적이었다.

"요망한 사람이 내 일을 그르쳤도다."

소유는 크게 성내며 부적을 찢어 버리고 한없이 안타까워하다가 다시 생각하였다.

'어제 십삼랑이 억지로 술을 권하여 내가 취한 뒤에 갔으니 이것은 분명 십삼랑이 한 일이라. 제가 비록 나쁜 뜻으로 그러한 것은 아니나 나의 좋은 인연을 깨었으니 반드시 설욕하리라.'

그러고는 날이 밝기를 기다려 십삼랑에게 갔으나 그는 이미 나가고 없었다. 계속하여 삼 일을 찾아갔는데도 그를 만날 수 없고 장여랑의 소식은 더욱 묘연하였다. 소유는 분하기도 하고, 한편으로는 장여랑 생각에 침식을 다 그만두었다.

하루는 정 사도 부부가 중앙 마루에 술과 음식을 차려 놓고 소유를 청하여 물었다.

"양랑의 얼굴이 어이 저리 초췌하여졌나뇨."

"십삼랑과 함께 과음하였더니 그러하오이다."

소유가 대답하는데 문득 밖에서 십삼랑이 들어왔다. 소유는 아무 말 없이 성난 눈으로 십삼랑을 노려보기만 하였다.

사도의 부인이 물었다.

"양랑이 화원에서 어떤 여자와 이야기하더라 하니 그러하뇨?"

"화원에 어떤 사람이 다니리이까. 전하는 사람이 잘못 보았나이다."

소유가 대답하자 십삼랑이 말하였다.

"양형은 구태여 숨기지 마오. 형이 두진인의 말을 물리치기는 하였으나 형의 거동이 수상하기에 내가 진인의 부적을 형의 상투에 감추어 넣고 밤에 화원 수풀에 숨어서 보았더니 한 귀신이 형의 창 밖에서 울고 가더이다. 두진인의 말이 이렇게 영험하고 나의 정성 또한 지극하거늘 형은 내게 사례하지 않고 도리어 성난 기색이 있으니 어찌된 일이뇨."

소유가 속일 수 없다고 생각하고 사도에게 말하였다.

"어이 이런 일이 있으리오. 실로 괴이하니 장인 어른께 모두 여쭈리이다."

그리고 여자 만난 일을 처음부터 끝까지 모두 전하고 말하였다.

"십삼랑이 저를 사랑하는 뜻인 줄은 아오나 장여랑이 비록 귀신이기는 해도 유순하고 정이 많아 사람을 해칠 리 없나이다. 그런데도 십삼랑이 괴이한 부적을 만들어 장여랑을 오지 못하게 하였으니 실로 안타까운 마음이 없지 아니하오이다."

사도가 듣고 크게 웃으며 말하였다.

"양랑의 풍채와 풍류가 무산 신녀의 이야기를 지은 송옥*과 같으니 분명히 이미 「신녀부(神女賦)」를 지었으리라. 내가 양랑에게 실없는 웃음의 말을 하는 것이 아니라 내가 젊었을 적에 이인을 만나 신선의 술법을 닦던 한(漢)나라 소옹(小翁)의 도술을 배웠으니 귀신을 불러올 수 있도다. 지금 양랑을 위하여 장여랑의 영혼을 불러 내 조카의 죄를 덜고자 하니 어떠하뇨."

"장인 어른이 저를 골리시나이까. 어이 이런 일이 있겠나이까."

"그러면 보아라."

사도가 파리채로 병풍을 한 번 치며 말하였다.

"장여랑은 어디 있느냐?"

그러자 홀연 병풍 뒤에서 한 여자가 홀쩍 나타나 웃음을 머금고 부인 뒤에 서는데 틀림없는 장여랑이었다. 소유가 눈을 크게 뜨고 사도와 십삼랑을 바라보다가 한참 지나서야 말하였다.

"네가 사람이냐 귀신이냐. 귀신이 어찌 대낮에 보이나뇨?"

사도와 부인은 웃음을 참지 못하고, 십삼랑은 너무 우스워서 옆으로 쓰러져 일어나지도 못하였다. 사도가 말하였다.

"내 이제야 진실을 말하리라. 이 여자는 신선도 아니고 귀신도 아니고 내 집에서 자란 가춘운(賈春雲)이라는 여자니라. 요사이 양랑이 나의 화원에서 매우 고적할 듯하기에 춘랑에게 모시도록 하였으니 이것은 본래 우리 부부의 좋은 뜻에서 나온 것이라. 그런데 그 사이에 젊은 사람들이 서로 장난하여 양랑의 마음을 힘겹게 하였도다."

십삼랑이 크게 웃으며 말하였다.

"앞뒤 두 번의 중매를 내가 다 하였거늘 사례는 하지 않고 도리어 원수로 삼으니 형은 정말 어리석은 사람이로다."

소유도 크게 웃으며 말하였다.

"장인 어른께서 내게 보내신 것을 정형(鄭兄)이 중간에서 골린 죄가 있을 뿐이니 무슨 공이 있으리오."

"골리기는 내가 하였으나 원래 계책을 지시한 사람은 따로 있으니 어찌 오직 내 죄라 하나뇨."

"그렇다면 장인 어른께서 마음먹고 골리셨나이까."

소유가 묻자 사도가 웃으며 말하였다.

"내 머리털이 벌써 누르렀는데 어찌 아잇적 장난을 하리오. 양랑이 잘못 생각하는도다."

"정형이 아니라면 또 어느 누가 나를 속이리오."

"성인이 말씀하시기를, 네게서 나온 것이 네게로 돌아간다* 하였으니 스스로 다시 생각하여 볼지라. 일찍이 누구를 속인 적이 있나뇨? 남자가 변하여 여자가 되는데, 사람이 신선이 되고 신선이 귀신 되는 것이 어이 괴이하리오."

소유가 환하게 깨달아 옳다 하고 부인에게 말하였다.

"제가 전에 따님에게 죄 지은 일이 있더니 아가씨가 그 사소한 원한을 잊지 아니하였나이다."

이에 사도와 부인이 크게 웃었다.

소유가 춘운을 돌아보고 말하였다.

"너는 참으로 총명하거니와 누군가를 섬기려고 하면서 먼저 그를 속이는 것이 부녀자의 도리에 어떠하뇨."

"저는 장군의 호령만 듣고 천자의 조서(詔書)는 듣지 못하였나이다."

춘운이 무릎 꿇고 대답하자 소유가 그윽히 찬탄하여 말하였다.

"옛날에 무산의 신녀(神女)는 아침에 구름이 되고 저녁

송옥(宋玉) 전국시대 초나라 사람으로 「신녀부(神女賦)」, 「고당부(高唐賦)」를 지은 사람. 「신녀부」는 송옥이 초양왕과 함께 고당(高唐)에서 노닐고 선왕인 회왕(懷王)과 신녀 사이에 있었던 일을 내용으로 함.

네게서 나온 것이 네게로 돌아가다 『맹자(孟子)』의 한 구절. 증자가 이르기를 "경계하고 경계할지어다. 네게서 나온 것이 네게로 돌아가도다." 하였다.

에 비가 되더니 너는 아침에 신선이 되고 저녁에 귀신이 되었으니 충분히 대적할 만하도다. 강한 장수에게는 약한 병사가 없다 하니, 부관(비장神將)이 이러하니 대장은 보지 않아도 알리로다."

이날 여러 사람이 크게 즐겨 종일토록 취하였다. 춘운 역시 새 사람으로 끝자리에 참여하였다가 날이 저물어서야 소유를 모시고 화원으로 돌아갔다.

이 무렵 소유는 조정에 말미를 얻어 고향에 계신 어머니를 모셔 오려 하였다. 그러나 토번(吐蕃) 오랑캐가 자주 변방을 노략질하고, 하북성(河北省)의 세 절도사가 스스로 연왕(燕王)·위왕(魏王)·조왕(趙王)이라고 하면서 조정을 배반하여 나라에 일이 많았다. 천자는 크게 근심하여 백관(百官)을 다 모아 놓고 하북의 세 진영을 정벌할 것을 의논하였으나 수많은 신하 가운데 아무도 뾰족한 계책을 내지 못하였다.

한림학사 양소유가 여쭈었다.

"옛날에 한 무제(漢武帝)가 월왕(越王)을 제어했듯 먼저 조서를 내리시어 화(禍)와 복(福)으로 달래시고 항복하지 않으면 군사를 내어 치는 것이 마땅할까 하나이다."

천자가 그렇다 하고 소유에게 어전에서 바로 조서를 짓도록 하였다. 소유가 그 자리에 엎드려 붓을 바람같이 휘둘러 가뭄에 샘물이 솟아나듯 순식간에 써서 어전 탁자 위에 받들어 올렸다. 천자가 크게 기뻐하며 말하였다.

"글에 은혜와 위엄이 병행하여 천자 말씀의 격(體)을 크게 얻었으니 미친 도적들이 반드시 굴복하리로다."

조서가 여러 도에 내려가자 오래지 않아 조·위 두 나라가 크게 두려워 굴복하여, 왕이라는 호칭을 없애고 글을 올려 사죄하며 비단 일만 필과 말 일천 필을 예물로 바쳤다. 다만 연왕만은 지역이 멀고 군대가 강한 것을 믿어 항복하지 않았다.

천자는 조·위의 항복이 소유의 공이라 하고 소유를 불러 칭찬하였다.

"하북 세 진영이 조정에 순종하지 않은 지 거의 백 년이라. 덕종(德宗) 황제께서 십만 병사를 일으켜 정벌하려 하였으나 끝내 제어하지 못하였더니 지금 그대가 한 장의 글로 두 나라를 항복시켰으니 십만 대군보다 낫지 아니한가."

소유에게 비단 삼천 필과 말 오십 필을 상으로 주고 벼슬을 높이 올리려 하였다. 소유가 사양하여 여쭈었다.

"조서를 대신 작성하는 것은 신의 직분이옵고, 두 진영이 귀순한 것은 모두 천자의 위엄이옵니다. 게다가 연나라가 아직 복종하지 않고 있으니 신이 무슨 공으로 벼슬 올리시는 명을 받으리이까. 한 무리의 병사를 얻어 조(趙)의 항진(恒鎭)에 나아가 연의 도적과 죽음을 작정하고 싸워 나라의 은혜를 갚고자 하나이다."

천자는 그 뜻을 장하게 여겨 대신들에게 물었다. 대신들이 모두 여쭈었다.

"양소유를 연나라에 보내어 연왕을 이로움과 해로움으로 따져 달래고, 그런데도 거역하거든 그 때 치는 것이 마땅하리이다."

천자가 옳게 여겨 소유를 사신으로 삼아 절월(節鉞)을 주어 연나라에 가도록 하였다.

소유가 물러나와 정 사도를 뵙자 사도가 말하였다.

"변방 절도사가 교만하여 조정을 거역한 지 오래이거늘 양랑이 일개 서생(書生)으로 예측할 수 없는 위험한 곳에 들어가니 만일 의외의 일이 생기면 어찌나 하나만의 근심이리오. 내 비록 조정 의논에 참여하지는 아니하였으나 상소하여 다투리라."

"장인 어른은 염려하지 마소서. 변방 절도사가 난을 일으킨 것은 조정의 정사가 어지러운 때를 틈타 한때 방자한 것이오이다. 이제 천자께서 난을 평정하여 조정이 맑고 밝아서 조·위 두 나라가 이미 귀순(歸順)하였으니 외로운 연나라가 무슨 일을 하리이니까. 제가 지금 가면 결단코 나라를 욕되게 하지 아니하리이다."

소유가 사도를 말려 여쭙고 물러나와 그 날로 차비를 차려 떠나려 하였다.

춘운이 소유의 옷깃을 잡고 울며 말하였다.

"상공께서 한림원에 숙직하러 가시는 날, 제가 일찍 일어나 이부자리를 개어 놓고 관복을 받들어 입힐 때마다 저를 자주 돌아보며 사랑하는 뜻이 계시더니 지금 만리 이별을 당하여서는 어이 한 마디도 아니하시나이까."

소유가 크게 웃으며 말하였다.

"대장부가 나라 일을 맡아 생사도 돌아볼 수 없거늘 어이 사사로운 정을 돌아보리오. 너는 부질없이 마음 상하여 꽃 같은 낯빛을 상하게 하지 말고 아가씨를 잘 모시고 있다가 내가 공을 이루고 말만한 황금도장(황금인黃金印)을 차고 돌아오는 모습을 지켜보라."

소유는 여러 날 만에 낙양에 이르렀다. 낙양은 소유가 열여섯 살 서생으로 베옷 입고 다리 저는 나귀를 타고 지나던 곳이었다. 그런데 일 년이 지난 지금 옥부절(옥절玉節)을 잡고 네 필 말이 끄는 수레를 몰아 다시 이르니, 낙양 현령이 길을 닦고 하남 부윤이 길을 인도하여 광채가 한 길에 찬란하여 구경하는 사람들이 신선같이 여겼다.

소유가 먼저 서동을 시켜 섬월의 소식을 알아보도록 하였다. 서동이 섬월의 집을 찾아가 보니 문은 잠긴 지 오래이고 담장 밖에 앵도화만 어지러이 피어 있었다. 마을 사람들에게 물으니,

"지난 봄 먼 곳에서 온 한 선비가 자고 간 후에 섬월이 병들어 손님을 접대하지 않고, 관가의 잔치에 여러 번 불러도 가지 않더니 얼마 안 있어 미친 체하고 도사의 차림으로 정처없이 다니니 있는 곳을 알 수 없노라."

하였다. 서동으로부터 이 말을 전해 듣고 소유는 크게 슬퍼하였다.

이날 소유가 관원의 숙소인 객관(客館)에 들자 하남 부윤이 가려 뽑은 기생 십여 명을 보석으로 꾸며 손님을 모시도록 하였다. 그 가운데는 전날 섬월의 천진 술다락집에서 본 사람도 있었으나 소유는 전혀 돌아보지 않았다. 그리고 떠날 때에 시 한 수를 벽에 써 놓았다.

비가 천진을 지나니 버들꽃이 새로워	雨過天津柳色新
경치는 완연히 지난 봄과 같도다	風光宛似去年春
가련하도다, 네 필 말로 돌아온 곳	可憐駟馬歸來地
술다락에 이르러 옥 같은 사람을 보지 못하는도다	不見當壚如玉人

소유가 붓을 던지고 수레에 올라 앞으로 나아가니 모든 기생이 부끄러워하며 그 시를 베껴다가 부윤에게 보였다. 부윤이 황공하여 여러 기생에게 소유가 마음 둔 곳을 물어 방을 붙이고 섬월을 찾아 소유가 돌아올 때에 대령시키려 하였다.

소유는 낙양을 떠나 연나라로 갔다. 서울에서 멀리 떨어진 변방 사람들은 일찍이 이런 풍채를 보지 못하다가 소유를 보고는 지나는 곳마다 길에 가득히 수레를 둘러싸니 위풍이 진동하였다. 소유가 연왕을 만나 당나라의 위덕(威德)을 드러내어 밝히고 이해를 따져 타이르는데 말이 물 흐르듯 하고 물결을 뒤집는 듯하였다. 연왕이 마침내 기운을 굽히고 마음에 항복하여 즉시 천자에게 글(표문表文)을 올려 왕의 호칭을 없애고 귀순할 것을 요청하였다. 그리고 소유가 떠날 때는 특별히 군대 안에 잔치를 열어 주고 황금 천 냥과 병마(兵馬) 열 필을 주었다. 그러나 소유는 받지 않았다.

연나라를 떠나 서쪽으로 십여 일을 가서 조(趙)나라의 도읍지 한단(邯鄲)에 이르렀다. 한 소년이 말을 타고 가다가 뒤에 사신의 행차가 오는 것을 보더니 말에서 내려 길가에 섰다.

소유가 멀리서 보고 '저 말은 분명히 준마(駿馬)로다.' 생각하고 가까이 다가갔다. 소년은 용모가 옥 같고 꽃같이 아름다워서 위개와 반악*이라도 미치지 못할 듯하였다. 소유는 '내가 낙양과 장안 두 서울을 두루 다녔으나 이런 미소년은 보지 못하였으니 분명 재주 있는 사람이리라.' 생각하고 곁에 따르는 사람에게 분부하여 소년을 데려오도록 하였다. 소유가 역관*에 이르자 소년이 뒤따라와서 뵈었다.

소유가 크게 기뻐하며 물었다.

"길에서 우연히 반악 같은 풍채를 보고 사랑하는 마음이 생겨 청하려 하였으나 그대가 돌아보지 않을까 두려웠도다. 이렇게 버리지 않으니 말할 수 없이 다행이로다. 그대의 성명을 알고저 하노라."

"저는 북방 사람으로 성은 적(狄)이요, 이름은 백란(白鸞)이오이다. 궁벽한 시골에서 자라 큰 스승과 좋은 벗이 없어 글과 칼을 다 익히지 못하였으나 지기(知己)를 위하여 죽고저 하나이다. 지금 상공께서 하북을 지나시니 위엄이 천둥 벼락 같고 은혜가 봄볕 같아서 스스로 재주 없음을 헤아리지 않고 문하에 의탁하여 제(齊)나라 맹상군의 식객(食客)처럼 닭 울음 울고 개 도적질하는 천한 재주로 상공을 지키고 모시려 하나이다. 그런데 이렇듯 상공의 굽어 살피심과 부르심을 받으니 감격스럽고 다행함을 이기지 못하겠나이다."

소년의 말을 듣고 소유가 몹시 기뻐서 말하였다.

"같은 소리는 서로 화답하고 같은 기운은 서로 찾는다 하였으니 매우 유쾌한 일이로다."

이후로는 적백란과 고삐를 나란히 하고 가서 먼 길의 괴로움을 잊은 채 어느덧 낙양에 다다랐다. 소유는 천진 술다락집을 지나면서 옛일을 생각하고 정을 이기지 못하여 눈을 들어 다락집을 바라보았다. 그러자 다락집 위에서 한 여인이 주렴을 걷고 난간에 기대어 수레가 오는 것을 유심히 바라보고 있는 것이 보였다.

자세히 보니 바로 섬월이었다. 소유는 반가웠으나 말을 하지 못하고 숙소로 향하였는데 숙소에 이르자 섬월이 벌써 대령하고 있었다. 소유는 기쁨과 슬픔이 아울러 솟구쳐 눈물이 앞서 흘렀다. 섬월이 이별 후의 일을 이야기하였다.

"상공이 떠나신 후 공자와 왕손(王孫)들의 모임(모꼬지)과 태수·현령들의 잔치에 이리저리 보채어 곤경과 욕을 많이 당하니, 스스로 머리 깎고 나쁜 병에 걸렸음을 핑계하여 겨우 찾는 것을 면하여 산골에 깃들여 있었더이다. 그런데 전날 상공이 이 땅을 지나며 저를 생각하는 글을 지었다고 하면서 현령이 몸소 제가 머문 곳에 이르러 상공 돌아오기를 기다리라 하니, 제가 비로소 여자의 몸도 존중(尊重)하다는 것을 알았나이다. 천진 다락집 위에서 상공의 행차를 바라보고 있으니 어느 누가 계섬월의 팔자를 부러워하지 아니하리오. 상공께서 장원 급제하여 한림학사 하신 것은 바로 알았사오나 부인을 맞으셨는지는 아직 모르겠나이다."

소유는 섬월의 말을 듣고 정 소저와 정혼하였음을 전하고 이어서 말하였다.

"혼례식은 아직 치르지 않았으나 아가씨의 재주와 용모는 정말 섬월의 말과 같으니 어진 중매의 은혜를 어찌 다 갚으리오."

이날 섬월과 옛 정을 나누고 차마 바로 떠나지 못하여 하루 이틀 더 머물러 있었다. 이 동안 소유가 적백란을 보지 못하였더니 서동이 가만히 소유에게 말하였다.

"적씨 총각은 좋은 사람이 아니더이다. 남 안 보는 곳에서 계 낭자와 장난치는 것을 제가 우연히 보았나이다. 계 낭자가 상공을 따른 뒤부터는 전날과 다를 터인데 어찌 감히 이렇게 무례하리오."

"그렇지 않으리라. 또한 계 낭자는 더욱 의심할 수 없으니 분명 네가 잘못 보았도다."

위개·반악(衛价·潘岳) 진(晉)나라 사람들로서 위개는 풍채가 빼어나고 반악은 자태와 용모가 아름다웠다고 함.

역관(驛館) 역첨(驛沾)에서 역마(驛馬)를 중개하던 집.

소유의 말에 서동은 불만스럽게 돌아가더니 얼마 안 되어 다시 와서 말하였다.

"상공은 제가 거짓말한다고 하시거니와 두 사람이 지금 막 장난치고 있으니 몸소 가 보면 아시리이다."

소유는 서동을 따라 숙소 서쪽 행랑을 지나 가 보았다. 과연 두 사람이 낮은 담을 사이에 두고 서서 웃고 말하며 손을 잡은 채 놀고 있었다. 소유가 그들의 이야기를 들어 보려고 점점 가까이 다가가니 백란이 발자국 소리에 놀라 달아났다. 섬월은 소유를 보고 자못 부끄러워하였다.

소유가 물었다.

"전에 적군과 친한 적이 있었더냐."

"친하였기에 안부를 물었더이다. 저는 기방(妓房)의 천한 기생인지라 남녀가 서로 꺼릴 줄을 몰라 손을 잡고 은밀한 말을 나누어 상공이 의심하게 하였으니 만 번 죽어 마땅하오이다."

"너를 의심하는 마음이 없으니 모름지기 거리끼지 말라."

그리고 생각하기를, 적군은 나이가 젊으니 분명 나 보기를 어려워할 것이라. 내가 불러 위로하리라 하고 사람을 시켜 두루 찾았다. 그러나 간 곳을 알 수 없었다.

"옛날에 초 장왕(莊王)은 신하들과 함께 술을 마시다가 자신의 갓끈을 떼어 왕후의 옷을 잡아당긴 신하의 죄를 감추었거늘 나는 애매한 일을 살피려다가 아름다운 선비를 잃었도다. 이제야 꾸짖은들 어이하리오."

소유는 크게 뉘우쳤다.

밤이 되자 소유는 촛불 아래에서 섬월과 함께 옛일을 이야기하며 여러 잔을 기울이다가 밤이 깊어서야 촛불을 끄고 잠자리에 드니, 정이 더욱 은근히 깊어 아침 해가 동쪽 창에 비친 후에야 잠에서 깨었다. 소유가 머리를 들어 보니 섬월이 먼저 일어나 거울을 대하여 연지와 분으로 얼굴을 다듬고 있었다. 잠시 동안 무심코 바라보다가 소유는 깜짝 놀라 일어났다. 자세히 보니 푸른 눈썹과 맑

은 눈, 구름 같은 귀밑머리와 꽃 같은 보조개, 가는 허리와 갸냘픈 맵시 등 모두 섬월과 같았으나 정녕 섬월은 아니었다. 소유는 너무 놀라 아무것도 헤아릴 수가 없었다.

금난새가 학사에게 옥퉁소를 불어 주고	金鸞直學士吹玉簫
봉래전 궁녀가 아름다운 글귀를 청하다	蓬萊殿宮娥乞佳句

소유가 급히 물었다.

"그대는 누구인가."

여인이 대답하였다.

"저는 파주 사람으로 성명은 적경홍(狄驚鴻)이오이다. 원래 섬월과 형제를 맺었더니 지난 밤에 섬월이 나와서 마침 몸에 병이 생겨 상공을 모시지 못하겠으니 자신을 대신하여 상공을 모셔 죄를 얻게 하지 말아 달라 하기에 섬월에게 속아 여기에 이르렀나이다."

그 때 섬월이 밖에서 들어오며 소유에게 말하였다.

"상공이 새 사람 얻으심을 축하하나이다. 제가 전에 하북의 적경홍을 천거한 적이 있더니 저의 말이 어떠하나이까?"

"얼굴을 보니 이름만 듣던 것보다 낫도다."

그러다가 문득 경홍의 얼굴이 백란과 같음을 깨달았다.

"그러면 적군은 적 낭자의 오라비로다. 어제 내가 적군에게 죄 지은 것이 많은데 지금 어디 있나뇨."

"저는 본래 형제가 없나이다."

경홍의 말에 소유는 경홍을 다시 보고 문득 환히 깨달아 크게 웃으며 말하였다.

"지난번 한단 길에서 나를 따라온 사람이 원래 적 낭자이고, 서쪽 행랑에서 섬월과 속삭이던 사람도 적 낭자로다. 어찌하여 남자 옷으로 나를 속였나뇨."

경홍이 대답하였다.

"제가 어찌 감히 상공을 속이리이까. 저는 비록 누추하나 언제나 군자를 따르기를 소원하였더니, 연왕이 저의 이름을 잘못 듣고 구슬 한 섬으로 저를 사서 궁중에 들게 하였나이다. 비록 입에는 맛있는 음식을 싫도록 먹고 몸에는 비단 옷을 천히 여길 만큼 입었으나 이것은 제가 바라는 것이 아니니 외로운 새가 새장에 갇힌 것 같더이다. 그런데 지난번 연왕이 상공을 청하여 궁중에서 잔치할 때 우연히 엿보니 상공은 제가 일생 따르기를 원하던 분이었나이다. 그리하여 상공이 연을 떠나신 후에 곧 도망하여 따르려 하였으나 연왕이 깨닫고 쫓을까 두려워 상공이 떠나신 후 십 일을 기다려 연왕의 천리마를 훔쳐 타고 이틀 만에 한단에 이른 것이오이다. 그 때 바로 상공께 사실을 여쭙고자 하였으나 오히려 번거로워 감히 입을 열지 못하였고, 이곳에 이르러 한나라 시절 당희(唐姬)를 본받아 부질없이 상공의 한 번 웃으심을 도왔나이다. 이제 저의 원을 이루었으니 섬월과 함께 있다가 상공이 부인 맞기를 기다려 같이 서울로 가서 축하드리겠나이다."

"적 낭자의 높은 뜻은 이위공*을 따라나선 수(隋)나라 양월공(楊越公)의 기생 홍불기*라도 미치지 못하리라. 내게 이위공 같은 재주가 없는 것이 부끄럽도다."

소유는 이 날 두 미인과 함께 밤을 지냈다. 그리고 떠남에 앞서 두 사람에게 말하였다.

"길에 이목이 번거로워 수레를 함께 타지 못하니 내가 가

이위공(李衛公) 이름은 정(靖). 당나라 때 사람으로 경서와 사서〈史書〉에 모두 통달하였고 오랑캐를 물리쳐 공이 많았음. 태종 때 형부상서를 하고 뒤에 위국〈衛國〉에 봉해졌음.

홍불기(紅拂妓) 양월공(楊越公)을 가까이 모시던 기생. 이정(李靖)곧 이위공이 선비로서 양월공에게 계책을 올릴 때 여러 기생과 함께 있다가 이정이 묵고 있는 여인숙으로 찾아갔다고 함.

정 이룬 후에 서로 찾으리라."

　소유는 서울로 돌아와 천자 앞에 임무를 완수하였음을 여쭈었다. 그리고 곧 이어 연나라에서 귀순을 알리는 표문(表文)과 조정에 공물로 바치는 금은 비단이 함께 이르렀다. 천자가 소유의 공을 표창하여 소유를 제후에 봉하려 하였으나 소유가 간곡히 사양하므로 소유의 벼슬을 예부상서로 높여 한림학사를 겸하게 하고 많은 물건을 상으로 내렸다.

　천자가 소유의 문학을 소중히 여겨 아무 때나 불러 「경서(經書)」와 「사기(史記)」를 토론하시니 소유는 한림원에 숙직하는 날이 많았다. 어느 날 소유가 밤 늦도록 천자에게 「경서」와 「사기」를 강론하고 돌아오는데 밝은 달이 대궐 안 동산(금원禁苑)에 떠올라 그윽한 흥취를 자아내었다. 소유는 잠을 이루지 못하고 홀로 높은 다락집에 올라 난간에 기대어 달을 바라보고 있었다. 그 때 문득 바람결에 어렴풋이 퉁소 소리가 들려 왔다. 귀를 기울이고 들었으나 소리가 몹시 희미하여 곡조를 분간할 수가 없었다. 한림원을 지키는 아전을 불러 이 소리가 궁 담장 밖에서 나는지, 혹은 궁 안에 이 곡을 불 수 있는 사람이 있는지 물었으나 모른다고 하였다. 소유는 아전에게 술을 내어오게 하여 마시고 벽옥(碧玉) 퉁소를 꺼내어 두어 곡을 불었다. 맑은 소리는 이내 높은 하늘로 올라가 난(鸞)새와 봉(鳳)새가 서로 화답하며 우는 듯하더니, 문득 청학(靑鶴) 한 쌍이 대궐 안으로 날아와 가락에 맞추어 배회하며 춤을 추었다. 한림원의 아전들은 이것을 보고 퉁소로 봉황새 울음소리를 내었던 주(周)나라의 왕자 진(晉)이 인간 세상에 내려왔다고 하였다.

　소유가 처음에 들은 퉁소 소리는 보통 사람의 곡이 아니었다.

　당시 천자의 어머니 태후는 아들 둘에 딸 하나를 두었으니 지금의 천자와 월왕(越王)과 난양 공주(蘭陽公主)이다. 공주가 태어날 때 태후는 꿈에 신선의 꽃과 붉은 진주를 보았다. 공주는 자라면서 용모와 기질에 한 점 세속의 태가 없어 분명코 신선 같았고 문장도 남보다 뛰어났다. 측천황후* 시절에 서역 대진국*에서 백옥 퉁소 하나를 바쳤는데 만들어진 격식은 매우 기묘하였으나 아무도 그것을 불 수가 없었다. 그런데 어느 날 공주가 꿈에 선녀를 만나 세상 사람들이 모르는 퉁소 곡을 배우고 난 후에 그 백옥 퉁소를 불어보니 소리가 매우 맑고 음률이 저절로 맞았다. 그 후로 공주가 그 퉁소를 불 때면 언제나 많은 학이 내려와 춤을 추었다. 태후와 천자는 이것을 기이하게 여겨 퉁소를 잘 불어 신선이 되었다는 진(秦) 목공(穆公)의 딸 농옥(弄玉)처럼 부디 소사* 같은 부마(駙馬)를 얻고자 하였다. 그러므로 공주가 이미 장성하였는데도 아직 혼인을 정한 곳이 없었다.

이날 밤도 공주가 달 아래에서 퉁소 한 곡을 불어 청학 한 쌍을 길들이고 있는데, 곡이 끝나자 학들이 한림원으로 날아갔던 것이다. 이것을 본 궐 안 사람들이 모두 양 상서가 퉁소를 불어 선학(仙鶴)을 내리게 한다고 하였다. 이 말이 궁 안으로 흘러들어 천자가 듣고 공주의 인연이 여기에 있음을 알아 태후를 뵙고 말하였다.

"양소유의 나이가 누이동생과 서로 마땅하고 또 그의 문장과 풍류가 조정 신하 가운데 제일이니 온 천하에서 가려 뽑아도 이보다 나은 사람이 없으리이다."

태후가 크게 기뻐하며 말하였다.

"소화(蕭和)의 혼사를 정한 곳이 없어 밤낮으로 꺼림칙하더니 이 말로 미루어 보면 양 상서는 곧 하늘이 정한 배필이로다."

소화는 곧 난양 공주의 이름으로, 백옥 퉁소에 '소화' 두 글자가 새겨져 있어 그것으로 이름 지은 것이었다.

측천황후(則天皇后) 당 고종(唐高宗)의 황후로 고종이 죽은 후에 모든 권한을 장악하였음.

대진국(大秦國) 후한(後漢) 때 서역(西域)에 있었던 나라.

소사(簫史) 진 목공(秦穆公) 때의 사람으로 퉁소를 잘 불어 백학을 내리게 할 수가 있었다고 함. 목공의 딸 농옥(弄玉)이 이것을 좋아하여 그의 아내가 되자 그는 아내에게 봉황의 울음소리 내는 법을 가르쳐 봉황이 집에 오도록 하였음. 이것을 알고 목공이 봉대(鳳臺)를 지었는데 어느 날 부부가 봉황을 따라 날아갔다고 함.

태후가 이어서 말하였다.

"양 상서는 분명 풍류로운 재주꾼이나 얼굴을 보고 결정하려 하노라."

"그것은 어렵지 아니하나이다. 내일 양소유를 별전(別殿)으로 불러 조용히 문장을 강론할 것이오니 발 안에서 보시오소서."

"이리하는 것이 아주 좋겠도다."

그리하여 천자가 봉래전(蓬萊殿)에 자리잡고 앉아 내관을 시켜 소유를 부르도록 하였다. 그러나 한림원에서는 방금 나갔다 하고, 정 사도의 집에 가서 찾았으나 돌아오지 않았다고 하였다.

이 때 소유는 십삼랑과 함께 장안 술다락집에서 술을 마시며 이름난 기녀 주랑(朱娘)과 옥로(玉露)에게 노래를 부르게 하고 있었다. 그런데 뜻밖에 내관이 왕명으로 부르는 명패(命牌)를 가지고 찾아왔다. 십삼랑은 놀라 달아나고 소유는 취한 눈을 몽롱히 뜨고 천천히 일어나 두 기녀에게 관복를 입히게 하여 내관을 따라 궐 안으로 들어가 천자를 뵈었다. 천자는 소유에게 자리를 주어 앉히고 역대 제왕의 치란(治亂)과 흥망(興亡)에 대해서 의논하였다. 소유가 옛일을 인용하며 일일이 밝게 여쭙자 천자가 얼굴에 크게 기쁜 빛을 띠고 또 말하였다.

"시 짓는 것은 제왕의 일이 아니라 하나 우리 조종*이 모두 이 일에 뜻을 두어 천자가 지은 글이 천하에 떨쳤도다. 그대가 고금(古今) 시인들의 우열을 논하여 보라. 제왕 가운데 시는 누가 으뜸이고, 신하 가운데는 누구를 제일이라 하겠는가?"

"군신이 시가(詩歌)로 화답한 것은 오랜 옛날 순임금과 고요*로부터 시작되었으나 이것은 논하지 말고, 한 고조*의 「대풍가(大風歌)」와 무제의 「추풍사(秋風辭)」, 위 무제*의 「월명성희(月明星稀)」가 제왕의 시 가운데 으뜸이요, 신하 가운데는 위나라 조자건*과 진(晉)나라 육기(陸機), 남조* 때의 도연명(陶淵明)과 사영운(謝靈運) 등 두어 사람이 유명하나이다. 또 근고(近古) 시대의 문장이 융성

한 것은 우리 당(唐) 시대만한 때가 없었고, 이 가운데에서도 우리 현종(玄宗) 황제 시절 같은 때가 없었사오니, 이 시대 제왕의 문장으로는 현종 황제가 으뜸 되시고 시인으로는 이백(李白)을 대적할 사람이 없으리이다."

"그대의 의론이 나의 뜻과 같도다. 내가 이백의 시 「청평조(淸平調)」와 「행락사(行樂詞)」를 볼 때마다 그와 시대를 함께하지 못한 것이 안타까웠더니 이제 그대를 얻었으니 어이 이백을 부러워하리오."

이 때 궁녀 십여 명이 양쪽으로 나뉘어 천자를 모시고 있었다. 천자가 이들을 가리키며 말하였다.

"이들은 궁중에서 문서와 문장과 글씨를 관리하는 여중서*들이라. 글짓기를 잘 아는데다가 그대의 아름다운 글씨를 얻어 보배로 삼으려 하니 한두 수 지어 주어 이들의 사모하는 뜻을 저버리지 말라. 나도 그대의 붓 휘두르는 모습을 보고저 하노라."

그리고 궁녀를 시켜 어전(御前)에 있는 유리 벼루집과 백옥 붓꽂이와 구슬로 만든 달 모양의 연적을 소유 앞에 가져다 놓게 하고, 모든 궁녀를 미리 대령하도록 하였다. 궁녀들은 각각 고운 종이와 비단 수건, 그림이 그려진 부채를 소유 앞에 내놓았다. 소유가 곧 취한 흥취를 띠워 힘차게 붓을 휘두르자 붓 아래에서 비바람이 일고 구름과 안개가 피어나며 용이 울고 봉황이 나는 듯하였다. 절구*도 짓고 사운*도 짓고, 한 수를 쓰기도 하고 두 수를 쓰기도 하여 나무 그림자가 옮겨지지도 않은 잠깐 사이에 앞에 놓인 종이와 수

조종(祖宗) 군주의 조상.
고요(皐陶) 순임금의 신하.
한 고조 유방(劉邦).
위 무제(魏武帝) 삼국시대의 조조.
조자건(趙子建) 조조의 셋째아들 조식(趙植). 글을 잘 지었음.
남조(南朝) 동진(東晉)에 이어 강남(江南)에 자리잡은 송(宋)·양(梁)·진(陳)·제(齊)의 사조(四朝).
여중서(女中書) 여자의 관직 이름.
절구(絶句) 한시 근체시(近體詩)의 하나. 오언(五言)절구와 칠언(七言)절구가 있음.
사운(四韻) 네 개의 각운(脚韻)으로 된 율시(律詩).

건과 부채 등이 이미 다하였다. 궁녀들이 차례로 받아 어전에 드리니 천자가 연이어 칭찬을 그치지 않고 궁녀들에게 일렀다.

"학사가 수고하였으니 너희 모두 잔을 드리라."

여러 궁녀가 명을 받아 황금 잔과 백옥 상(白玉床), 유리 술병과 앵무새 모양의 술잔(앵무배鸚鵡盃)을 받들어 드렸다. 소유가 여남은 잔을 연이어 기울여 얼굴에 봄빛이 가득하고 취하여 옥산(玉山)이 무너지듯 쓰러지려 하므로 천자가 술을 그치게 하고 궁녀들에게 다시 일렀다.

"학사의 글이 한 자에 천금(千金)도 싸니 세상에 없는 보배라. 『시전』*에 이르기를, '내게 모과를 던져 주니 나는 옥으로 갚는도다' 하였으니 너희는 무엇으로 보답하려 하나뇨."

여러 궁녀가 금비녀도 빼고 옥 노리개도 끄르며, 귀걸이·금팔찌·향주머니(향낭香囊) 등을 어지러이 던졌다. 천자는 어린 내관을 시켜 소유가 쓰던 붓과 벼루와 궁녀들이 내놓은 선물을 다 거두어 소유와 함께 정 사도의 화원으로 보냈다. 소유는 천자에게 하직하고 내관의 부축을 받으며 궁문을 나서서 말에 올랐다. 그는 이미 크게 취하여 있었다. 소유가 돌아오자 춘운이 옷을 벗기며 물었다.

"상공은 어디 가서 이토록 취하셨나이까."

소유는 대답하지 않고 있다가 내관이 궁에서 상으로 내린 붓과 벼루와 궁녀들이 선물한 비녀·팔찌 등을 들여놓자 춘운에게 말하였다.

"이것은 천자께서 춘랑에게 주신 것이니 나의 소득이 한 무제의 총애를 받던 동방삭(東方朔)과 비교하여 어떠하냐."

춘운이 다시 물었으나 소유는 이미 크게 취하여 코 고는 소리가 우레 같았다.

이튿날 소유가 늦게야 일어나 막 세수를 마치자 동자가 급히 들어와 알렸다.

"월왕* 전하 오시나이다."

소유가 놀라며 월왕이 찾아온 데에는 반드시 까닭이 있으리라 생각하며 황급히 맞아들였다. 월왕은 나이 이십여 세에 얼굴이 하늘 사람 같았다.

"이렇게 누추한 곳에 이르시니 무슨 가르침이 계시나이까."

"항상 상서의 훌륭한 덕을 흠모하였으나 다니는 길이 달라 정성을 이루지 못하였더이다. 오늘 이렇게 온 것은 황상의 명을 받든 것이오이다. 황상께서 누이동생을 두셨는데 나이가 장성하였으나 아직 혼인하지 못하였나이다. 이제 황상이 상서의 재주와 덕을 공경하고 사랑하시어 혼인을 맺어 형제가 되고자 하시기에 먼저 와서 알리나이다. 곧 이어 천자의 명이 계시리이다."

소유가 매우 놀라 말하였다.

"은혜가 이러하시니 가난하고 천한 선비는 순순히 복종하고자 하나이다. 하오나 불행히도 정 사도의 딸에게 이미 혼약 예물(빙폐聘幣)을 주었으니 이 뜻을 황상께 올려 주시기 바라나이다."

"황상께 아뢰기는 하려니와 애석하도다. 황상의 인재 사랑하시는 마음을 저버리는도다."

"인륜에 관계하여 마지못한 것이니 곧 궐에 나아가 죄를 청하겠나이다."

월왕이 하직하고 간 후에 소유가 정 사도에게 이 말을 전하였다. 그러나 이미 춘운이 들어가 알린 뒤인지라 온 집안이 당황하여 어쩔 줄 모르고, 정 사도 역시 근심이 가득하여 아무 말도 하지 못하였다.

소유가 사도를 위로하여 말하였다.

"장인께서는 안심하소서. 제가 비록 못났으나 조강지처를 내보내는 죄인*은 되지 아니하리이다. 천자께서는 덕이 밝으시고 법도를 지키며 예를 좋아하시니 신하의 윤리를 어지럽게 하실 리 없으니 설마 어떠하리이까."

태후는 봉래전에서 소유를 보신 후에 기쁨이 가득하여,

"이 사람이 정말 난양의 배필이니 다시 의심할 것 없노라."

하고 월왕에게 먼저 뜻을 통하게 하였던 것이다.

그 때 천자는 별전에 있다가 문득 소유의 글과 필법을 다시 보고자 하여 태감 *을 시켜 여중서들이 받은 글을 모아 가져오게 하였다. 궁녀들은 받은 글을 몹시 사랑하여 모두 상자 안에 깊이 간직하였으나 한 궁녀만은 자기 방으로 돌아가 글 쓰인 부채를 가슴에 품고 침식도 잊은 채 종일토록 울었다. 이 궁녀는 곧 화주 진 어사의 딸 진채봉이었다. 어사는 비명에 죽고 자신은 대궐에 잡혀 와 계집종이 되었더니 얼마 지나지 않아 채봉의 얼굴이 아름답다는 궁중 사람들의 말에 천자가 불러 보고 첩여*에 봉하려 하였다. 그러나 태후가 지극히 총애할 뿐 아니라 채봉이 너무 아름다운 것을 꺼려 태후가 천자에게 말하였다.

"진씨 여자의 재주와 용모는 짝이 없으니 폐하를 모실 만하나 폐하가 그 아비를 죽이고 그 자식을 가까이 하는 것은, 형벌을 내리고 그 사람을 가까이 하지 않는다는 제왕의 뜻에 맞지 않으리라 생각하나이다."

천자가 이 말씀을 옳게 여겨 채봉에게 글을 아는지 물었다.

채봉이 약간의 글을 배웠다고 대답하자 천자는 채봉에게 여중서의 벼슬을 주어 궁중의 문서를 맡게 하고, 아울러 태후의 궁에 가서 난양 공주를 모시게 하였다. 공주도 채봉의 재주와 용모를 몹시 사랑하여 정이 형제와 같아서 잠시도 떨어지지 못하였다.

이날 채봉은 태후를 모시고 봉래전에 가서 소유를 보게 되었던 것인데, 그 얼굴과 이름이 이미 뼈에 박혀 있으니 몰라볼 리가 없었다. 그러나 소유는 채봉이 살아 있을 것을 확신하지 못하였고, 또 천자 앞에서 눈을 치켜뜨지 못하였으므로 채봉을 알아보지 못하였다. 채봉은 두 사람의 뜻이 서로 같지 않고 또 전에 맺었던 인연을 이을 길이 없음을 슬퍼하여 부채에 쓰인 글을 읽고 또 읽으며 차마 놓지 못하였다.

비단 부채가 둥글둥글하여 밝은 달 같으니	紈扇團團如明月
고운 사람의 옥 같은 손이 아울러 밝고 맑도다	佳人玉手竝皎潔
오현금* 속에는 따뜻한 바람이 많으니	五絃琴裏薰風多
품 속을 드나들어 그칠 때가 없도다	出入懷裏無時歇

비단 부채 둥글둥글하여 달덩이 같으니	紈扇團團月一團
고운 사람의 옥 같은 손이 서로 이끌었도다	佳人玉手正相隨
수고로이 꽃 같은 얼굴을 가리지 말라	無路將却如花面
봄빛을 인간에서도 알지 못하나니라	春色人間摠不知

"양랑이 내 마음을 모르는도다. 내 비록 궁중에 있으나 어찌 천자의 사랑을 받을 뜻이 있으리오."

채봉이 앞의 글을 보고 혼자 말하고, 아래 글을 읽고 또 중얼거렸다.

"두 뜻이 이렇게 다르니 양랑은 분명 잊지 않았도다. 실로 지척이 천리로다."

그리고 전에 소유와 「양류사」 화답하던 일을 생각하고 정을 이기지 못하여 부채에 시 한 수를 이어 쓰고 다시 읊고 있었다. 그 때 태감이 부채를 가지러 왔다. 채봉이 크게 놀라 말하였다.

"내가 이제는 죽겠도다."

| 첩이 제멋대로 주인을 거절하고 | 侍妾隨意辭主人 |
| 첩여가 검으로 화촉을 끄다 | 婕妤手劍付華燭 |

태감이 채봉에게 물었다.

"황상께서 양 상서의 시를 다시 보시려 하여 가지러 왔나니

태감(太監) 원(元)·명대(明代)의 환관.

첩여(婕妤) 여관(女官)의 이름.

오현금(五絃琴) 순임금이 만들었다는 다섯 줄 거문고.

어찌하여 놀라는가."

채봉이 울며 대답하였다.

"팔자 기박한 사람이 죽을 때가 되어 양 상서의 글 아래 잡말을 써서 죽을 죄를 저질렀소이다. 황상께서 보시면 죽임을 면치 못할 것이라. 차라리 내 손으로 죽으려 하니 장사 지내는 것은 모두 태감에게 의탁하오."

"여중서는 어이 그런 말을 하는가. 황상은 인자하시니 어쩌면 죄를 안 주실 듯하고, 설사 크게 노하시더라도 내가 힘써 구하리니 나를 따라오시오."

채봉은 울며 태감을 따라갔다. 태감이 채봉을 문 밖에 기다리게 하고 모은 글을 가져다 천자에게 드렸다. 천자가 읽어 나가다가 채봉의 부채에 이르러 소유의 글 아래 다른 사람의 글이 써 있으니 태감에게 물었다.

태감이 여쭈었다.

"진씨가 황상께서 찾으실 줄 모르고 어지러운 말을 아래에 썼다고 하면서 놀랍고 두려워 죽으려 하기에 신이 말리고 데려왔나이다."

천자가 그 글을 다시 보니 이러하였다.

비단 부채가 둥글어 가을 달같이 둥그니	紈扇團如秋月團
일찍이 다락 위에서 부끄러운 얼굴 대하던 것을 생각하노라	憶曾樓上對羞顔
처음에 지척에서 서로 알아보지 못할 줄 알았던들	初知咫尺不相識
그대로 하여금 자세히 보지 못하게 한 것을 뉘우치노라	悔不從君仔細看

"진씨에게 분명 사정이 있도다. 어디 가서 누구를 보았는지는 알 수 없으나 진씨의 재주는 볼 만하도다."

천자가 거듭 읽고 태감을 시켜 채봉을 부르게 하였다. 채봉이 들어와 섬돌 아래 머리를 조아리며 죽기를 청하자 천자가 말하였다.

"바로 아뢰면 죽을 죄를 용서할 것이로다. 어떤 사람과 사정이 있더냐?"

"제가 어찌 감히 숨기리이까. 저의 집이 망하기 전에 양 상서가 과거 보러 서울로 오는 길에 저의 집 앞을 지나다가 우연히 서로 보고 「양류사」를 지어 화답하며 언약이 있었더이다. 그런데 전에 황상께서 양 상서를 불러 보실 때 곁에 모시고 있던 저는 양 상서를 알아보았으나 상서는 저를 알아보지 못하니, 제가 옛일을 생각하고 신세를 슬퍼하여 미친 글을 썼사오이다. 저의 죄는 만 번 죽어 마땅하나이다."

황상이 매우 불쌍히 여겨 말하였다.

"네가 「양류사」로 혼인 언약을 하였다 하니 기억할 수 있겠느냐."

채봉이 종이와 붓을 청하여 바로 써 올리자 황상이 보고 놀라서 말하였다.

"네 죄는 비록 무거우나 재주가 아깝도다. 너를 용서치 못할 것이나 내 누이가 너를 사랑하기에 용서하노라. 너는 나라의 은혜를 생각하여 정성을 다하여 내 누이를 섬기라."

그리고 부채를 도로 주니 채봉이 머리를 조아리고 은혜에 감사하며 물러났다.

천자가 태후를 모시고 있는데 월왕이 돌아와 소유의 말을 그대로 전하였다. 태후가 듣고 불쾌해 하며 말하였다.

"양소유의 벼슬이 상서에 이르렀으니 조정 일을 알 것이거늘 어이 이토록 고루한가."

"제 비록 혼약 예물을 받기는 하였으나 혼인한 것과는 다르니 직접 보고 타이르면 듣지 않을 리 없나이다."

천자가 대답하고 다음날 소유를 불렀다. 소유가 명을 받고 뵙자 천자가 말하였다.

"내 누이의 재질이 보통 사람과 달라 오직 그대의 배필이 됨직하기에 아우를 통하여 뜻을 통하였더니라. 그런데 혼약한 곳이 있음을 들어 사양하더라 하니, 이것은 그대가 잘못 생각한 것이라. 전대(前代)의 제왕들이 부마를 택하실 때는 아내를 내보내기도 하였으니, 진(晉)나라 왕헌지* 같은 이는 그렇게 하여 그 일을 죽을 때까지 뉘우쳤고, 또 송홍 같은 이는 천자의 명을 받아들이지 않았노라. 내가 천하 사람들의 아비가 되어 잘못된 일을 백성에게 가르칠 리 있겠는가. 지금 그대가 정씨 집안의 혼인을 물리친다 하더라도 정 소저는 자연히 시집 갈 곳이 있을 것이니 조강지처를 내보내게 하는 혐의가 없으리라. 윤리에 어떤 구애받음이 있으리오."

소유가 머리를 조아리며 아뢰었다.

"황상께서 저를 벌주지 않으시고 이렇게 타이르시니 천은이 망극하오이다. 하오나 저의 정리(情理)는 남들과 같지 않사오이다. 저는 나이 어린 서생(書生)으로 서울에 와서 바로 정씨 집에 의지하여 혼인 예물(납폐納幣)을 보냈을 뿐 아니라 정 사도와 장인·사위의 연분을 정한 지 오래이고, 남녀 또한 서로 보았더이다. 지금까지 혼인식(친영親迎)을 하지 못하였음은 나라에 일이 많아 저의 어미를 데려오지 못하여 뒷날을 기다릴 따름이오이다. 제가 지금 황상의 명에 따른다면 정 소저는 다른 집으로 갈 리 없사오니 평범한 아녀자가 시집 갈 곳을 얻지 못한다면 어찌 왕의 정사에 결함이 되지 아니하리이까."

"그대의 정리는 비록 그러하나 그대는 지금 정 소저와 부부의 의가 없으니 정 소저는 결국 다른 곳을 의논하지 않겠는가. 이제 그대와 공주를 혼인시키려 하는 것은 내가 그대를 소중히 여겨 형제 되고자 하는 것만이 아니라, 태후 또한 그대의 재주와 덕을 들으시고 힘써 주장하시는 것이니 그대가 이렇게 굳이 사양한다면 반드시 태후가 노하실 것이라. 내 또한 마음대로 못 할까 하노라."

그러나 소유가 머리를 조아리고 힘써 사양하므로 천자가 말하였다.

"혼인은 큰 일이니 한마디 말로 결단하지 못할 것이라. 후일을 기다리고 지금은 그대와 함께 바둑으로 소일하리라."

그리고 어린 내관에게 바둑판을 내오게 하여 한나절을 보냈다. 소유가 집에 돌아와 보니 사도가 슬픈 빛을 가득 띠고 말하였다.

"태후가 조서를 내려 양랑이 보낸 혼약 예물을 도로 보내라 하시기에 춘랑을 시켜 이미 화원에 가져다 두었도다. 어린 딸의 신세를 생각하면 참혹함을 어이 다 이르리오. 아내는 놀라 병들어 사람을 만나지 못하나니라."

소유가 어안이 벙벙하여 말하였다.

"어이 이런 일이 있으리오. 제가 상소하여 다투려니와 설마 조정 공론인들 있지 않으리이까."

그러자 사도가 말렸다.

"양랑이 두 번이나 왕명을 거슬렀으니 이제 상소하면 반드시 무거운 죄를 입을 것이라. 순종하는 것만 못하리라. 또 이제 양랑이 나와 함께 화원에 있는 것이 마음에 편안치 않으니 비록 섭섭할지라도 떠나는 것이 나으리라."

소유는 대답도 하지 않고 화원으로 갔다. 춘운이 소유의 혼약 예물을 받들어 도로 주며 말하였다.

"저는 아가씨의 명을 받아 지금까지 상공을 모시고 아가씨 오시기를 기다렸나이다. 그런데 아가씨의 일이 이렇게 잘못되었으니 저는 이제 상공께 하직하고 다시 아가씨를 모시려 하나이다."

"내 지금 힘써 상소하여 사양하면 황상께서 들으실 만도 하고, 설사 듣지 않으실지라도 여인이 남편을 맞은 후에는 지아비를 따르는 것이거늘 네가 어찌 나를 버릴 이치가 있느냐."

"저에게는 이와 같지 아니하나이다. 저는 아가씨를 섬겨 생사를 함께하기로 맹세하였으니 제가 아가씨를 따르는 것은 얼굴과 그림자 같나이다. 얼굴은 벌써 갔는데 어이 그림자만 홀로 머물러 있으리이까."

"너는 아가씨와 같지 않으니 아가씨는 동서남북으로 좋은 인연을

왕헌지(王獻之) 황희지(王羲之) 아들로 정처(正妻)를 버리고 부마가 되었음.

백칠

구하더라도 해롭지 않을 것이나 네가 아가씨를 따라 다른 사람을 섬긴다면 여자의 절개 있는 행실에 어떠하겠느냐."

"상공의 말씀이 이와 같으시니 우리 아가씨의 마음을 모르시나이다. 아가씨는 이미 정해 놓은 계획이 있나이다. 우리 어르신과 부인 슬하에서 백 년을 기다려 두 분이 돌아가신 후에 머리털을 깎고 불문(佛門)에 의탁하여 내생(來生)에는 몇 번이든 다시는 여자 되지 않기를 빌려 하시나이다. 저의 앞길 또한 이러할 뿐이니 상공이 만일 저를 다시 보려 하신다면 혼약 예물이 아가씨 방으로 도로 간 후에나 의논할 것이요, 그러지 않으면 오늘이 곧 영원한 이별이나이다. 제가 천한 자질로 상공의 사랑을 입어 벌써 일 년이 지났으니 은혜 갚을 길이 없사오이다. 후생에나 상공을 모시는 개와 말이 되기를 바랄 따름이니 상공은 거듭거듭 몸조심하소서."

춘운이 오래도록 흐느끼며 울다가 들어가니 소유는 슬프고 참담한 마음을 이기지 못하여 침식(寢食)을 폐하고 있다가 이튿날 매우 과격한 언사로 상소를 올렸다. 천자가 상소를 읽고 태후에게 여쭈니 태후가 크게 노하여 소유를 옥에 가두도록 하였다. 조정 대신이 모두 간하였으나 천자는,

"내 또한 양소유의 벌이 너무 무거운 줄은 알지만 태후께서 크게 노하셨으니 나도 구하지 못하노라."

하였다. 태후가 소유를 괴롭히고자 하여 수개월이 지나도록 공사(公事)를 내리지 않으니 정 사도가 황공하여 문을 닫아 걸고 손님을 만나지 않았다.

이 때 토번 오랑캐가 강성하여 중국을 업신여기고 사십만 대병을 일으켜 변방 고을을 연이어 함락하고 선봉이 위교*에까지 다다라 서울이 요란해졌다. 천자가 여러 신하를 모아 놓고 의논하시나 모두,

"서울에 있는 군사가 수만 명에 지나지 않고 일이 너무 급하여 변방에 있는 군사들을 미처 부르지 못할 것이니 잠시 서울을 버리고 관동*으로 나가 순행하

시고 여러 도의 군사들을 불러 회복을 꾀하는 것이 옳으리이다."

하였다. 천자는 어찌할 바를 모르고 결정하지 못하다가 말하였다.

"여러 신하 가운데 양소유가 가장 꾀를 잘 쓰고 또한 결단을 잘하여 전에 세 진영을 항복하게 하였던 것이 다 이 사람의 공이었노라."

천자가 조회를 마치고 태후에게 청하여 사자(使者)를 시켜 양소유를 불러 오 도록 하였다. 천자가 계책을 묻자 소유가 여쭈었다.

"서울은 종묘와 궁궐이 있는 곳이니 한 번 버리면 천하 인심이 크게 흔들려 금방 수습하지 못하리이다. 대종(代宗) 황제 시절에 토번이 회흘*과 함께 백만 군사를 이끌고 서울을 침범하였는데, 그 때 군사가 지금보다 훨씬 약하였으나 곽자의*는 말 한 필로 도적을 물리쳤사오이다. 제가 비록 재주는 없사오나 수천 군사를 얻어 죽기로써 싸워 도적을 물리치겠나이다."

천자는 평소에 소유의 재주를 소중히 여겨 왔으므로 소유를 장수로 삼아 서 울 주둔군 삼만을 뽑아 토번 오랑캐를 막도록 하였다. 소유가 즉시 삼진(三陣) 을 지휘하여 위교로 건너가 오랑캐 선봉과 싸워 좌현왕* 을 쏘아 죽이니 오랑캐의 대군이 일시에 물러났다. 그러 나 소유는 뒤쫓아가서 세 번을 싸워 적군 삼만여 명의 목을 베고 말 팔천 필을 빼앗은 뒤에 서울에 승리를 알 렸다. 천자가 크게 기뻐하며 곧 군사를 돌이켜 돌아오도 록 하고 공을 논하려 하니 소유가 군영(軍營) 안에서 상 소하여 여쭈었다.

"도적이 비록 패하기는 하였으나 머리를 벤 수가 십 분의 일이 못 되니 지금 그 대군이 성 위에 진을 치고 아 직도 침범할 뜻이 있사옵니다. 그러므로 저는 군사를 더 내어 지금의 성한 기세를 타고 적진에 깊이 들어가 그

위교(渭橋) 장안성(長安城) 북쪽에 있는 다리.

관동(關東) 함곡관 동쪽. 지금의 하남·산동 등의 지역.

회흘(回紇) 서역(西域)의 부족 이름.

곽자의(郭子儀) 당 현종(玄宗) 때부터 덕종(德宗)에 걸친 무장(武將).

대종(代宗) 당 현종(玄宗) 때 회흘 수십만을 물리침. 뒤에 분양왕에 봉해짐.

좌현왕(左賢王) 흉노의 귀족 봉호(封號).

왕을 잡고 그 나라를 멸망시켜 길이 자손의 근심을 없애고저 하나이다."

천자가 소유의 뜻을 보고 크게 기뻐하여 소유의 벼슬을 어사대부* 겸 병부상서 정서대원수*로 높이고 보검(寶劍)과, 붉은 활과 화살*, 천자가 두르던 띠를 내려 주었다. 또 흰소 꼬리로 만든 기(백모白旄)와 황금으로 꾸민 크고 작은 도끼(황월黃鉞)를 주며 삭방*·하동*·산남·농서* 지방의 군사들을 데려다 쓰도록 하였다. 소유는 병사 이십 만을 모으고 날을 잡아 군기(軍旗)에 제사를 지내고 출발하였다. 병법(兵法)은 육도*에 맞추고 팔진(八陣)의 형세로 진을 벌리고, 정숙한 군용(軍容)과 엄숙한 호령으로 오랑캐를 대나무 쳐내듯 쳐부수었다. 그리하여 몇 개월 사이에 빼앗긴 고을 이십 여 성을 되찾고 나아가 적석산* 아래 진을 쳤다. 그 때 갑자기 말 앞에서 회오리바람이 일어나고 까막까치가 울면서 진을 꿰뚫고 지나갔다. 소유가 말 위에서 점을 쳐보고 말하였다.

"지금 적국 사람이 눈앞에서 내 진을 엄습하고 있으나 나중에는 기쁜 일이 있으리라. 산 아래 진을 치고 사방에 나무를 깎아 둘러세워 방어를 치라. 삼각으로 뽀족이 깎은 쇠붙이를 적군이 다니는 길에 두껍게 깔고 삼군을 경계하며 잠자지 말고 방비를 엄히 하라."

이날 밤, 소유는 장막 안에 촛불을 밝히고 앉아 병서를 읽고 있었다. 진 밖에서 군사의 순라 도는 소리로 미루어 보아 삼경이 되었을 때 갑자기 한바탕 찬바람이 불어 촛불을 끄고 서늘한 기운이 사람에게 침범하더니 한 여인이 손에 비수를 들고 서릿발 같은 낯빛으로 공중에서 내려와 소유 앞에 섰다. 소유는 곧 이 여인이 자객임을 알아챘으나 낯빛을 변하지 않고 물었다.

어사대부(御史大夫) 백관(百官)의 죄를 다스린 어사대(御使臺)의 장관.

정서대원수(征西大元帥) 서역을 정벌하는 군대의 우두머리.

붉은 활과 화살 단궁적전(丹弓赤箭). 옛날에 천자가 큰 공이 있는 제후에게 하사하였음.

삭방(朔方) 황하 이남 수원성(綏遠省) 부근.

하동(河東) 지금의 산서성(山西省)의 땅.

산남(山南) 지금의 섬서성(陝西省)의 땅.

농서 지금의 감숙성(甘肅省)의 땅.

"여인은 어떤 사람이며 한밤중에 나의 군대 안에는 어찌하여 들어왔는가?"

"저는 토번국 군주 찬보(贊普)의 명을 받아 원수의 머리를 가지러 왔나이다."

"대장부가 어찌 죽기를 두려워하리오. 어서 베어 가라."

그러자 여인이 칼을 던지고 소유 앞에 머리를 조아리며 말하였다.

"귀인(貴人)은 놀라지 마소서. 제가 어찌 귀인을 해치리오."

"칼을 가지고 군영 안에 들어왔으면서도 해치지 않는 것은 무슨 까닭이뇨?"

소유가 여인을 붙들어 일으키며 묻자 여인이 대답하였다.

"저의 내력을 여쭈려면 선 자리에서 잠깐 동안에 다하기 어려울 것이오이다."

소유가 자리를 주어 앉히며 다시 물었다.

"낭자는 어떤 사람이며 무슨 가르침이 있기에 이렇게 나를 찾아왔나뇨?"

소유가 백룡담에서 귀신 병사들을 물리치고　白龍潭楊郎破陰兵
동정호의 용왕이 사위를 위하여 잔치하다　洞庭湖龍君宴嬌客

　여인은 구름 같은 머리털을 깔끔하게 쓸어 빗어 금 머리꽂이(금잠金簪)를 꽂고, 패랭이꽃(석죽화石竹花)을 수놓은 소매 좁은 긴 갑옷(전포戰袍)을 입었으며, 발에는 봉(鳳)새 머리를 수놓은 목이 긴 나무 신을 신고, 허리에는 용천검(龍泉劍) 칼집을 찼다. 그러나 뛰어난 아름다움이 한 가지 해당화 같아서, 아비를 대신하여 남장하고 전쟁터에 나간 목란(木蘭)이 아니면, 주인을 위하여 적의 침소에 들어가 금합(金盒)을 훔친 홍선*이었다. 소유가 여인에게 온 뜻을 묻자 여인이 대답

육도(六韜) : 병법의 하나.

적석산(積石山) : 대적석산은 청해성(青海省) 서녕현(西寧縣)에, 소적석산은 감숙성 임하현(臨夏縣)에 있음.

홍선(紅線) : 당나라 때 노주(潞州) 설숭(薛嵩)의 하녀로 위성(魏城) 전승사(田承嗣)의 침소에 들어가 금합을 훔쳐 노주를 합병하려던 전승사의 뜻을 꺾고 사죄하게 함.

하였다.

"저는 본디 양주* 사람으로 조상 때부터 당나라 백성이었나이다. 어려서 부모를 잃고 한 여도관의 제자가 되었는데 그는 도술이 있어 제자 세 사람에게 검술을 가르쳤으니, 진해월(秦海月)과 김채홍(金彩虹) 그리고 저 심요연(沈裊烟)이오이다. 저희는 삼 년 만에 재주를 다 익혀 바람을 타고 번개를 따라 순식간에 천리를 갈 수 있었나이다. 저희의 솜씨는 높고 낮음이 없었으나 스승께서는 원수를 갚거나 악한 사람을 베려 할 때면 언제나 채홍과 해월을 보내고 저를 보내지 아니하시기에 제가 스승께 여쭈었나이다.

'저희 셋이 함께 스승의 가르침을 받았거늘 저는 은혜 갚을 길이 없사오니 저의 재주가 두 사람만 못 하여 부릴 만하지 못하나이까?'

그러자 스승께서는,

'너는 본디 우리 무리가 아니다. 뒷날에 바른 길을 얻게 될 것이니 너는 내가 바라볼 사람이 아니다. 지금 만일 그들과 함께 인명을 살해하면 너의 앞길에 해로울 것이기에 너를 부리지 아니하노라.'

하시더이다. 제가 다시,

'그렇다면 저에게 검술을 가르쳐 무엇에 쓰라 하시나이까?'

하고 여쭈니 스승께서는,

'너의 전세(前世) 인연이 당나라에 있으니 그 사람은 큰 귀인이라. 네가 외국에서 태어나 서로 만날 길이 없으니 너에게 검술을 가르쳐 이것으로 귀인과 만날 길을 가르친 것이니라. 뒷날 백만 군사의 창검 가운데에서 아름다운 인연을 이루리라.'

하시더이다. 그런데 지난 달에 저를 부르시어, '지금 당나라 천자가 대장을 보내어 토번을 정벌하는데 찬보가 사방 문에 방을 붙여 큰 돈으로 자객을 모집하여 당나라 장수를 해치려 하노라. 네가 급히 가서 토번국 자

양주(揚州) 지금의 강소성(江蘇省) 강도현(江都縣).

백십삼

객들과 겨루어 당나라 장수의 화를 구하고, 다른 한편으로는 너의 인연을 이루라.' 하시더이다. 그리하여 제가 곧 토번국으로 가서 붙여 놓은 방을 떼어 가지고 들어가니 찬보가 불러 보고 먼저 온 자객 십여 명과 검술을 비교하라 하더이다. 제가 십여 명의 상투를 베어 드리자 찬보가 크게 기뻐하여 저에게 상서를 해치라 하면서, 만일 공을 이루면 귀비*에 봉하리라 하였나이다. 그런데 지금 상서를 만나 뵈오니 과연 스승의 말씀이 맞사오니, 끝자리의 종이 되어 가까이 모시고저 하나이다."

소유가 크게 기뻐 말하였다.

"그대가 나의 위태로운 목숨을 구하고 또 몸으로 섬기고자 하니 이 은혜를 어이 다 갚으리오. 백 년을 함께 늙기 바랄 따름이라."

이날 밤, 소유가 군영 장막 안에서 창검 빛으로 화촉을 대신하고 야경하는 징 소리를 금슬* 소리로 삼아 요연과 잠자리를 함께하니 복파영* 가운데 달빛이 뚜렷하고 옥문관* 밖에 봄빛이 가득하여 각별한 정이 깊은 방 비단 휘장 안보다 더한 듯하였다.

소유가 밤낮으로 요연에게 깊이 빠져 삼 일 동안이나 밖으로 나가지 않아 장병들을 돌보지 않으니 요연이 말하였다.

"여자가 군영에 오래 있는 것이 옳지 않으니 하직하겠나이다."

"그대를 어이 보통 여자에게 비기리오. 좋은 묘책을 가르쳐 주기 바라나니 어찌하여 버리고 가려는가."

"상공의 훌륭한 무력(武力)으로 쇠잔한 오랑캐를 부수는 것은 썩은 나무를 자르는 것과 같으리니 무슨 의심이 있으리이까. 제가 이곳으로 온 것이 스승의 명이기는 하오나 아직 완전히 하직하지는 못하였으니 돌아가 스승을 뵙고 상공이 군사를 돌이켜 돌아가실 때를 기다려 따라가겠나이다."

"그리하는 것이 좋기는 하겠으나 그대가 간 후에 다른 자객이 오면 어이하랴."

"자객이 비록 많기는 하나 저의 적수는 없으니 제가 상공께 귀순한 것을 알면 다른 사람은 감히 오지 못하리이다."

그리고 허리에서 묘아완(妙兒玩)이란 구슬을 꺼내어 소유에게 주며 말하였다.

"이것은 찬보의 상투에 매었던 구슬이니 사자를 시켜 찬보에게 보내어 제가 다시 돌아가지 않을 것임을 알게 하소서."

"이 밖에 또 무슨 일러 줄 말이 있나뇨."

"앞으로 반드시 반사곡*을 지나게 되리니 길이 좁고 깨끗한 물이 없나이다. 조심하여 행군하고 군사들이 마실 물은 우물을 파서 먹이소서."

요연이 말을 마치고 하직하니 소유가 머물게 하려 하자 공중으로 솟구쳐 보이지 않았다. 소유가 모든 장병을 모아 놓고 요연의 일과 말을 전하자 모두 축하하면서,

"원수의 큰 복이 하늘 같으니 기이한 사람이 와서 도왔나이다."

하였다. 소유가 즉시 사자를 시켜 구슬을 토번왕에게 보내고 여러 날을 행군하여 큰 산 아래 이르렀다. 길이 좁아 말 한 필이 겨우 지날 만하였는데 이런 길을 수백 리 지나서야 겨우 조금 넓은 곳을 얻어 군영을 만들고 군사를 쉬게 할 수 있었다. 장병들은 오래도록 수고하던 참이었으므로 산 아래 맑은 물이 있는 것을 보고 다투어 나아가 마셨다. 그러자 온 몸이 푸르게 변하고 떨리면서 거의 죽어 가게 되었다. 소유가 크게 놀라 몸소 물가에 가 보니 물이 깊고 푸르러 깊이를 측량할 수 없는 가운데 찬 기운이 으스스하였다. 소유가 비로소 이것이 분명 요연이 말한 반사곡이라 생각하고 장병들을 시켜 여러 곳에 우물을 파서 물을 내도록 하였다. 그러나 열 길이 넘게 파들어가도 한

귀비(貴妃) 여관(女官)의 명칭. 정일품.

금슬(琴瑟) 거문고와 비파. 소리가 서로 잘 어울린다 하여 부부의 화목한 사이를 비유함.

복파영(伏波營) 복파 장군의 군영. 엎드릴 복(伏) 물결 파(波).

옥문관(玉門關) 감숙성에 있어서 서역으로 통하는 옛 관문 이름.

반사곡(盤蛇谷) 「삼국지연의」에 나오는 지명. 뱀이 서린 모양의 골짜기라는 뜻.

곳에서도 물이 나오지 않았다. 소유가 몹시 민망하여 전 군사를 호령하여 막 그곳을 떠나려 하는데 산 앞뒤에서 갑자기 북소리가 진동하며 오랑캐 군사들이 험한 곳을 막고 길을 끊어 나아가지도 물러가지도 못하게 하였다.

소유는 오랑캐를 물리칠 계책을 생각해 내지 못한 채 밤이 되자 군영 안 의자에 기대 앉아 잠깐 졸았다. 그 때 문득 기이한 향내가 코에 가득 들어오더니 기이한 용모의 여동(女童) 둘이 앞으로 나오며 말하였다.

"우리 낭자가 잠깐 귀인을 청하시나이다."

소유가 물었다.

"낭자는 어떤 사람인고?"

"우리 낭자는 용왕의 작은딸이온데 요사이 집을 피하여 이 땅에 와 계시나이다."

"용왕이 있는 곳은 반드시 깊은 물일 것이라. 나는 인간 세상 사람이니 가려 한들 어찌 갈 수 있으리오."

"용왕의 말이 이미 문 밖에 와 있으니 귀인이 타기만 하면 용궁(수부水府)에 가는 것은 어렵지 아니하시리이다."

소유가 여동을 따라 밖으로 나가 보니 금장식 안장(금안金鞍)을 지고 푸른빛을 띤 말(총마驄馬) 한 마리와 화려한 옷을 입은 종자(從者) 십여 명이 기다리고 있었다. 소유가 말에 오르자 말이 물로 들어가더니 순식간에 커다란 문 앞에 다다랐다. 궁궐은 장엄하고 화려하여 제왕이 있는 곳 같으나 문을 지키는 군졸들이 모두 세상 사람과 달리 물고기 머리에 새우 수염을 하고 있었다. 미녀 몇이 문을 열고 소유를 인도하여 대청에 이르렀다. 대청 가운데에는 백옥으로 꾸민 의자(백옥교의白玉交椅)가 남쪽을 향하여 놓여 있었다. 시녀가 소유에게 앉기를 권하고 나서 층계 아래에 비단 자리를 깔더니 안으로 들어갔다. 이윽고 시녀 십여 명이 왼쪽 줄행랑(월랑月廊)으로부터 한 여인을 호위하여 중앙 대청 앞에 이르는데, 신선 같은 아름다움과 빛나는 차림새가 세상에는 없는 것이었다. 시녀 하나가 나와 여쭈었다.

"동정 용녀(龍女)가 양 원수께 뵙기를 청하나이다."

소유가 놀라 피하려 하자 두 시녀가 붙들어 다시 의자에 앉히니 용녀가 소유를 향하여 사배(四拜)를 하였다. 몸에 차고 있는 구슬들이 맑은 소리로 짤랑이고 꽃 같은 향기가 코를 찔렀다. 소유가 답례하고 용녀에게 대청에 오를 것을 권하자 용녀가 여러 번 사양하다가 올라와 작은 자리를 펴 놓고 앉았다. 소유가 말하였다.

"저는 속세의 평범한 사람이요, 낭자는 높은 신령인데 예의와 법도를 이토록 공손히 하시니 모를 일이로소이다."

그러자 용녀가 대답하였다.

"저는 동정 용왕의 작은딸 능파(凌波)이오이다. 제가 갓 태어났을 때 부왕께서 하늘에 조회하러 가시어 신선 장 진인(張眞人)을 만나 저의 팔자를 물었는데 그 때 진인의 말이 저는 전생에 선녀로서 죄를 짓고 내려와 용녀가 되었으나, 다시 사람의 형체를 얻어 인간 세상으로 나아가 아주 귀한 사람의 첩이 되어 일생 부귀영화를 누릴 것이며, 마침내는 불가(佛家)로 돌아가리라 하였다고 하더이다. 우리 용신(龍神)은 비록 수중에서는 으뜸이나 사람의 몸 얻는 것을 귀하게 여기고 신선과 부처를 더욱 공경하오이다. 저의 언니가 경수* 용궁으로 시집갔다가 부부가 불화하여 헤어지고 나서 유진군*에게 개가하였을 때 모든 친척이 언니를 공경하여 다른 형제들과 다르게 대접해 왔나이다. 그리고 부왕께서 제가 장차 수행(修行)을 잘하여 바른 업보로 좋은 인연을 찾아 영광이 언니보다 위에 있으리라는 장 진인의 말을 전하시자 궁중이 모두 축하해 주더이다.

경수(涇水) 감숙성의 경계를 흐르는 물.

유진군(柳眞君) 당나라 때 이조위(李朝威)가 지은 소설 『유의전(柳毅傳)』의 주인공 유의를 말함. 유의는 당나라 때 유생(儒生)으로 동정 용왕의 딸을 아내로 맞았다는 전설이 있음. 『유의전』에 의하면 유의는 당 고종 때의 선비인데 늦지 않아서 남해(南海) 사람이 모두 경이롭게 여겼으며 동정호(洞庭湖)의 용녀와 결혼하였다고 함.

그 때 남해 용왕의 아들 오현(五賢)이 제가 곱다는 소문을 듣고 자기 부왕에게 말하여 우리 집에 구혼하였는데 우리 동정호는 남해 용왕의 관리 아래 있기 때문에 그의 말을 거스르면 후환이 있을까 두려워 부왕께서 몸소 남해로 가시어 장 진인의 말을 전하였나이다. 그러나 남해왕은 사나운 아들의 말만 듣고 부왕의 말을 허황하다고 하면서 더욱 강력하게 구혼을 하였나이다. 저는 제가 부모 슬하에 있으면 욕이 온 집안에 미칠까 두려워 부모를 떠나 홀로 도망하여 가시덤불을 헤치고 구차스럽게 오랑캐 땅에 머물렀으나 남해왕은 더욱 핍박하였나이다. 저의 부모는 하는 수 없이 '딸이 원하지 않아 도망하여 나갔으니 아직 뜻을 버리지 않았으면 딸에게 물으라.' 하고 회답하였고, 미친 아이 오현은 제가 외롭고 절박함을 알아 스스로 군졸을 거느리고 와서 잡아가려 하였나이다. 그런데 저의 지극한 원통함과 괴로운 절개가 천지(天地)를 감동시켜 못물이 차가운 얼음 지옥같이 변하니 다른 곳의 수족(水族)이 들어오지 못하게 되어 지금까지 저의 남은 생명을 보전하여 군자를 기다리게 되었나이다.

제가 귀하신 분을 이 더러운 땅에 이르도록 한 것은 저의 회포를 풀려 한 것만은 아니오이다. 지금 물이 없어서 모든 군사가 우물 파기에 수고하나 비록 백 길을 파더라도 물을 얻지 못하시리이다. 제가 사는 이 못물은 청수담(淸水潭)이라 하여 본디 맑았으나, 제가 온 후로는 물의 성질이 달라져 이곳 사람들도 감히 먹지 못하여 이름을 백룡담(白龍潭)이라 고쳐 부르나이다. 이제 귀하신 분이 오시어 제가 평생 의탁할 곳을 얻었으니 종전의 괴로운 마음이 이미 풀려 그윽한 골짜기에 따뜻한 봄이 돌아온 듯하오이다. 이제부터는 물 맛이 예전과 다르지 않을 것이니 모든 군사가 다 길어 마셔도 해롭지 않을 것이고, 전에 마시고 병든 사람도 고칠 수 있으리이다."

용녀 능파의 이야기를 다 듣고 나서 소유가 말하였다.

"낭자의 말로 미루어 본다면 우리 둘의 인연은 하늘이 정하신 지 오래라. 아름다운 기약을 지금 이룰 수 있으리이까?"

"저의 더러운 몸을 군자께 허락한 지 오래이나 지금 바로 군자를 모시는 것은 세 가지 이유로 옳지 아니하오이다. 하나는 아직 부모께 여쭙지 못하였으니 여자가 남자를 따르는 일을 이렇게 구차하게 하는 것은 옳지 않기 때문이고, 둘째는 앞으로 사람의 몸을 얻어 군자를 섬길 터인데 지금 비늘과 지느러미 돋은 몸으로 잠자리를 모심이 옳지 않기 때문이며, 셋째는 남해 태자가 항상 사람을 보내와서 정탐하는데 그가 미친 계교를 내어 한바탕 요란함이 있을까 염려스럽기 때문이오이다. 낭군은 모름지기 빨리 진지로 돌아가 삼군(三軍)을 정비하여 큰 공을 이루고 개가를 부르며 서울로 돌아가소서. 그러면 제가 치마를 걷어 잡고 진수* 강을 건너리이다."

"낭자의 말이 아름답기는 하나 내 뜻은 그렇지 아니하오. 낭자가 이리로 온 것이 비록 스스로 뜻을 지키기 위함이나 그대의 부왕께서 저를 따르게 하신 뜻이기도 하니 오늘 일을 어이 아버지의 명이 없다 하리오. 또 낭자는 천지 신령의 자손이요 신령스러운 종류이니 사람과 귀신 사이를 출입하여 어디를 가나 옳지 않은 곳이 없으니 어이 비늘 돋은 것을 겸양하리오. 그리고 내 비록 재주는 없으나 천자의 명을 받아 백만 큰 병사를 거느려 바람의 신(풍백風伯)이 앞을 인도하고 바다의 신(해약海若)이 진지 뒤쪽에 임하였으니 남해의 어린아이를 모기같이 여기오이다. 만일 남해 태자가 이것을 헤아리지 않는다면 내 칼을 더럽힐 따름이라. 오늘밤, 달 밝고 바람이 맑으니 이 좋은 밤을 어이 헛되이 보내리오."

그리고 마침내 용녀 능파와 함께 잠자리에 나아가니 정이 살뜰하였다. 그 때 급한 우레 소리와 함께 수정궁전(水晶宮殿)이 키 까부르듯 흔들리더니 시녀가 와서 다급히 여쭈었다.

진수(溱水) 하나는 하남성 밀현(密縣)에서 발원하여 쌍박하(雙泊河)와 고노하(賈魯河)를 이룬 강이고, 다른 하나는 호남성에서 발원하여 무수(武水)를 이룬 강.

"큰 화가 났나이다. 남해 태자가 수많은 군사를 거느리고 맞은편 산에 진을 치고 양 원수와 승부를 겨루고자 하나이다."

능파가 소유를 깨워 말하였다.

"제가 처음에 낭군을 머무르게 하지 않은 것은 이 일을 염려함이었나이다."

"미친 아이가 어찌 이렇게 무례한가."

소유가 크게 노하여 소매를 떨치고 말에 올라 물 밖으로 솟구쳐 나와 보니 남해 군사들이 이미 백룡담을 에워쌌다. 소유가 삼군을 지휘하여 남해 태자와 대진(對陣)하자 적진 가운데에서 함성이 진동하며 태자가 말을 달려 내달으며 꾸짖었다.

"양소유가 남의 인연을 방해하여 남의 혼사를 깨고 남의 아내를 겁탈하였으니 너와 천지 사이에 함께 서지 않을 것을 맹세하노라."

소유도 말을 달리며 크게 웃고 말하였다.

"동정 용녀 능파는 갓 태어날 때 이미 소유를 따를 것임이 천상 궁전에 기록되었으니 나는 천명에 순종할 따름이로다."

태자가 크게 노하여 모든 수족을 몰아 소유를 잡으라 명하니 잉어 제독(提督)과 자라 참군(參軍)이 용감하게 뛰어 내달았다. 그 때 소유가 백옥 채찍을 들어 한 번 휘두르자 진지 가운데에서 일만 군사가 일제히 나와 남해 수족들을 차고 짓밟으니 부서진 무기(비늘)와 깨진 껍질이 땅에 가득 눈같이 덮였다. 태자도 몸 두어 곳에 상처를 입어 변신하지 못하고 마침내 붙잡혔다. 소유가 징을 쳐서 군사를 거두고 태자를 묶어 진지로 돌아오니 문 지키는 병사가 여쭈었다.

"백룡담 낭자가 몸소 군대 앞으로 나와 원수께 축하하고 장병들을 먹이려 하나이다."

소유가 듣고 크게 기뻐 능파를 들어오도록 하였다. 능파가 소유의 승전을 축하하며 술 일천 섬과 소 일만 마리로 병사들을 먹이니 병사들이 배불리 먹고 즐거워하며 노래 소리가 진동하였다.

소유가 능파와 함께 앉아 남해 태자를 잡아들이니 태자가 감히 우러러보지 못하였다. 소유가 태자를 꾸짖었다.

"나는 천명을 받들어 사방 오랑캐를 진압하고 평정하여 모든 신령이 내 명령을 듣지 않는 것이 없노라. 그런데 어리석은 네가 망령되게도 천명을 알지 못하고 천병(天兵)에 항거하였으니 이것은 네 스스로 죽음을 택한 것이라. 내 허리 아래 찬 보검은 승상 위징*이 경하의 용을 베던 무기라. 본디 네 머리를 베어 삼군을 호령할 것이나 너의 아비가 남해를 진정시켜 백성에게 은혜를 베풀었기에 용서하노라. 돌아가 이후에는 천명에 순종하여 망령된 마음을 품지 말라."

그러고는 약을 가져다가 태자의 상처에 발라 주고 놓아 보냈다. 태자는 머리를 감싸고 쥐 숨듯 달아났다.

그 때 문득 동남쪽에서 붉은 기운과 상서로운 안개가 자욱이 일며 깃발(정기 旌旗)과 절월(節鉞)이 공중에서 내려오더니 사자가 달려와 아뢰었다.

"양 원수가 남해 태자를 부수고 공주를 구하였다는 소식을 듣고 동정 용왕이 나와 몸소 축하하고자 하시나 함부로 경계를 넘지 못하니 별전에 잔치를 벌여 놓고 원수께서 잠시 오시기를 청하시나이다. 그리고 공주는 궁중으로 돌아오라 하시더이다."

"내가 마침 삼군을 거느리고 적군과 대진하였고 동정호는 이곳에서 만 리 밖인데 가려 한들 어이 갈 수 있으리오."

그러자 사자가 다시 여쭈었다.

"이미 수레를 갖추어 여덟 마리 용을 매어 두었으니 한나절이면 갔다가 되돌아올 수 있으리이다."

위징(魏徵) 당나라 태종 때 광록대부(光祿大夫)를 지낸 사람으로, 임금 앞에서 바른 말로 이백여 가지 일을 아뢰어 태종이 공경하고 꺼렸다고 함.

백이십일

낭양 공주, 경패를 방문하다

양 원수가 틈을 내어 절을 찾아 절하고	楊元帥偸閑叩禪扉
공주가 미복*으로 규수를 방문하다	王姬微服訪閨秀

소유가 능파와 함께 수레에 오르자 신령스런 바람이 수레바퀴를 공중으로 불어 올려 인간 세상에서 몇천 리를 떠나왔는지 알 수 없으나 어느덧 흰 구름이 세상을 덮은 모습만 보일 뿐이었다. 수레가 순식간에 동정호에 이르자 용왕이 손님과 주인 사이의 예의와 위의를 엄숙히 갖추어 맞이하였다.

용왕이 수족(水族)을 모아 큰 잔치를 열어 소유가 싸움에 이기고 용녀 능파가 집으로 돌아온 것을 축하하였다. 술이 취하자 온갖 음악을 다 올리는데 진동하는 가락이 인간 세상의 것과 달랐다. 궁정 앞 좌우에는 일천 장사가 나열하여 창검을 들고 북 치며 나오고 비단옷을 입은 미녀들이 여섯 줄로 늘어서서 춤을 추는데 웅장하고 화려하여 참으로 볼 만하였다.

"이 춤은 인간 세상에서는 보지 못하였는데 무슨 곡인지 모르겠나이다."

소유가 묻자 왕이 대답하였다.

"예전에는 수궁(水宮)에도 이 곡이 없었나이다. 그런데 나의 맏딸이 경하에 시집 가서 욕을 보자 아우 전당군*이 그곳으로 가서 싸워 이기고 딸을 데리고 돌아오니, 그 때 궁중 사람들이 이 음악과 춤을 만들어 「전당파진악」,* 혹은 「귀주환궁악」이라 이름짓고 이따금 궁중 잔치에 써 왔더이다. 지금 양 원수가 남해 태자를 물리쳐 우리 부녀가 함께 모이니 그 상황이 전과 비슷하기에 이 곡조를 올리고,

미복(微服) 지위가 높은 사람이 무엇을 몰래 살피러 다닐 때 입는 남루한 옷.

전당군(錢塘君) 「유의전(柳毅傳)」에 나오는 용왕의 아들.

전당파진악(錢塘破陣樂) 「귀주환궁악(貴主還宮樂)」과 함께 「유의전」의 유의 에게 들려준 악곡들임. 각각 '전당군이 적진을 부순 음악', '공주가 궁으로 돌아온 음악'이라는 뜻임.

이름을 「원수파진악(元帥破陣樂)」이라 고쳤나이다."

소유가 매우 기뻐서 용왕에게 물었다.

"지금 유의 선생*은 어디 있나이까? 만날 수 있으리이까?"

"유랑(柳郞)은 지금 영주산 선관(仙官)이 되어 직책을 맡고 있으니 마음대로 오지 못하리이다."

술이 아홉 번 돌아가자 소유가 용왕에게 작별 인사를 하였다.

"군대 안에 일이 많으니 오래 머물지 못하리로소이다."

그리고 능파와 뒷날을 기약하였다.

용왕은 소유를 궁전 문 밖까지 나가 전송하였다. 소유가 눈을 들어 보니 문득 높고 빼어난 다섯 봉우리가 구름 속에 우뚝 솟아 있었다.

"이 산 이름을 무엇이라 하나이까? 제가 천하를 두루 다녔으나 오직 남악 형산과 이 산만은 보지 못하였나이다."

소유가 묻자 용왕이 대답하였다.

"원수는 이 산을 모르시나이까. 이것이 곧 남악 형산이니이다."

"어이하면 저 산을 볼 수 있으리이까?"

"해가 아직 늦지 않았으니 잠깐 구경하고 가도 군영에 돌아갈 수 있으리이다."

소유가 수레에 오르자마자 수레는 벌써 산 아래 이르러 있었다. 소유가 수레를 내려 막대를 끌고 돌길을 찾아 들어가니 일천 바위가 다투어 빼어나고 일만 물줄기가 겨루며 흘러 이루 다 응대할 틈이 없었다.

"언제나 공을 이루고 물러나 세상사로부터 한가로운 사람이 되리오."

소유가 찬탄하는데 바람결에 문득 경쇠 소리*가 들렸다. 소유는 절이 멀지 않을 줄 알고 소리를 따라 올라갔다. 산등성이에는 몹시 장엄하고 화려한 절 하나가 있어 마침 한 노승이 법당에 앉아 설법을 하던 중이었다. 그는 눈썹이 길고 눈이 푸르며 골격이 맑게 빼어나 세상 사람이 아니었다. 노승은 소유가 오는 것을 보자 여러 중을 거느리고 법당에서 내려 소유를 맞았다.

"산중에 사는 사람이 귀와 눈이 없어서 대원수 오시는 것을 알지 못하여 멀리 나가 맞지 못하였으니 용서하소서. 이번은 원수가 돌아올 때가 아니오나 이왕 왔으니 불전(佛殿)에 올라 예를 올리소서."

소유는 노승의 말대로 불전에 분향 예배하였다. 그리고 내려오다가 문득 발을 헛디디고 엎어져 놀라 깨달으니 자신은 군영 가운데 의자에 기대 앉아 있고 날은 이미 밝아 있었다. 소유가 여러 장수를 불러 물었다.

"너희는 간밤에 무슨 꿈을 꾸었더냐?"

그러자 모두 대답하였다.

"꿈에 원수를 모시고 귀신 병졸들과 싸워 이겨 그 장수를 사로잡았나이다. 이것은 분명 오랑캐를 쳐부술 징조로소이다."

소유가 매우 기뻐 장수들에게 꿈 이야기를 다한 뒤에 장수들을 거느리고 백룡담으로 가 보았다. 그곳에는 물고기 비늘이 땅에 가득 떨어져 있고 피가 흘러 내를 이루고 있었다. 소유는 표주박을 가져오게 하여 자신이 먼저 떠 마시고 병든 군사들에게도 먹였다. 병든 군사들이 바로 좋아지자 병사와 말에게도 모두 마시도록 했다. 병사들이 즐거워하는 소리가 우레 같으니 적병이 듣고 몹시 두려워하며 항복하려 하였다.

소유가 출전한 후로 승리를 알리는 보고서(첩서捷書)가 계속되자 천자가 태후를 뵙고 소유의 공로를 칭찬하여 말하였다.

"양소유의 공은 토번 오랑캐를 정벌한 곽분양 이후 오직 하나뿐이오이다. 돌아오면 승상을 시키는 것이 마땅한데 다만 동생의 혼사가 아직 정해지지 않았나이다. 소유가 마음을 돌이켜 순종하면 몹시 다행이려니와 만일 다시 고집하면 공신(功臣)을 매양 죄주기도 어렵고 달리는 조처할 길이 없어 염려하나이다."

유의선생 『유의전』의 주인공.

경쇠 소리 예불할 때 흔드는 작은 종.

"내가 들으니 정 사도의 딸이 아주 곱다고 하고 또 양 상서와 서로 보았다 하니 그가 어이 기꺼이 버리리오. 양 상서가 나간 틈을 타서 정씨 집안에 조서를 내려 정 사도의 딸을 다른 사람에게 시집 보내도록 하는 것이 나으리라."

천자가 태후의 말을 듣고 잠자코 생각하더니 결정짓지 못하고 나갔다.

이 때 난양 공주가 태후를 모시고 있다가 여쭈었다.

"마마의 말씀이 도에 어긋나오이다. 정 사도의 딸을 다른 집에 혼인시킬 것인가 아닌가가 어찌 조정에서 지휘할 일이리이까?"

"이 일은 네 평생이 걸린 큰 일이니 처음부터 너와 의논하려 하였더니라. 양 상서의 풍류와 문장이 조정 신하 가운데 비할 사람이 없을 뿐아니라 퉁소 한 곡조로 인연을 점친 지 오래이니 네가 양씨를 버리고 다른 사람에게 구혼하지는 못하리라. 또 상서가 정 사도의 딸과 혼인을 깊이 의논한 것이 아니라 정분이 소중하여 서로 버리지 못할 듯하니 이 일이 지극히 난처하도다. 내 생각에는 상서가 돌아온 후에 너와 결혼시킨 다음 정 사도의 딸을 첩으로 취하도록 하면 말이 없을 듯하나 다만 네가 원치 않을까 주저하노라."

"저는 평생 투기를 알지 못하는데 어찌 정씨 딸을 받아들이지 못하리이까. 다만 처음에 아내로 혼례하려다가 나중에 첩으로 취하는 것이 예에 어긋난 듯하고, 또 정 사도는 여러 대 재상의 집이니 딸을 남의 첩으로 두기 원치 않을 듯하오이다. 그러니 이 일은 마땅치 않으리라 생각하나이다."

"이것도 마땅치 않으면 네 생각에는 어찌하고자 하는가."

"옛날 제후에게는 세 부인이 있었사오이다. 양 상서가 공을 세우고 돌아오면 왕이 되거나 적어도 공후(公侯)가 될 것이오니 두 부인 두는 것이 외람되지 않을 듯하오이다. 정 사도의 딸을 이것으로 허락하는 것이 어떠하리이까."

"그것은 옳지 않도다. 같은 여염집 여자끼리는 함께 부인이 되는 것이 해롭지 아니할 것이나 너는 돌아가신 황제께서 남기신 딸이고 황상께서 사랑하시는 누이이니라. 몸이 가볍지 아니한데 어찌 여염집의 작은 여자와 나란히 할 수 있으리오."

"소녀 또한 저의 몸이 존귀하고 소중한 줄 아오나, 옛날 덕이 높고 지혜가 밝은 임금 가운데에는 어진 사람을 공경하시어 천한 사람이나 평범한 사람을 벗하신 분이 계셨나이다. 들으니 정 사도의 딸은 아름다운 용모와 재주와 덕을 갖추어 옛사람보다 못하지 아니하리라 하니 정말 그렇다면 저와 나란히 하는 것이 무슨 거리낌이 있으리이까. 그러나 소문은 실제보다 지나치기 쉬우니 소녀 생각에는 어떤 방법으로든지 정씨 딸을 보고 난 뒤에 용모와 재주와 덕이 소녀보다 나으면 평생토록 우러러 섬기려니와 만일 보는 것이 듣던 것과 같지 않으면 첩을 삼든 종을 삼든 마마의 마음대로 처리하소서."

태후가 이 말을 듣고 감탄하여 말하였다.

"여자의 보통 인정이 남의 재주를 꺼리는데 너는 남의 재주를 사랑하니 아름답고 재주와 덕이 옛사람보다 낫도다. 나도 정 사도의 딸을 보려 하니 내일 들여와 보리라."

"마마의 명이 계실지라도 정 사도의 딸은 분명 병을 핑계하여 오지 않을 것이오이다. 제 생각에는 모든 도관과 절에 가만히 명령을 내리시어 정 사도의 딸이 분향하러 갈 때를 미리 알아내면 한 번 보기 어렵지 않으리라 하나이다."

태후가 이 말을 옳게 여겨 내관을 시켜 근처의 여러 절과 도관에 경패가 분향하는 날을 두루 묻게 하였더니 정혜원(正惠院)의 여도관이 말하였다.

"정 사도의 집에서는 전부터 우리 절에 와서 불공을 올리는데 정 소저는 본디 절이나 도관에 다니지 아니하고, 삼 일 전에 가춘운(가유인*)이라는 양 상서의 첩이 아가씨의 명으로 와서 불공을 올리고 갔나이다.

가유인(賈孺人) 유인(孺人)은 아내의 통칭으로 여기서는 가춘을 말함.

여기 아가씨가 지은 시문(詩文)이 있으니 가져다가 마마께 아뢰소서."

내관이 돌아와 그대로 전하자 태후가 공주에게 말하였다.

"이러하면 정 사도의 딸 얼굴 보기가 어렵겠도다."

그러고는 공주와 함께 경패의 글을 읽었다.

"제자 정씨 경패는 시비(侍婢) 춘운을 통하여 머리를 조아리며 모든 부처와 보살에게 삼가 고하나이다. 제자 경패는 전생이나 현생, 내생(삼생三生)의 죄가 무거워 여자의 몸으로 태어났고, 형제의 즐거움 또한 없나이다. 지난 번 양씨 집안의 폐백을 받아 몸을 그 집안에 허락하였으나 그가 부마로 뽑혀 조정의 명이 지엄하니 제가 어찌 그를 따르리라 생각하리오. 하늘의 뜻은 사람의 일과 서로 다르고, 덕을 두세 가지로 바꾸는 것은 사람의 의로써는 못 할 일이오이다. 이제 길이 부모의 슬하에 의지하여 맑고 한가로운 가운데 못다한 세월을 보내고자 부처께 정성 들여 머리를 조아리고 말씀 올리나이다. 바라옵건대 저의 부모 생명이 백 년을 넘고, 또 아무런 재앙 없이 옛 효자 노래자*처럼 부모님 앞에 때때 옷 입고 끝없이 즐기게 하여 주소서. 그리하면 부모님 돌아가신 후에 불문(佛門)에 들어가 분향하고 경을 외워 부처의 은혜를 갚으리라 맹세하나이다. 또한 춘운이라는 시비가 있으니 일찍이 저와 큰 인연이 있어 명칭은 비록 주인과 종이라 하나 실은 친구라. 주인의 명으로 정실(正室)보다 먼저 첩이 되었다가 일이 잘못되어 지아비를 떠나 주인에게 돌아와 사생과 고락을 함께하기로 맹세하였나이다. 엎드려 바라건대 부처께서는 우리 두 사람의 정을 슬피 여기시어 다시 태어날 때마다 여자의 몸이 되는 것을 면하게 하여 주시고, 저의 전생 죄악을 없애며, 지혜와 복을 더하여 좋은 땅에 환생하여 길이 화락하게 하여 주소서."

다 읽고 나서 공주가 여쭈었다.

"한 사람의 혼사를 위하여 두 사람의 인연을 깨니 조상이 베푸시는 덕(음덕蔭德)에 해로울까 두렵나이다."

태후는 잠자코 아무 말도 하지 않았다.

이 때, 경패는 화평하고 기쁜 얼굴로 부모님을 모시고 말도 잘하며 한탄하는 기색이 전혀 없었다. 그러나 어머니는 딸을 볼 때마다 가엾은 마음을 금할 수가 없었다. 춘운은 아가씨를 모시고 문필과 잡기를 일삼고, 다른 한편으로 부인의 마음을 위로하면서 날을 보냈으나 점점 초췌하게 병이 되어 가서 경패를 몹시 민망하게 하였다. 경패는 어머니의 마음을 위로하려고 남녀 종들에게 음악하는 사람이나 온갖 구경거리를 구하여 알리도록 하였다. 하루는 여동(女童) 하나가 수놓은 족자 두 폭을 가지고 정 사도의 집에 팔러 왔다. 춘운이 보니 한 폭은 꽃 사이의 공작이고 다른 한 폭은 대수풀 속의 자고라는 새인데 수놓은 품이 지극히 섬세하고 오묘하여 사람이 한 것 같지 않았다. 춘운은 여동을 잠시 머무르게 하고 그 족자를 가지고 들어와 부인과 경패에게 보이며 말하였다.

"아가씨가 언제나 저의 수놓은 것을 칭찬하시더니 이 족자를 보소서. 신선이 아니면 귀신의 솜씨로소이다."

경패가 부인 앞에 족자를 펴 보였다.

"요즈음 사람은 이런 공교한 솜씨가 없을 터인데 실 색깔이 아직 새로우니 옛날 것이 아니로다. 누가 이런 재주를 가졌으리오?"

경패가 놀라서 춘운을 시켜 여동에게 족자의 출처를 묻게 하였다.

"이 수는 우리 집 아가씨께서 놓으신 것이오이다. 아가씨는 요사이 혼자 객지에 계신데 급히 쓸 곳이 있기에 값을 따지지 않고 받아 오라 하시더이다."

여동이 대답하자 춘운이 물었다.

"너의 아가씨는 어떤 집안의 낭자이며, 무슨 일로 혼자 객지에 계시나뇨?"

"우리 아가씨는 이 통판*의 누이신데 통판이 대부인을 모시고

노래자 중국 사람. 나이 칠십에 때때옷을 입고 어리광을 부려 부모님을 즐겁게 해 드렸다고 함.

통판(通判) 관직 이름.

절강* 동쪽 임지로 가실 때 아가씨가 병이 나서 외숙인 장 별가* 댁에 머물러 계셨나이다. 그런데 요사이 별가 댁에 까닭이 생겨 길 건너 연지 파는 사삼랑(謝三娘)의 집을 빌려 와 계시며 고을에서 수레가 오기를 기다리는 중이오이다."

춘운이 여동의 말을 그대로 전하자 경패는 비녀·팔찌·머리 장식 같은 것을 많이 주고 족자를 사서 중앙 마루에 걸어 놓고 칭찬하여 마지않았다. 이후로는 이씨 집 여동이 이따금 경패의 집으로 와서 비복 등을 사귀며 왕래하게 되었다.

어느 날 경패가 춘운에게 말하였다.

"이 소저의 솜씨를 보면 보통 인물이 아니오이다. 시녀를 시켜 저 집 여동을 따라 오가게 하면서 소저의 사람됨이 어떠한지 시험하여 보사이다."

그러고는 영리한 시녀 하나를 이씨 집 여동을 따라 보냈다. 이 소저가 있는 집은 여염집으로 몹시 좁아 안채와 바깥채의 구분이 없었다. 이 소저는 시녀가 정 사도의 집안에서 온 것을 알고 불러서 음식을 대접하여 보냈다. 시녀가 돌아와 경패에게 여쭈었다.

"이 소저는 평범한 사람이 아니더이다. 얼굴이 우리 아가씨처럼 고왔나이다."

춘운이 믿지 못하고 말하였다.

"그 재주를 보아도 분명히 이 소저가 둔한 사람은 아니겠으나 말을 그토록 쉽게 하리오. 요새 세상에 우리 아가씨 같은 이가 있다는 것을 나는 믿지 않노라."

"내 말을 믿지 않거든 다른 사람을 보내어 보고 오라 하소서."

춘운이 시비의 말을 듣고 다른 사람을 보냈으나 그도 돌아와서 말하였다.

"참으로 고이하오이다. 이 소저는 정말 신선이라. 앞 사람의 말이 틀리지 않으니 믿기지 않거든 몸소 가 보소서."

며칠 후 연지 파는 사삼랑이라는 여자가 정 사도의 집에 와서 부인을 뵙고 말하였다.

"요사이 저의 집에 이 통판댁 아가씨가 와 계신데 그 낭자의 재주와 용모가 세상 사람이 아니오이다. 항상 귀댁(貴宅) 아가씨의 꽃다운 이름을 우러러 한 번 뵙고 가르침을 들으려 하였으나 감히 바로 청하지 못하였다 하더이다. 마침 제가 부인을 뵙고 다니는 것을 알고 먼저 여쭈라 하셨나이다."

부인이 경패를 불러 이 말을 전하자 경패가 말하였다.

"저는 다른 사람과 달라서 얼굴을 들어 외부 사람을 대하려 하지 않으나 이 소저가 수놓은 것이 신묘하고 용모가 아주 뛰어나다 하니 한 번 보고자 하나이다."

이 말을 듣고 사삼랑이 몹시 기뻐하며 돌아갔다.

다음날 이 소저가 시녀를 통하여 경패에게 방문하려는 뜻을 전하더니 해가 저문 후에 휘장 친 작은 가마(교자轎子)를 타고 시녀 서넛과 함께 정 사도의 집으로 왔다. 경패가 자기 방으로 맞이하여 동서(東西)로 마주하고 앉으니 직녀가 월궁(月宮)에 손님이 되고 선녀인 상원 부인(上元夫人)이 요지에 조회하는 듯, 둘이 서로 광채를 쏘아 온 집에 밝게 비추어 서로가 슬그머니 놀랐다.

경패가 먼저 말하였다.

"비복들로 인하여 귀하신 분이 가까이 계신 것을 알았으나, 팔자 기구한 사람이 인사를 그만둔 지 오래여서 일찍이 문안하는 예를 차리지 못하였나이다. 지금 아가씨께서 이렇게 정중히 찾아 주시니 말할 수 없이 감격스럽나이다."

"저는 견문이 좁고 편벽(偏僻)한 사람이라. 아버님께서 세상을 버리시고 어머니가 재롱 받아 기르셨으니 배운 것이 무엇이 있으리오. 저는 언제나 남자는 천하에 벗을 얻어 어진 일을 돕는데 여자는 비복밖에는 만나는 사람이 없으니 어디 가서 허물을 고치고 누구에게 물어 학문을 바로잡으리오 하고 한탄하였나이다. 들으니 아가씨는 반소*의 문장과 맹광*의 덕행을 아울러 지녀, 중문(中門)을 나가지 않는다고 하는데도 명성이 나라 안에 가득하더이다. 그래서 제 스스로 모자람을 잊고 빛나는 높은 덕을 바라보기 바랐더니 이제 아가씨가 버리지 않으시니 저의 평생을 위로할 수 있겠나이다."

"아가씨의 말은 곧 저의 마음 속에 있는 말이니, 규중(閨中)에 감추어진 사람은 귀와 눈이 어둡고 막혀 큰 바다(창해滄海)의 물과 무산(巫山)의 구름을 알지 못하나이다. 이것은 형산의 옥이 광채를 묻고 남해의 진주가 서기를 감추며 자랑하기를 부끄러워하오니 넓은 세상을 알지 못하는 것과 같으오이다. 그러나 저 같은 사람은 스스로 부끄러우니 어찌 감히 크게 칭찬하심을 받으리까."

서로 인사를 나누고 나서 시비에게 다과를 올리게 하고 조용히 담소하다가 이 소저가 물었다.

"집안에 가춘운이라는 여인이 있다니 볼 수 있으리이까?"

"자기도 뵙고 싶어하나 감히 청하지 못하였나이다."

춘운을 불러 뵙게 하니 춘운이 들어와 절하고 이 소저가 답례하였다.

춘운이 놀라며, '과연 신선이로다. 하늘이 우리 아가씨를 내시고 또 저 사람을 내셨으니 조비연*과 양귀비가 세상에 함께 날 것을 뜻하지 못하였도다.' 하고 생각하였다. 이 소저도, '가 여인의 이름을 많이 들었더니 과연 이름보다 나으니 양 상서가 총애하실 만하도다. 여중서 채봉과 견줄 만하리라. 주인과 종 두 사람이 이러하니 상서가 어찌 놓으려 하리오.' 하고 생각하였다.

이 소저가 춘운과 서로 이런 저런 인사말을 나누다가 일어나 하직하였다.

"날이 저물어 좋은 말씀(청담淸談)을 오래 듣지 못하니 그만 물러가나이다. 제가 있는 곳이 이곳과 한 길 사이이니 다시 와서 남은 가르침을 마저 들으리이다."

"영광스럽게도 아가씨의 돌아보심을 받았으니 제가 나아가 인사함이 마땅할 것이나 저의 자취가 남과 같지 않아 얼굴 들고 중문을 나가지 못하니 용서

하소서."

경패도 인사하며 서로 헤어지기를 아쉬워하였다. 이 소저가 떠난 뒤에 경패가 춘운에게 말하였다.

"보배로운 칼은 흙 속에 묻혔어도 빛이 북두성·견우성에 쏘이고, 조개는 바다 밑에 잠겼어도 기운이 신기루(蜃氣樓)를 이루거늘 이 소저의 자태와 용모가 저러한데도 우리가 아직 듣지 못하였으니 정말 이상한 일이로다."

"저는 한 가지 의심이 있나이다. 양 상서가 항상 화주 진 어사의 딸을 다락집에서 보고 혼인을 의논하던 말을 하시고, 또 그녀가 지은 「양류사」를 보니 과연 재주 있는 여인이더이다. 그런데 지금 그 여자의 생사를 알지 못하니 이 사람이 일부러 성명을 바꾸고 와서 우리를 보고 전의 인연을 이으려 하는 것이 아니리이까?"

"진씨의 재주와 용모는 나도 다른 길로 들었도다. 이 소저와 비슷하기는 하나 진씨는 화를 만나 궁중에 들어 궁녀가 되었다 하니 어찌 여기에 이를 수 있으리오."

그러고는 어머니에게 가서 이 소저에 대하여 자세히 이야기하고 칭찬하기를 마지않았다.

부인이 듣고 말하였다.

"나도 이 낭자를 보고자 하노라."

그리하여 며칠 후 부인의 말씀으로 이 소저를 청하였다. 이 소저는 쾌히 응락하고 경패의 집으로 왔다. 부인이 이 소저를 중앙 마루에 나가 맞으니 이 소저가 조카의 예로 부인을 뵈었다. 부인은 음식을 대접하면서 전날 딸을 찾아보고 서로 사랑한 것에 감사하였다.

이 소저가 일어나 대답하였다.

반소(班昭) 자는 혜희(惠姬). 후한의 역사학자이며 문학자인 반고 (班固)의 누이로 박학다재하였다고 함.

맹광(孟光) 후한 양홍(梁鴻)의 아내로 아주 못생겼으나 덕행이 높고 남편을 지극히 공경하였다고 함.

조비연(趙飛燕) 한 성제(漢成帝)의 비. 가무를 잘하여 성제의 사랑을 받았음.

"제가 아가씨의 덕을 사모하여 아가씨가 저를 버리실까 두려웠으나 저를 한 번 보고 바로 형제로 대접해 주었나이다. 그런데 지금 또 부인의 사랑을 받으니 평생토록 드나들며 부인을 어머니처럼 섬기려 하나이다."

부인이 감당하기 어려워하였다.

경패가 이 소저와 함께 부인을 모시고 이야기하다가 이 소저를 데리고 자기 방으로 가서 춘운과 셋이서 이야기하며 즐겼다. 그들은 벌써 의기가 합하고 마음이 친해져서 고금의 문장에 등급을 매기고 부덕(婦德)을 논하면서 날이 저물 도록 이야기하였으나 싫증나지 않았다. 오히려 서로 사랑하고 공경하며 늦게 야 만난 것을 한스러워할 뿐이었다.

두 미인이 손잡고 수레를 함께 타고　　　　兩美人携手同車
태후의 궁에서 일곱 걸음 사이에 시를 짓다　長信宮*七步成詩

이 소저가 간 후에 부인이 경패와 춘운에게 말하였다.

"정·최 두 집안에 가족이 아주 많아 내가 아이 때부터 고운 사람을 많이 보 아 왔으나 이 소저 같은 미색(美色)은 보지 못하였도다. 정말 내 딸과 비교하여 낮고 못함이 없으니 자매 되는 것이 마땅하리라."

"춘랑은 의심이 없지 않으나 이 소저의 용모와 재주와 덕은 그만두고라도 날 렵한 기상과 단정한 위의가 보통 사람과 다르오이다. 또 화주의 진 소저는 재주 가 있기는 하나 거동이 자못 진중치 못하였으니 어찌 이 소저에게 비기리이까. 제가 듣기에 난양 공주의 재주와 용모가 견줄 사람이 없다 하니 혹 이 소저의 기상이 이에 가까운 듯하오이다."

"내가 난양 공주를 보지 못하였으니 짐작할 수 없으나 높은 지위에서 훌륭한 명성을 얻었다 한들 어찌 이 여자 같겠느냐."

"이 소저의 자취가 끝내 의심쩍으니 뒷날 춘랑을 보내어 그 거동을 보려 하나이다."

다음날 경패가 춘운과 함께 이 일을 의논하고 있는데 여동이 와서 이 소저의 말을 전하였다.

"마침 절강으로 가는 배를 얻어 내일 출발하기에 가서 작별하려 합니다."

이윽고 이 소저가 부인과 경패를 찾아왔다. 두 소저의 얼굴에는 이렇게 급히 헤어지는 것을 아쉬워하며 간절히 그리는 뜻이 나타났다. 이 소저가 부인에게 말하였다.

"제가 어미와 형을 떠난 지 일 년이나 되니, 가고 싶은 마음은 화살 같으나 오직 부인의 은덕과 아가씨의 정 때문에 마음에 맺히는 것이 있나이다. 제가 아가씨께 청할 일이 있으니 아가씨가 허락하지 않을까 두려워 먼저 부인께 말씀드리나이다."

"무슨 일이뇨."

"제가 돌아가신 아버지를 위하여 관음보살 화상(畵像)에 수를 놓아 벌써 끝마쳤으나 다만 문인(文人)의 찬*이 없나이다. 지금 아가씨께 글과 두어 구와 글씨를 받으려 하오니 아가씨가 어떻게 여기실지 몰라 주저하나이다."

그러자 부인이 경패를 보며 말하였다.

"너는 가까운 친척집에도 가지 않으나 이 낭자의 청은 다른 일과 다르도다. 더욱이 집이 가까우니 해롭지 않으리라 하노라."

경패가 처음에는 어려워하는 빛이 있었으나 이 소저의 자취를 알고 싶어하던 터였으므로 이 기회에 잠깐 가서 살펴보리라 생각하고 대답하였다.

장신궁(長信宮) 한(漢)의 궁전으로 태후가 거처한 곳.

찬(贊) 아름다움을 칭찬하는 문체의 한 가지로, 서화 등에 글제로 쓰는 시나 노래 등을 말함.

"사람은 누구나 부모가 있으니 어찌 이 청을 따르지 않으리이까. 다만 날이 저물기를 기다려 가고자 하나이다."

이 소저가 크게 기뻐 감사하며 말하였다.

"저문 뒤에는 글 쓰기가 편하지 않을 것이오이다. 아가씨가 길에 다니기를 번거로이 여긴다면 제가 타고 온 가마가 비록 누추하나 두 사람은 탈 수 있을 것이니 함께 타고 갔다가 돌아오는 것이 어떠하리이까?"

"그렇게 하는 것이 아주 좋으리이다."

경패가 대답하자 이 소저가 부인에게 하직하고, 춘운을 불러 이별한 후에 경패와 함께 가마에 올랐다. 경패는 시비 두 사람만 데리고 따라갔다. 이 소저의 집에 이르러 보니 방안에 놓인 기물들이 번잡하지 않으면서도 몹시 깨끗하고 화려하였고, 들이는 음식도 간결하면서 진기하였다. 경패를 데리고 집에 온 후로 이 소저는 글 짓는 데 대하여 다시 말하지 않았다. 날이 점차 어두워지자 경패가 물었다.

"관음보살 수놓은 초상(관음수상觀音繡像)은 어디에 있나이까. 빨리 뵙고 싶나이다."

"곧 보시도록 하리이다."

이 소저가 대답하는데 문 밖에서 문득 거마(車馬) 소리가 떠들썩하게 들리면서 붉고 푸른 수많은 깃발이 집을 둘러쌌다.

"집을 둘러싸고 있나이다."

경패의 시녀가 급히 와서 알렸다. 경패는 이미 사태를 짐작하고 얼굴을 변하지 않고 앉아 있었다. 이 소저가 말하였다.

"아가씨는 놀라지 마소서. 저는 다른 사람이 아니라 난양 공주이라. 아가씨를 이리로 청한 것은 태후마마의 명이오이다."

경패가 예의를 차리기 위하여 자리를 조금 비켜 앉으며 말하였다.

"여염집의 미천한 사람이 비록 아는 것이 없으나 그래도 하늘 사람의 골격이 보통 사람과 다른 줄은 알았나이다. 그러나 공주마마께서 내려오신 것은 천만 뜻밖이어서 무례하고 방자한 일이 많았으니 죄를 청하나이다."

공주가 미처 대답하기도 전에 시녀가 들어와 여쭈었다.

"태후께서 왕 상궁(王尙宮)과 석 상궁, 황 상궁을 보내시어 문안하나이다."

"아가씨는 잠깐 여기 계시오소서."

공주가 경패를 앉혀 놓고 대청으로 나아가 세 상궁을 맞아들였다. 세 상궁이 차례로 들어와 예를 올리고 말하였다.

"공주마마께서 대궐을 떠나신 지 여러 날이 되니 태후마마께서 염려가 깊으시고, 황상과 황후마마도 각각 시녀를 보내어 안부를 물었나이다. 또 오늘이 궁으로 돌아가실 기한이기에 의장(儀仗)이 밖에 대령하였고 황상께서 조(趙) 내관과 위(魏) 내관을 보내어 호위하라 하시더이다."

왕 상궁이 또 아뢰었다.

"태후마마께서 부디 정 소저를 데리고 들어오되 가마를 함께 타고 오라 명하시더이다."

공주가 세 사람을 밖에서 기다리게 하고 방으로 들어와 경패에게 말하였다.

"드릴 말씀은 많으나 조용한 때에 하리이다. 태후마마께서 아가씨를 보고자 하시어 서서 기다리시니 나와 함께 들어가 뵈소서."

경패가 가지 않을 수 없을 줄 알고 말하였다.

"공주마마께서 저를 사랑하시는 것을 안 지는 오래이나 여염집 여자가 황상께 뵈온 적이 없으니 황공하여 예를 잃을까 싶으오나이다."

"아가씨는 의심치 마소서. 태후마마의 정성된 뜻이 어찌 저와 다르시리오."

"가르치심을 행할 따름이오나 공주마마께서 가신 후에 집에 돌아가 자초지종을 말씀드리고 나서 뒤따라 들어가리이다."

"태후마마가 나와 가마를 함께 타고 들어오라 하시니 사양치 마소서."

"제가 누구라고 감히 왕녀(王女)와 한 가마를 타리이까."

"주(周)나라의 강태공은 어부로되 문왕*과 가마를 함께 탔고, 위(魏)나라 후영*은 문지기로되 대공자(大公子) 신릉군*의 말 고삐를 잡았나이다. 하물며 아가씨는 여러 대 제후의 집안이요 대신의 딸이니 나와 가마를 함께 타는 것을 어찌 사양하시나이까."

공주가 웃으며 말하고 경패의 손을 이끌어 가마에 올랐다. 경패는 따라온 시비에게 한 사람은 따라오고 한 사람은 집으로 가서 알리도록 하였다.

가마가 동화문(東華門)으로 들어가 겹겹의 궁문을 지나 한 궁전 문 밖에 이르자 공주가 경패와 함께 가마에서 내렸다.

"상궁이 아가씨를 모시고 여기서 잠깐 기다리시게 하라."

공주가 이르자 상궁이 대답하였다.

"태후마마의 명으로 정 소저 머물 곳을 이미 정하였나이다."

본디 태후는 경패에게 좋은 마음이 없었다. 그런데 공주가 평복(平服)으로 경패를 보고 난 뒤에 양 상서가 경패를 버리거나 첩으로 삼지 않을 것임과, 경패와 어깨를 나란히 하여 한 사람을 섬기고자 한다는 뜻을 자주 올려 태후의 뜻을 돌이키려 힘써 왔기 때문에 태후가 크게 깨닫고 둘을 모두 소유의 부인으로 삼기로 마음먹고 있었다. 그러나 경패의 얼굴을 보고 싶은 마음에 속여 데려오도록 한 것이다.

경패가 가마 안에 앉아 있으려니 잠시 후에 안에서 궁녀 둘이 의복 담은 함을 가져와 태후의 명을 전하였다.

"정 소저는 대신의 딸이요, 재상의 약혼 예물을 받았거늘 아직도 처녀 복장을 하였다 하니 평복으로는 나를 만나지 못하리라 하시며 일품관* 아내의 관복인 장복*을 보내시더이다."

경패가 일어나 절하고 말하였다.

"저는 처녀의 몸이라. 어찌 관리의 아내 복장을 하리이까. 제가 입은 옷은 부모를 뵐 때 입던 것이고, 태후마마는 만민의 부모이시니 이 옷으로 뵙게 하여 주소서."

궁녀가 들어가더니 한참 있다가 나와서 그대로 태후를 뵙도록 하였다. 경패가 궁녀를 따라 궁전 앞에 이르자 경패의 고운 빛이 궁중에 비쳐 보는 사람들이 혀를 차며 말하였다.

"아름답고 고운 이는 천하에 오직 우리 공주 한 사람뿐인 줄 알았더니 어찌 정 소저가 또 있는가?"

경패가 예를 마치고 궁녀의 인도에 따라 궁전에 오르자 태후가 자리를 주고 말하였다.

"지난번, 공주의 혼사로 인하여 양 상서의 약혼 예물을 거두어들이도록 조서를 내렸으나 이 또한 나라의 옛 법을 따른 것이요 내가 처음 시작한 것이 아니라. 그런데 공주가 새 혼사를 위하여 옛 언약을 저버리게 하는 것은 인연을 극진하고 바르게 하는 천자의 뜻이 아니니 양 상서를 너와 함께 섬기도록 하여 줄 것을 간곡히 원하였노라. 이제 내 이미 황상께 의논하여 공주의 아름다운 뜻에 따라 양 상서가 돌아온 다음에 약혼 예물을 다시 너에게 돌려 보내고, 너를 공주와 함께 양 상서의 부인이 되게 하려 하니 이것은 예부터 유례가 없는 일이기에 특별히 너에게 알리노라."

경패가 일어나 대답하였다.

"마마의 은총이 이러하시니 몸을 부수어 가루를 만든다 해도 다 갚지 못하리로소이다. 다만 신하의 자식으

문왕(文王) 주(周)나라 무왕(武王)의 아버지. 성왕(聖王)으로 받들어짐.

후영 위나라의 은사(隱士) 가난하여 나이 칠십이 되도록 이문(夷門)의 문지기를 하다가 신릉군(信陵君)의 객이 되어 그를 도왔음.

신릉군(信陵君) 위나라 소왕(昭王)의 아들로 어질고 현명한 제후임.

일품관(一品官) 한글본에는 이품이라 하였으나 소유의 관직으로 보아 한문본의 표현대로 일품이 옳은 듯함.

장복(章服) 다른 옷과 구분하기 쉽게 하려고 기호나 무늬를 수놓은 옷.

로서 어찌 감히 명예와 지위를 공주와 함께하리이까. 또한 제가 비록 순종하려 하나 저의 부모가 죽음으로써 다투어 명을 받들지 아니하리이다."

"겸양하여 사양하는 뜻은 비록 아름다우나 정씨 가문은 대대로 공후(公侯)의 집안이요, 더욱이 정 사도는 선왕(先王)의 오랜 신하이니 어찌 너에게 첩이라는 천한 이름을 더하리오."

"신하가 임금을 섬김은 만물이 천명에 순종함과 같으니 첩 되고 종 되는 것은 오직 명하시는 대로 할 것이오이다. 어이 추호라도 한탄하리이까. 여염집 여자로서 공주를 섬길 수 있음이 또한 영광이 아니오이까. 다만 난처한 일은, 아내를 첩으로 삼는 일은 『춘추*』에서 경계한 것이니 양 소유가 즐겨 하지 아니할까 하는 것이오이다."

"너의 말이 매우 옳도다. 너를 첩 삼는 것이 옳지 않고 공주가 여염집 여자와 나란히 두 부인 되는 것도 옳지 않으니 공주의 혼사를 다른 곳에 의논하면 될 듯하나 공주가 양 상서와 천명(天命)이 있으니 어찌 천명을 거스를 수 있으리오."

그리고 퉁소 곡조로 소유와 공주의 인연을 점친 일을 이야기하였다. 경패가 말하였다.

"제가 어찌 다른 염려가 있으리이까. 저는 본디 형제가 없고 저의 부모는 노쇠하였으니 천명에 따라 죽을 때까지 부모를 봉양하는 것이 저의 소원이오이다."

그러자 태후가 기뻐하며 말하였다.

"너의 효성이 비록 이러하나 내 어이 차마 한 여인으로 하여금 자신에게 적합한 자리를 얻지 못하게 하리오. 게다가 너의 용모가 이렇듯 곱고 덕행과 재주와 말솜씨 또한 뛰어나니 양 상서가 어찌 너를 버리고 다른 곳에서 배필을 찾으려 하리오. 이렇게 되면 너의 인연과 공주의 혼사가 다 잘못될 것이니라. 내가 본디 딸 둘 두었더니 난양의 언니가 열 살 때 죽어 나는 언제나 난양의 외로움을 염려하였더니라. 지금 너의 용모와 재주가 실로 난양과 자매 될 만하니 두 딸을 본 듯하도다. 내가 이제 너를 양녀로 삼고 황상께 여쭈어 작위와 이름을 정하리라. 이리하면 첫째는 내가 너를 사랑하는 뜻을 나타내게 되고, 둘째는 난양이 너를 친히 여기는 뜻을 이루게 되며, 끝으로 네가 공주와 함께 양 상서를 따르게 되리니 편치 않은 일이 없으리라. 네 생각에는 어떠하뇨?"

경패가 머리를 조아리고 여쭈었다.

"말씀이 이러하시니 제 복이 덜어질까 두렵나이다. 명을 거두어 주시오소서."

"내가 황상께 의논할 터이니 구태여 사양하지 말라."

태후가 말을 마치고 공주를 불러 경패를 보게 하니 공주가 위의와 복장을 훌륭히 갖추고 나왔다.

"경패와 자매 되기를 원하더니 이제는 정말 자매가 되었으니 네 마음이 어떠하뇨?"

태후가 공주에게 경패를 양녀로 삼을 것을 알리자 공주가 대답하였다.

"마마의 처분하심이 지극히 마땅하오이다."

태후가 경패에게 크게 은혜를 베풀고, 문장과 경서와 사서(史書)에 대하여 담소를 나눈 뒤에 경패에게 말하였다.

"난양에게서 너의 재주에 대하여 자세히 들었노라. 궁중이 무사하고 봄날이 한가로우니 붓을 들어 나의 기쁜 마음을 도우라. 옛날에 '일곱 걸음 안에 글을 지은 사람'*이 있었으니 네가 할 수 있겠느냐?"

"마마의 명이 계시니 까마귀를 그려 한번 웃으시게 하지 아니하리이까?"

춘추(春秋) 오경(五經)의 하나로 중국 춘추 시대의 역사서. 진나라 은공(隱公 : BC 722) 때부터 애공(哀公 : BC 481)까지 십이 대 이백사십이 년 동안의 사적을 사관(史官)이 기록한 것을 공자가 윤리적 입장에서 비판 수정하고 가치 판단을 내린 책.

일곱 걸음 안에 글을 지은 사람 조식(曹植)을 가리킴.

태후가 크게 기뻐 궁녀 가운데 발이 작고 허리가 가늘고 걸음을 곱게 걷는 사람을 가려 궁전 뜰에 세우고 막 시제(詩題)를 내리려 하는데 공주가 여쭈었다.

"혼자서 시를 짓는 것이 마땅치 않으니 제가 함께 지어 보겠나이다."

태후가 더욱 기뻐서 말하였다.

"네가 지으려 하면 더욱 좋다. 다만 시제는 전에 예가 없는 것으로 하겠노라."

이 때는 봄이 이미 저물어 궁전 앞에 벽도화가 한창 피어 있었다. 그 때 갑자기 까치(희작*)가 날아와 벽도화 가지에 앉아 지저귀었다. 이것을 본 태후가 크게 기뻐하며 말하였다.

"내가 너희 두 사람의 혼사를 정하고 있는데 까치가 꽃가지 위에서 지저귀니 좋은 징조로다. '벽도화 가지 위에서 까치가 지저귀다' 로 시제를 삼아 칠언절구 한 수를 짓되 시 가운데 너희 혼사 정한 뜻을 넣으라."

궁녀가 공주와 경패 앞에 붓·벼루·먹·종이를 각각 벌여 놓자 둘이 동시에 붓을 잡았다. 궁녀는 속으로 공주와 경패가 일곱 걸음 안에 미처 짓지 못할까 염려하여 두 사람의 붓 휘두르는 모습을 돌아보아 가면서 천천히 발을 옮겼다. 그러나 두 사람의 붓이 비바람 같아서 궁녀가 겨우 다섯 걸음 걷는 동안 단숨에 써 올렸다.

태후가 먼저 경패의 글을 보았다.

궁궐의 봄볕이 복숭아꽃을 취하게 하니	紫禁春光醉碧桃
어디서 온 좋은 새가 지저귀어 말하는가	何來好鳥言咬咬
다락집 위의 대궐 계집이 새 곡조를 전하니	樓頭御妓傳新曲
남국의 어여쁜 꽃이 까치와 함께 깃들이도다	南國天華與鵲巢

다음으로 공주가 지은 글을 보았다.

봄이 궁궐 안에 깊어 온갖 꽃이 번화하니	春深禁掖百花繁

신령한 까치가 날아와 기쁜 소식을 알리도다	靈鵲飛來報喜言
은하수에 다리 놓기를 모름지기 힘쓸지라	銀漢作橋須努力
동시에 두 천손이 나란히 건너리라	一時齊渡兩天孫

"나의 두 딸은 여인 가운데 이백과 조자건이로다. 만일 조정에서 여자를 뽑는다면 장원과 최연소 급제(탐화*)를 차지하리라."

태후가 읽고 칭찬하며 공주와 경패에게 서로 바꾸어 보게 하니 그들도 서로 탄복하였다.

"저는 요행으로 한 수를 지었고, 또 저의 글 뜻이야 누가 생각지 못하리이까. 정 소저의 시는 완곡(婉曲)하여 제가 미칠 바가 아니로소이다."

공주가 여쭙자 태후가 말하였다.

"그러하도다. 그러나 너의 글도 지혜로우니 사랑스럽노라."

이 때 태후를 모시던 선왕의 늙은 궁인이 태후께 여쭈었다.

"저도 소년 시절에 글을 배웠으나 천성이 둔하고 흐려서 시 안의 깊은 뜻을 알지 못하오이다. 마마께서 두 글의 뜻을 새겨 가르쳐 주소서. 좌우에 모신 사람도 모두 듣고 싶어하나이다."

그러자 태후가 웃으며 말하였다.

"이 두 글이 모두 아래 구절에 뜻이 있도다. 경패의 글은 복숭아꽃을 난양에게 비겼는데, 『시경*』 '소남(召南)' 편 가운데 시집 가는 공주를 '빛나기가 복숭아꽃·오얏꽃 같다' 고 노래하였고, 남편을 맞이하는 제후의 딸을 노래하여 '까치집이 있노라' * 하였으니, 두 사람의 혼사가 자연히 그 가운데 있노라. 또 옛사람의 글에 '대궐 계집이 곡을 지작루*에 전한다' 고 하였는데 이 글을 인용하면서 짐짓 '까치 작(鵲)' 자를 감추었으나 다정하고 운치 있고 완곡하여 그 덕성을 보는 듯하도다. 공주가 탄복함이 마땅하도다.

또 난양의 글에서는, 까치에게 하는 말이, '은하수 다리를 힘써 만들어 옛날에는 한 직녀가 건넜으나 이제는 두 직녀가 건너리라' 하였다. 공주의 혼인에 까치 다리(오작교烏鵲橋)를 인용한 것은 예사로운 말이나, 내가 경패를 양녀로 삼자 경패가 이를 감당하지 못할까 하여 『시경』을 인용하고, 다시 경패를 저와 함께 천손(天孫)이라 하였도다. 난양이 내 뜻을 아니 참으로 영민하지 않은가."

노 상궁(老尙宮)이 크게 기뻐 여러 사람과 함께 만세를 불렀다.

양 상서가 꿈에 천상에 올라 놀고   楊尙書夢遊上界
가춘운이 공주의 말을 꾸며 전하다   賈春雲巧傳玉言

이 때 천자가 태후에게 낮 문안을 왔다. 태후가 난양에게 경패를 데리고 잠깐 곁방으로 피하라 하고 천자에게 말하였다.

"난양의 혼사를 위하여 정 소저의 약혼 예물을 거두는 것이 풍습을 교화하는 데 해롭고, 정 소저를 난양과 함께 부인으로 삼으려면 정 사도 집안이 감당하지 못할 것이오이다. 또한 정 소저를 첩으로 삼는 것은 더욱 마땅치 아니하오이다. 오늘 내가 정 소저를 불러 보니 그 재주와 용모가 난양과 형제 될 만하기에 양녀로 삼았으니 이것은 뒷날 둘을 함께 양씨에게 시집 가게 하려 함이오이다.

탐화(探花) 전시(殿試)에서 제 삼위로 급제한 사람을 가리키는 말이나 본래는 합격자 가운데 최연소자를 말함.

시경(詩經) 오경(五經)의 하나. 공자가 편찬하였다고 함. 은대(殷代)부터 춘추시대까지의 시 311편으로 국풍(國風)·아(雅)·송(頌)의 세 부분으로 크게 나누었는데 소남(召南)은 국풍에 들어 있음.

까치집이 있노라 『시경』 소남(召南)작소(鵲巢)에 "까치가 집을 지으니 비둘기가 그 집에 산다"는 구절이 있는데 까치는 제후 즉 남자를 말하고 비둘기는 제후의 부인인 즉 여자를 말함. 까치는 집을 잘 짓지만 비둘기는 집을 짓지 못하고 까치가 지어 놓은 집에 살기도 함. 즉 남자의 집(까치집)에 여자(비둘기)가 시집 와서 사는 것을 뜻함.

지작루(鵁鵲樓) 한 무제가 지은 누(樓)로 보통 작관(鵲觀)이라고 함.

나의 조처가 어떠하오."

"마마의 치우치지 않고 고른 일이 천지(天地) 같으시니 예부터 두터운 은덕이 마마께 미칠 사람이 없으리이다."

천자가 기뻐 축하하며 말하자 태후가 경패를 불러 천자에게 뵙게 하였다. 천자가 경패에게 전(殿)에 오르도록 하고 태후에게 물었다.

"정 소저가 이제는 천자의 누이가 되었거늘 어찌하여 아직 평복을 입었나이까."

"아직 황상께 고하지 못하였고 명이 내리지 않았기에 일품관 아내의 장복을 사양하나이다."

태후의 말을 듣고 천자가 여중서를 시켜 금실로 난새와 봉황새 무늬를 짜 넣은 비단 한 축을 가져오게 하였다. 여중서 채봉이 가져다가 받들어 올리자 천자가 붓을 들어 쓰려다 멈추고 태후에게 말하였다.

"정 소저를 공주에 봉하였으니 나라의 성을 내려 주는 것이 마땅하리로소이다."

"나도 이러한 뜻이 있었으나 다시 생각하니 제 부모가 이미 늙고 다른 자식이 없으니 차마 제 성을 빼앗지 못하겠더이다. 성은 고치지 마소서."

그리하여 천자가 손수 다음과 같이 썼다.

"황태후의 거룩한 뜻을 받들어 양녀 정씨를 영양 공주(英陽公主)에 봉하노라."

그리고 여중서를 시켜 황제와 태후의 옥쇄와 옥보(玉寶)를 찍어 경패에게 주게 하고, 궁녀들을 시켜 공주의 관과 의복을 받들어 경패에게 입히도록 하였다. 경패가 감사 인사를 올리고 나서 난양 공주와 차례를 정하는데, 경패가 난양보다 일 년이 위이나 감히 난양의 윗자리에 앉지 못하였다.

"영양은 이제 나의 딸이라. 형이 위에 있고 아우가 아래 있음이 예이거늘 형제지간에 어찌 겸양할 수 있으리오."

태후가 말하자 경패가 머리를 조아리고 말하였다.

"오늘의 자리 순서는 곧 뒷날의 차례가 되리니 어찌 감히 어지럽히리이까."

난양이 말하였다.

"춘추시대에 조쇠*의 아내는 진 문공의 딸이었으나 자기보다 먼저 시집 온 오랑캐족의 여자에게 본처의 자리를 사양하였나이다. 영양마마는 곧 나의 언니이니 어찌 이것을 의심하리이까."

그러나 경패가 오래도록 사양하니 태후가 명하였다.

"나이 차례로 앉으라."

경패가 자리에 앉은 뒤로 궁중 사람이 모두 영양 공주라 불렀다.

자리를 정하여 앉자 태후가 두 사람의 시를 천자에게 보였다.

"두 글이 모두 절묘하도다. 영양의 시는 『시경』을 인용하여 모든 것을 주(周)나라 문·무왕의 후비(后妃)의 덕화(德化)로 돌렸으니 더욱 격을 얻었나이다."

천자가 두 시를 보고 감탄하자 태후가 그렇다고 하였다.

"마마께서 영양을 대접하심이 유례없이 크고 덕스러운 일이오니, 저 또한 청할 일이 있나이다."

이어서 천자는 여중서 진채봉에 대하여 앞뒤 일을 자세히 말씀드리고,

"그의 정상이 매우 가엾고, 또 그 아비가 비록 죄로 죽었으나 조상이 대대로 조정의 신하였으니 이제 그의 바람을 이루어 누이가 출가할 때 데려가는 시첩*을 삼아 주는 것이 어떠하리이까."

하시니 태후가 난양을 돌아보았다.

"진씨의 일은 저도 들었나이다. 저도 진씨와 정분이 매우 깊으니 헤어지지 않겠나이다."

조쇠(趙衰) 진(晉)나라 사람. 진문공(晉文公)을 따라나 적(狄)으로 달아나 적의 여자를 취하여 아들을 낳음. 돌아와 문공의 딸 조희(趙姫)와 결혼하여 다시 세 아들을 낳음. 뒤에 조희가 남편에게 청하여 적녀(狄女)와 그 아들을 데려다가 그들 모자(母子)에게 적처(嫡妻)·적자(嫡子)의 자리를 양보하였다고 함.

시첩(侍妾) 귀인의 시중을 드는 첩.

난양이 여쭈니 태후가 채봉을 불러 명하였다.

"난양이 너를 떠나지 않으려 하기에 특별히 너를 양 상서의 첩이 되게 하노라. 이제 너의 바람을 이루었으니 공주를 더욱 정성으로 섬기라."

채봉이 눈물을 비 오듯 흘리며 머리를 조아리고 감사하였다.

태후가 채봉에게 말하였다.

"두 딸의 혼사를 정하는데 까치의 좋은 조짐이 있기에 각각 「까치시」(희작시 喜鵲詩)를 짓게 하였도다. 이제 너도 돌아갈 곳을 얻었으니 한 수 지을 수 있겠느냐."

채봉이 명을 받들어 즉시 글을 지어 올렸다.

까치가 울며 궁궐을 둘러싸니	喜鵲査査繞紫宮
어여쁜 복숭아꽃 위에 봄바람이 일도다	夭桃花上起春風
편안히 깃들여 남으로 날아가지 않으리라	安巢不待南飛去
셋 다섯 별이 드문드문 동녘에 있도다	三五星稀正在東

태후가 천자와 함께 보고 말하였다.

"박식하고 말솜씨 뛰어나던 사도온*이라도 미치지 못하리로다. 그 가운데 『시경』을 인용하여 처첩의 분수를 지켰으니 더욱 아름답도다."

난양이 말하였다.

"본디 「까치시」에 쓸 재료가 많지 않고 저희 둘이 먼저 지어 나중 사람은 손댈 곳이 없나이다. 조맹덕*의 글이 까치를 거들었으나 좋은 내용이 아니어서 끌어다 쓰기에 매우 어렵거늘 이 글은 조맹덕의 시와 두자미*의 시, 『시경』의 글귀를 한데 합하여 만들었으면서도 순수하고 흠이 없나이다. 아마도 이들 세 글이 진씨의 오늘날을 위하여 먼저 지어진 듯하니 이런 재주는 옛날에도 어려웠으리라 하나이다."

태후가 그렇다고 하면서 또 말하였다.

"예부터 여자 가운데 글 잘한 사람은 반첩여*·탁문군·채문희·사도온·소야란*뿐인데 지금 재주 있는 여자 셋이 한자리에 모였으니 성대하다 하리로다."

"영양마마의 시녀 가춘운이라는 이의 재주도 봄직하나이다."

난양의 말에 태후가 말하였다.

"이 여자를 한 번 보겠노라."

이날 경패는 난양과 한 곳에서 자고 다음날 일찍 일어나 함께 태후께 문안을 여쭌 다음 집으로 돌아가기를 청하였다.

"제가 들어올 때 집에서 당연히 놀랐을 것이오니 나가서 뵙고 마마의 은덕과 저의 영화를 이르려 하나이다."

"이제 어찌 궁중을 함부로 떠나리오. 나도 최 부인을 보고 의논할 말이 있도다."

태후가 곧 경패의 집에 명을 내려 최 부인을 입궐하라 하였다. 사도 부부는 전날 경패가 보낸 시비의 말을 듣고 놀란 마음을 겨우 진정하였다가 뒤이어 태후의 명이 내리자 최 부인이 곧 명을 받들어 태후에게 나아가 뵈었다. 최 부인을 보고 태후가 말하였다.

"처음에 영양 공주를 입궐하게 한 것은 실은 얼굴을 보려 함이 아니고 공주의 혼인을 위함이었노라. 그러나 한 번 본 후로 사랑하는 정이 난양과 차이가 없으니 아마도 죽은 나의 딸이 부인에게 다시 났는가 하노라. 마땅히 나라의 성을 주어야 할 것이나 부인의 외로움을 불쌍히 여겨 성을 고치지 아니하였으니 부인은 나의 지극한 뜻을 알지어다."

최 부인은 다만 황공하고 감격할 뿐인데 태후가 또 말하였다.

"영양은 이제 나의 딸이니 찾지 마오."

"어이 감히 찾으리오. 다만 저희 부부 나이 많으니 다시 만나지 못할까 슬퍼하나이다."

"이것은 혼인 전에 지나지 아니하리니 혼인 후에는 난양까지 부인에게 의탁하리이다."

그리고 난양을 불러 부인과 서로 보게 하니 부인이 전날의 오만 무례를 거듭거듭 사죄하였다.

"부인의 집에 가춘운이라 하는 여자가 있다 하니 보고자 하노라."

부인이 태후의 명을 받아 춘운을 불렀다. 춘운이 들어와 뜰에 머리를 조아리고 태후에게 뵈었다. 태후가 말하였다.

"난양의 말을 들으니 네가 시를 잘 짓는다 하더구나. 내가 보는 앞에서 지을 수 있겠느냐."

"시제를 들어 보겠나이다."

춘운이 대답하자 태후가 세 사람의 「까치시」를 보이며 말하였다.

"너도 지을 수 있겠느냐. 소재가 없을까 두렵도다."

춘운이 붓과 벼루를 청하여 곧바로 시를 지어 올렸다.

기쁨을 알리는 작은 정성을 다만 스스로 아나니	報喜微誠祗自知
순임금의 뜰에 요행히 봉황을 따라왔도다	虞庭幸逐鳳來儀
진루*의 봄빛에 꽃나무 일천 그루라	秦樓春色花千樹
세 겹으로 둘렀는데 어찌 한 가지를 빌려 주지 않으랴	三繞寧無借一枝

태후가 두 공주에게 보이며 말하였다.

"춘운이 재주 있다 들었으나 이렇게까지 할 줄은 생각지 못하였도다."

난양이 말하였다.

"이 시는 까치를 제 몸에 비유하고 봉황을 영양마마에게 비유하여 격을 얻었고, 특별히 아래 구절은 내가 자신을 용납하지 않을까 의심하여 한 가지를 빌리고저 하였나이다. 그러면서도 옛사람의 시구를 모아 만들어 의사가 절묘하오이다. 옛말에 이르기를, '나는 새가 사람에게 의지하니 사람이 절로 사랑한다' 하였으니 바로 춘운을 가리킴이로소이다."

말을 마치고 춘운을 데리고 물러나와 채봉과 만나게 하고 말하였다.

"이 여중서는 화음현의 진 낭자이니 역시 춘운과 평생을 함께할 사람이라."

"아니, 「양류사」 지은 낭자이니까?"

춘운이 묻자 채봉이 놀라 물었다.

"낭자는 「양류사」를 어디에서 들었는가?"

"양 상서가 이르시더이다."

채봉이 감격하여 슬픔을 이기지 못하고 말하였다.

"양 상서가 아직도 나를 기억하신다는 말이로소이다."

"낭자는 어찌 이런 말을 하나뇨. 양 상서는 낭자의 「양류사」를 몸에 간직하여 잠시도 놓지 않으며, 낭자의 말을 하실 때면 언제나 눈물을 흘리시니 낭자는 어찌 상서의 정을 알지 못하나뇨?"

"상서가 이렇듯 나를 잊지 아니하면 죽어도 한이 없으리라."

채봉이 이어서 「비단부채시」 짓던 일을 자초지종 말하자 춘운이 웃으며 말하였다.

"저의 몸에 지닌 비녀·팔찌·머리장식·가락지 들이 다 그날 얻은 것이니이다."

그 때 궁인이 와서 정 사도 부인이 가려 한다고 알렸다.

두 공주가 태후를 모시고 앉아 있는데 태후가 부인에게 말하였다.

진루(秦樓)·봉대(鳳臺): 진목공(秦穆公)이 통소를 잘 불어 봉황을 이르게 한 딸 농옥(弄玉) 부부를 위하여 지었다는 누대.

"양 상서가 오래지 않아 돌아오리라. 전날의 약혼 예물은 도로 부인의 집으로 보내려니와 물렸던 예물을 도로 받는 것이 자못 구차하고, 또 영양이 공주가 되었으니 두 혼례를 한 날 치르려 하노라. 부인 생각은 어떠하뇨?"

"명대로 하리이다."

최 부인의 말에 태후가 웃으며 다시 말하였다.

"양 상서가 영양을 위하여 조정의 명을 세 번이나 거슬렀으니 내 또한 한 번 속이려 하노라. 속담에 말이 흉하면 길하다 하니 상서가 돌아오거든 정 소저가 병을 얻어 불행하였다고 속일지어다. 상서가 스스로 정 소저를 보았노라 하였으니 알아보는가 보리라."

"명대로 하리이다."

최 부인이 대답하고 집으로 돌아가는데 영양이 궁전 문 밖까지 가서 어머니를 배웅하면서 춘운을 불러 소유에게 할 말을 일러 보냈다.

이 때 소유는 말들에게 백룡담의 물을 먹이고 대군을 지휘하여 북 치며 나아갔다. 토번의 찬보는 이미 요연이 보낸 진주를 돌려 받아 본데다 당나라 병사들이 반사곡을 지났다는 말을 듣고 몹시 두려워 어찌할 줄 몰랐다. 그러자 토번의 모든 장수가 찬보를 사로잡아 당나라 군영에 항복하였다. 소유는 군용을 다시 정비하여 토번읍에 들어가 백성을 평안히 한 뒤에 곤륜산*에 올라가 비를 세워 당나라의 공덕을 기록하고 개가를 부르며 삼군을 돌이켜 서울로 향하였다. 진주*에 이르자 벌써 가을이 되어 산천은 소슬하고 기러기 소리는 나그네의 회포를 도우니 소유는 밤늦도록 고향을 생각하며 잠을 이루지 못하였다.

'집 떠난 지 삼 년인데 늙은 어머니는 평안하신가. 나라 일에 분주하여 지금껏 가정을 꾸리지 못하였도다. 정씨와의 혼인은 과연 어떠할 것인가. 내가 지금 잃었던 땅 오천 리를 되찾고 일만 병거(兵車)나 되는 강적(强敵)을 평정하여 공이 적지 않으니 천자는 반드시 후(侯)에 봉하는 상을 내리시리라. 내가 만일 벼

슬을 돌려드리고 정씨와의 혼사를 요청한다면 어찌 듣지 아니하시리오.'

이렇게 생각하자 소유는 마음이 적이 편하여져 베개에 의지하였다가 한 꿈을 얻어 천상에 올랐다. 칠보 궁궐에 오색 구름이 어리는데 시녀 둘이 소유에게 말하였다.

"정 소저가 청하시나이다."

소유가 시녀를 따라 들어가 보니 넓은 뜰에 신선의 꽃이 자욱이 피어 있고, 다락집 위에 선녀 셋이 어깨를 나란히 하고 앉았는데, 모두 후비(后妃) 같은 화려한 의복을 입고, 푸른 눈썹과 맑은 눈이 서로를 비추었다. 세 여인은 난간에 기대어 시녀들이 놀이하는 모습을 지켜보다가 소유가 오는 것을 보고 일어나 길게 허리 굽혀 인사를 나누고 예를 갖추어 자리에 앉았다. 윗자리에 앉은 선녀가 물었다.

"그대 이별 후에 병이나 없으시나이까?"

소유가 보니 전에 거문고 곡조를 이야기하던 정 소저가 분명하였다. 소유는 반갑고 슬퍼 아무 말도 하지 못하는데 소저가 다시 말을 이었다.

"저는 지금은 인간 세상을 떠나 천상 궁궐에 올라와 있으니, 어찌 인간과 선계(仙界) 사이의 약수(弱水) 삼천 리가 가린 것뿐이리오. 옛일을 생각하니 슬프기 그지없나이다. 이제는 저의 부모를 보시더라도 저의 소식은 듣지 못하시리이다."

그리고 두 선녀를 가리키며 말하였다.

"이는 선녀 직녀성군(織女星君)이요 저쪽은 대향옥녀(戴香玉女)라. 모두 그대와 전생 인연이 있으니 이제는 저를 생각지 마시고 먼저 이들과 인연을 이루소서. 그리하면 저도 의탁할 곳이 있으리이다."

소유가 다른 두 선녀를 보니 끝자리에 앉은 선녀는 낯이 익은 듯하나 끝내 기억이 나지 않았다. 이윽고 군영에서 울리는 북소리 나팔소리에 잠을 깨어 꿈속의 일을 생각하니 모두 좋지 않은 일이라. 소유는 매우 의심스럽고 염려스러웠다.

오래지 않아 앞선 부대가 서울에 이르자 천자가 몸소 위교까지 나와 맞았다. 양 원수는 봉황을 새겨 장식한 붉은 동투구를 쓰고, 황금 고리로 미늘*을 꿰어 만든 갑옷을 입고, 하루에 천리를 달리는 대완마*를 탔다. 천자가 내려 준 흰 소꼬리로 만든 기를 달고 황금으로 꾸민 도끼와, 용과 봉황을 그린 군기(軍旗)들은 앞뒤에 둘러 원수를 호위하였다. 토번 왕은 죄인 압송하는 수레에 실어 앞에 두고, 서역 삼십육 군의 군장(君長)들은 각각 조공하는 보물을 가지고 뒤를 따르니 군용의 성대함이 옛적에도 없는 것이었다. 이러므로 성 안 사람이 모두 구경하기 위하여 백 리에 이르도록 길을 가득 메워 성 안이 텅 비었다.

천자는 소유가 나라일에 수고한 것을 위로하고 공을 논하여 상을 내리고 옛날 곽분양의 예에 따라 왕에 봉하려 하였으나 소유가 머리를 조아리며 지성으로 사양하였다. 천자는 소유의 뜻과 기개를 아름답게 여겨 그를 대승상(大丞相) 위국공*에 봉하고 식읍* 삼만 호와 황금 일만 근, 백금 십만 근, 촉(蜀)나라 비단 십만 필, 준마 일천 필을 내려 주고, 이 밖에 상으로 준 여러 진기한 보배는 이루 다 기록할 수 없다. 소유가 은혜에 감사하여 깊이 절하자 천자는 큰 잔치를 열어 군신이 함께 즐기고, 소유의 얼굴을 그려 공 있는 신하들의 초상을 그려 보관하는 누각인 능연각(凌煙閣)에 보관하게 하였다.

잔치가 끝난 후 소유가 정 사도의 집으로 돌아가니 사도의 조카들이 사랑채에 모였다가 소유를 맞으며 성공을 축하하였다. 소유가 사도 부부의 안부를 묻자 십삼랑이 말하였다.

"숙부모는 겨우 몸을 보전하여 계시기는 하나 누이가 죽은 후로는 마음을 몹시 상하여 기운이 지난해와 아주 다르오이다. 승상이 오셨는데도 나와 보시지 못하니 저와 함께 들어가사이다."

이 말을 듣고 소유는 한동안 말을 잇지 못하다가 물었다.

"누구의 상(喪)을 만나셨단 말인가?"

"숙부가 아들 없이 딸 하나만을 두었다가 이 지경에 이르렀으니 어찌 마음 상하지 아니하리오. 보시거든 일절 슬픈 말을 하지 마소서."

소유는 눈물이 솟구치는 것을 깨닫지 못하고 슬퍼하였다. 십삼랑이 위로하여 말하였다.

"승상과 누이의 혼인 언약이 비록 평범하지는 않았으나 이미 이렇게 되었으니, 이제 예와 의리를 생각하여 이리해서는 아니 되리라."

소유는 십삼랑의 위로에 감사하며 눈물을 거두고 함께 들어가 사도 부부를 뵈었다. 사도 부부는 소유의 성공을 축하할 뿐 특별히 경패에 대해서는 말하지 않았다. 소유가 말하였다.

"제가 조정의 큰 덕에 힘입어 외람되게 제후에 봉해지고 관작을 받았사오나 이제는 벼슬을 돌려드리고 저의 사정을 여쭈어 전의 인연을 이루려 하였나이다. 그런데 사람의 일이 이와 같으니 참혹함을 이기지 못하겠나이다."

그러자 사도가 말하였다.

"만사가 다 하늘에 달렸으니 어찌 사람의 힘으로 하리오. 오늘은 승상에게 크게 기쁜 날이니 무슨 다른 말을 하리오."

십삼랑이 자주 눈짓하므로 소유는 말을 그치고 일어나 화원으로 갔다. 춘운이 섬돌 아래에서 소유를 맞아 머리를 조아리며 뵈었다. 소유는 춘운을 보자 더욱 슬픔을 참지 못하고 눈물을 흘려 옷깃을 적셨다.

춘운이 말하였다.

"승상, 오늘이 승상이 슬퍼하시는 날이니이까? 눈물을 거

미늘 : 갑옷 미늘. 갑옷에 단 비늘잎 모양의 가죽 조각이나 쇠 조각.

대완마(大宛馬) : 대완산 말. 대완은 서역에 있는 여러 나라 가운데 하나.

위국공(魏國公) : 위국의 제후.

식읍(食邑) : 나라에서 공신에게 내려 주어 거두어들인 조세를 받아 쓰게 한 고을.

두시고 저의 말을 들으소서. 우리 낭자는 본디 하늘의 선녀이더니 죄를 짓고 인간 세상에 귀양 오셨다가 도로 하늘로 오르셨나이다. 오르시던 날 저에게 말씀하시기를, '네가 전에 양 상서를 떠나 나를 따랐는데 나는 이제 이미 속세를 버렸으니 모름지기 다시 상서를 모셔라. 상서가 돌아오면 반드시 나로 인하여 마음 상하시리니 네가 이 뜻을 상서께 전하라. 우리 집에서 약혼 예물을 돌려 보낸 후로 상서는 나와 아무 관계가 없는 사람이라. 게다가 전날 거문고 들은 혐의가 있으니 상서가 만일 지나치게 슬퍼하면 이것은 천자의 명을 거역하고 죽은 사람에게 누를 끼치는 것이라. 더욱이 제청(祭廳)과 무덤에 곡한다면 이것은 나를 음란한 여자로 대접하는 것이니 내가 눈을 감지 못하리로다. 상서가 돌아오면 반드시 황상께서 공주와의 혼사를 다시 의논하시리라. 들으니 공주의 높은 인품과 깊고 그윽한 성품이 군자의 배필이 됨직하다 하니 부디 천자의 명에 순종하시도록 하라.' 하시더이다."

이 말을 듣고 소유는 더욱 슬퍼서 말하였다.

"비록 소저의 유언이 이러하나 내가 어이 슬프지 아니하리오. 게다가 소저가 죽음에 임하여서도 여전히 이렇게 나를 생각하였으니 열 번 죽더라도 소저의 은혜를 갚기 어려우리라."

그리고 객사에서 꾼 꿈을 이야기하였다. 춘운이 말하였다.

"아가씨는 분명 천상에 가 계시도소이다. 모든 일이 이미 정해진 것이니 승상은 너무 슬퍼하지 마소서."

"소저가 이 밖에 무슨 말을 더 하시더냐?"

"비록 말이 있기는 하나 여쭙기 어렵나이다."

"아무 말이라도 이르라."

"아가씨가 말하기를, 나는 곧 춘운과 한 몸이니 상서가 나를 잊지 아니하신다면 춘운을 버리지 마소서 하시더이다."

소유가 더욱 슬퍼하며 말하였다.

"내가 어찌 춘운을 저버리리오. 더욱이 소저의 유언이 이러하니 비록 직녀를 아내로 삼고 복비*를 첩으로 삼아도 그대는 잊지 아니하리라."

| 혼례식 자리의 신부들이 서로 이름을 부르지 않고 | 合巹席花今相諱名 |
| 장수 잔치 자리에서 경홍과 섬월을 대적할 이 없도다 | 獻壽宴鴻月雙擅場 |

다음날 천자가 소유를 불러 말하였다.

"지난번 내 누이의 혼사 때문에 태후께서 엄명을 내리시어 내가 매우 편치 못하였도다. 이제 정 소저가 이미 불행해졌다 하니 누이의 혼사를 위하여 그대가 돌아오기를 기다렸노라. 그대가 비록 정 소저를 생각하나 그대는 아직 젊은 나이요, 더욱이 대부인을 모셨으니 승상의 집안에 여주인이 없을 수 없고, 위국공 사당에 주부가 올리는 술잔(아헌亞獻)을 빠뜨릴 수 없노라. 내가 이미 승상부(丞相府)와 공주궁을 한데 짓고 기다리나니 지금도 내 누이와의 혼사를 허용하지 못하겠나뇨?"

소유가 머리를 조아리고 여쭈었다.

"앞뒤로 거역한 죄가 죽임을 당할 만한 것이거늘 이렇게 명하시니 황공하여 죽을 듯하나이다. 제가 전날 황상의 명에 순종하지 못한 것은 실로 인륜에 얽매임이 있어 마지못한 일이었으나 지금 정 소저가 이미 없사오니 다시 무슨 말을 하리이까. 다만 천한 가문과 못나고 어리석은 기질이 부마의 자리에 마땅하지 아니할까 하나이다."

천자가 크게 기뻐하여 천문·역수(曆數)를 맡은 흠천감에 길일을

복비(宓妃) 복희씨(伏羲氏)의 딸로 낙수(洛水)에 빠져 죽어 신이 되었다고 함.

경패와 난양 공주를 아내로 맞다

물으니 구월 십이일로 택일하여 올리므로 기일이 얼마 남지 않았다.

천자가 또 말하였다.

"전날은 혼사가 될지 말지 하였기에 자세히 이르지 않았거니와 내게는 누이가 둘이 있으니 모두 어질고 정숙한 여인들이라. 이제 그 둘을 다 그대에게 내리려 하니 사양치 말라."

소유가 전날의 꿈을 생각하고 기이하게 여기며 여쭈었다.

"제가 부마에 뽑힌 것부터가 본디 외람하온데 하물며 두 공주를 한 사람에게 내리심은 옛 조정에도 없는 일이오이다. 어찌 감당하리이까."

"그대의 공이 매우 크기에 이것으로 갚음이요, 또한 두 누이의 우애가 지극하여 떠나려 하지 않기 때문이라. 태후마마의 특명이 계시니 그대는 사양치 말라. 또 여중서 진채봉은 본디 사대부 집안이요, 자색(姿色)이 있고 문장에 능하여 누이가 사랑하니 따라 시집 보내어 시중 드는 첩으로 삼으려 하노라. 이를 미리 알리노라."

소유는 머리를 조아리며 은혜에 감사할 뿐이었다.

이 때 경패는 영양 공주가 되어 여러 달 동안 궁중에 머물며 태후를 정성으로 섬기고 난양·채봉과의 정이 혈육 같으니 태후가 더욱 사랑하였다.

구월, 벌써 혼례날에 다다르자 영양이 조용히 태후에게 여쭈었다.

"난양과 자리 차례를 정하여 앉는 것이 애당초 실로 외람되나 마마께서 길러 주시는 은덕을 소홀히 하는 듯하여 본심을 지키지 못하였나이다. 그러나 앞으로 양씨 집안에 시집 가서도 여전히 난양이 첫째 자리를 사양한다면 이것은 오랜 옛날에도 없는 일이니 마마와 황상께서 미리 정하여 주시기 바라나이다."

그러자 난양이 여쭈었다.

"전날 제가 조쇠의 아내 이야기를 이끌어 말한 것이 바로 이 때문이었더이다. 영양마마의 덕성과 재주와 학식은 모두 제가 미칠 바가 아니오이다. 영양이

정씨 집안의 딸로 있을 때에도 첫째 자리를 양보하려 하였거늘 하물며 형제 된 지금 어찌 신분의 존귀와 비천이 있으리이까. 비록 제가 둘째가 되더라도 왕녀의 존귀함은 훼손되지 아니하리이다. 만일 제가 첫째 자리에 앉게 되면 저를 기르신 마마의 뜻은 어디 있으리이까. 영양마마가 굳이 저에게 그 자리를 사양하려 한다면 저는 진정으로 양씨에게 시집 가기를 바라지 아니하나이다."

이에 태후가 천자에게 물었고, 천자가 대답하였다.

"누이가 굳이 사양하는 것은 오랜 옛날에도 없는 뜻이니 그 아름다운 뜻을 이루어 주소서."

태후는 천자의 말을 옳게 여기고 영양을 위국 정부인(좌부인左夫人)에, 난양을 제2부인(우부인右夫人)에 봉하고 채봉은 본디 벼슬하는 집 자손이므로 숙인(淑人)에 봉하게 하였다. 본디 공주 시집 가는 예는 대궐 밖 마을 집에서 행하였으나 이날은 태후의 명에 따라 특별히 궁중에서 거행하게 하였다.

마침내 혼인날이 되었다. 소유는 기린 가죽 옷에 옥 띠를 두르고 두 공주와 예를 행하는데 그 성대한 위의는 이루 다 기록할 수가 없다. 소유와 두 공주가 예를 마치고 자리에 앉자 숙인 진채봉도 예에 따라 소유에게 뵙고 공주를 모시고 섰다. 소유가 채봉에게 자리를 지시하여 앉히자 하늘의 세 선녀가 한 곳에 모여 광채가 신방(新房)에 가득하고 오색빛이 섞여 들어왔다. 소유는 눈이 현란하고 정신이 어지러워 꿈이 아닌가 의심하였다.

이날 밤을 정부인 영양과 함께 지내고 다음날 태후를 뵙고 나서 태후와 황상과 월왕을 모시고 잔치하여 종일토록 즐겼다. 둘째날 밤은 제2부인 난양과 지내고 그 이튿날도 또 잔치하였다. 셋째날 밤에는 숙인 채봉의 방으로 들어갔다. 비단 휘장을 내리고 촛불을 끄려 하자 채봉이 눈물을 흘렸다.

"즐거운 날 슬퍼하니 숙인에게 숨은 회포가 있는 것이 아니오?"

소유가 놀라 물었다.

"승상께서 저를 몰라보시니 저를 잊으셨음을 알겠나이다."

채봉의 울음섞인 대답을 듣고 소유는 퍼뜩 깨달아 채봉의 손을 잡고 말하였다.

"그대는 화주 진 낭자가 아니오."

채봉은 소리나는 것도 깨닫지 못하고 흐느꼈다. 소유가 주머니에서 「양류사」를 내어 놓자, 채봉도 품에서 소유의 글을 내어 놓았다. 그들은 오래도록 슬픔을 이기지 못하여 어찌할 줄 몰랐다.

"승상은 「양류사」의 인연만 알고 「비단부채시」의 사연은 모르시나이다."

채봉이 말하면서 상자를 열어 시가 적힌 부채 하나를 꺼내 보이며 자초지종을 이야기하고 이어서 말하였다.

"이것이 모두 태후마마와 황제 폐하와 공주마마의 은덕이오이다."

"화음현에서 병란(兵亂)을 만난 뒤에 그대의 생사를 알지 못하여 그 후 다시 혼사를 의논하면서도 화산과 위수를 지날 때에는 목에 가시가 걸린 듯하더니 오늘에 이르러서야 하늘이 사람의 소원을 따른다는 것을 알겠도다. 다만 그대를 첩의 자리에 두게 된 것이 부끄럽노라."

"저는 제 운명이 기박할 것임을 미리 알아 처음 유모를 보낼 때 선비가 정혼한 곳이 있으면 소실이라도 되기를 원하였더이다. 그런데 지금 왕녀의 다음 자리가 되었으니 어이 감히 한하리이까."

이날 밤, 소유와 채봉은 옛 정을 이야기하며 새로이 즐거움을 맞으니 지난 두 밤보다 더욱 기뻤다. 다음날 소유와 난양이 영양의 방에 모여 앉아 한가로이 잔을 나누는데 영양이 낮은 소리로 시녀를 불러 채봉을 청하였다. 그 때 소유는 영양의 목소리를 듣고 문득 어떤 깨달음이 일어났다. 전에 정 사도의 집안에 들어가 거문고를 탈 때 경패의 음성을 듣고 그 얼굴을 보았는데 지금 영양의 음성을 들으니 완연히 경패와 같고, 다시 보니 얼굴 또한 더욱 그러하셨다.

'세상에 같은 사람도 있도다. 정 소저와 정혼할 때 나는 정 소저와 생사를 함께하리라 마음 먹었거늘, 지금 나는 이미 부부 된 즐거움이 있으나 소저의 외로운 영혼은 어느 곳에 의탁하였으리오?'

이렇게 생각하자 소유의 얼굴에 슬픈 빛이 나타났다. 지혜롭고 영리한 영양이 그것을 모를 리 없다. 영양이 공손하게 소유에게 물었다.

"듣건대 천자가 근심하면 신하가 근심하고, 또 지어미가 지아비를 섬기는 것은 군신과 같다 하더이다. 상공이 술을 대하여 슬픈 빛이 있으니 무슨 까닭이 있나이까."

소유가 잘못됨을 깨달았으나 달리 말하기 어려워 그대로 대답하였다.

"공주를 속이지 않으리이다. 내가 전날 정 사도의 집안에 혼인을 정하여 슬쩍 정 소저를 본 적이 있는데 지금 영양의 용모와 음성이 정 소저와 몹시 닮았기에 나도 모르는 사이에 옛 일을 생각하는 마음이 얼굴에 나타나 부인을 의심스럽게 하였으니 매우 편치 못하오이다."

영양이 이 말을 듣고 잠깐 낯을 붉히고 안으로 들어가더니 나오지 않았다. 소유가 시녀를 시켜 나오도록 하였으나 시녀도 나오지 않았다.

난양이 여쭈었다.

"영양마마는 태후마마가 총애하시니 성품이 교만하여 저 같지 아니하나이다. 아까 상공께서 마마를 정 소저에게 비기시니 이 일로 편치 않아 하는가 싶으오이다."

소유는 채봉을 시켜 대신 사죄하게 하였다.

"내가 술 끝에 망령되게 말하였으니 공주가 나오시면 내가 스스로 갇히리이다."

채봉이 들어갔다가 한참 후에 나왔으나 아무 말도 하지 않았다.

"무엇이라 하시더냐?"

소유가 물었다.

"대단히 노하셔서 말씀이 지나치시니 감히 전하지 못하겠나이다."

"숙인의 허물이 아니니 자세히 이르라."

"공주가 말하기를, '제가 비록 누추하나 태후마마가 사랑하시는 딸이요, 정 소저가 비록 고우나 여염집 미천한 여자에 지나지 아니하나이다. 예법(禮法)에 천자 타시는 말을 보면 허리를 굽힌다 하였으니 이것은 말을 공경함이 아니라 천자를 공경함이오이다. 상공이 만일 조정을 공경하신다면 어찌 저를 정씨에게 비기리이까. 게다가 정씨는 남녀 간의 허물을 돌보지 아니하고 얼굴을 자랑하며 말을 주고받았고, 혼사가 비끌어짐을 한탄하여 우울하게 병을 얻어 젊은 나이에 일찍 죽었나이다. 정씨는 이렇게 음란하고 팔자 기박하거늘 상공이 저를 여기에 비기시니 제가 비록 못났으나 적이 부끄럽나이다. 옛날 노(魯)나라의 추호*가 황금을 가지고 뽕 따는 계집을 희롱하자 그 아내가 물에 빠져 죽었다 하니 이것은 행실 없는 사람과 짝하기를 참으로 부끄러워하였기 때문이오이다. 상공이 아직도 죽은 정씨의 음성과 용모를 기억하고 계시니 이것은 거문고로 여인을 유혹한 일이나, 황제가 내려 주신 좋은 향을 도적질하여 외간남자에게 주는 일*과 같아서 그 행실이 추호보다 훨씬 못하나이다. 제가 비록 옛날 추호의 아내처럼 물에 빠져 죽는 것을 본받지는 못하나 이제 깊은 궁중에서 늙기로 맹세하나이다. 동생은 성품이 유순하니 해로하소서.' 하시더이다."

이 말을 전해 듣고 소유가 화가 나서 마음속으로, 왕실의 여자가 이렇게 세도를 부리니 과연 부마 되기 어렵도다 생각하고 난양에게 말하였다.

"나와 정 소저가 서로 본 데에는 까닭이 있었더이다. 그런데 지금 영양이 그것을 음란한 행동이라고 욕하니,

추호(秋胡) 노나라 사람으로 아내를 맞은 지 5일 만에 진나라에 가서 벼슬을 하다가 5년 만에 돌아오는데, 길가에서 뽕 따는 미녀에게 황금으로 환심을 사려다가 거절당하고 집에 돌아와 보니 뽕 따던 미녀는 곧 그의 아내였다. 아내는 남편의 행실을 부끄러워하여 물에 빠져 죽었다는 고사.

황제가 내려 주신 좋은 향을 도적질하여 외간남자에게 주는 일 진나라 때 매충(賈充)의 딸이 황제가 하사한 향(香)을 훔쳐 한수(韓壽)라는 미남에게 주었다는 고사.

나는 관계치 아니하나 죽은 사람에게 욕이 미치니 한탄할 일이오이다."

"내가 들어가 마마를 달래 보리이다."

난양이 말하고 들어갔으나 날이 저물도록 역시 아무 소식이 없더니 방 안에 촛불이 켜진 다음에야 시녀를 시켜 말을 전하였다.

"온갖 방법을 다하여 타이르는데도 마마가 마음을 돌이키지 아니하나이다. 저는 처음부터 마마와 생사고락을 함께하려 하였으니 마마가 깊은 궁 안에서 늙는다면 저 또한 그리할 것이니 상공은 진 숙인의 방에 가서 편히 쉬소서."

소유는 속에 화가 가득하나 차마 드러내지 못하고, 또 빈 방에 혼자 있기도 몹시 무료하여 채봉을 바라보았다. 채봉은 촛불을 들고 소유를 안내하여 자기 방으로 가서 금화로에 향을 피운 다음 상아 침상에 비단 이불을 펴놓고 말하였다.

"제가 비록 천한 사람이오나 일찍이 예(禮)에 관한 글을 읽었사온데, 아내가 집에 없으면 첩이 남편을 모시고 밤을 맞지 아니한다 하였나이다. 저는 물러가리니 상공은 혼자서 평안하소서."

그리고 조용히 일어나서 방을 나갔다. 소유는 만류하기도 어려워 있으라 하지는 않았으나 채봉의 모습이 자못 냉담하였다.

소유는 혼자 남아서 생각하였다.

'이들이 떼를 지어 장부를 곤란하게 하니 내 어이하여 저들에게 빌리오. 내가 전날 정 사도의 집 화원에 있을 때는 낮에는 십삼랑과 함께 술집에 가서 술에 취하고 밤에는 춘운을 마주하여 술 마시며 언제나 편안하지 않은 적이 없더니 지금 부마 된 지 삼 일에 남의 제재를 받으니 마음이 복잡하고 괴롭도다.'

창을 여니 은하수가 비단 주렴에 드리웠고 달빛이 뜰에 가득하였다. 소유가 신을 끌고 섬돌 위를 배회하다가 영양의 방을 바라보니 비단 창에 불빛이 번득거렸다. 소유는 '궁인들이 아직 잠들지 않았도다. 영양이 나를 속여 이리 보내

놓고 도로 온 것이 아닌가.' 생각하며 발소리를 죽여 영양의 방 가까이 나아갔다. 방 안에서는 두 공주가 담소하며 쌍륙* 치는 소리가 들렸다. 살며시 문틈으로 엿보니 채봉이 두 공주 앞에서 어떤 여자와 쌍륙판을 대하여 막 홍(紅)을 빌며 백(白)을 부르고 있었다. 그 때 그 여자가 몸을 돌이켜 촛불을 돋우는데 곧 춘운이었다. 춘운은 영양의 혼사를 구경하러 들어와 이미 여러 날이 되었으나 몸을 감추어 소유에게 보이지 않고 있었던 것이다. 소유는 놀라서 춘운이 어이 여기에 왔을까, 분명 공주가 보려고 불렀으리라 생각하였다.

그 때 갑자기 채봉이 쌍륙판을 던지며 말하였다.

"그저 치기 재미없으니 춘운과 내기를 하겠나이다."

춘운이 대답하였다.

"저는 가난한 사람이니 내기에 이겨 술 한 잔 음식 한 그릇을 얻어도 다행이오나, 숙인은 공주를 모시고 궁중에 거처하여 몸에는 비단을 싫도록 입고, 입에는 온갖 진미가 싫증이 났을 터이니 저에게 무엇으로 판을 놓으라 하시나이까."

"내가 지면 몸의 옷 장식을 춘운이 바라는 대로 아끼지 않고 주려니와, 춘운이 지면 내가 청하는 것을 들어 줄지어다. 이것이 춘운에게는 손해가 없으리라."

"무슨 일이니이까."

"내가 전날 두 분 공주가 말씀하시는 것을 들으니 춘운이 귀신이 되어 승상을 속였다 하거니와 나는 그 사연을 알지 못하니 낭자가 지거든 옛말 삼아 자세히 이르라."

그러자 춘운이 쌍륙판을 밀치고 영양을 돌아보며 말하였다.

"소저. 우리 소저가 저를 사랑하시더니 이런 말을 공주께 하시어 진 숙인이 들었을 때 누가 듣지 않았으리이까. 이제 저는 남 볼 낯이 없나이다."

그러자 채봉이 웃으며 말하였다.

"춘운아. 어찌 춘운의 소저인가. 우리 영양 공주는 승상의 부인이시고 위국공의 부인이시니 나이가 아무리 젊으신들 도로 춘운의 소저가 되시랴."

"십 년을 부른 입을 어찌 금방 고치리이까. 꽃가지를 다투어 싸운 일이 어제런 듯하니 저는 공주 부인을 두려워하지 아니하나이다."

난양이 웃으며 영양에게 물었다.

"나도 춘운의 이야기를 자세히 듣지 못하였으니 승상이 과연 속으시더니이까."

"어이 속지 않았으리오. 다만 겁내고 두려워하는 모습을 보려 하였는데 몹시 둔하여 귀신 싫어할 줄 모르더이다. 옛말에 여색(女色) 좋아하는 사람을 여색에 굶주린 귀신이라 하더니 이 말이 과연 틀리지 아니하더이다. 귀신이 어찌 귀신을 두려워하리이까."

영양의 말에 모두 크게 웃었다. 소유는 비로소 영양이 경패임을 알고 옛 일이 생각나서 정을 이기지 못하여 창을 열고 들어가려다가 문득 생각하였다.

'제가 나를 속이려 하니 나도 저를 속이리라.'

그리고 가만히 채봉의 방으로 돌아와 잤다. 다음날 채봉이 와서 시녀에게 물었다.

"승상 일어나셨느냐."

"아직 일어나지 아니하셨나이다."

채봉이 오래도록 비단 휘장 밖에 기다리고 있었으나 소유는 해가 높이 오르도록 일어나지 않고 이따금 신음소리만 들렸다. 채봉이 나아가 물었다.

"상공, 기운이 편치 못하시니이까?"

소유는 일부러 눈을 높이 뜨고 사람을 몰라보며 가끔 헛소리를 하였다.

"상공, 어찌 헛소리를 하시나이까."

채봉이 묻자 소유는 한동안 황홀한 듯하다가 겨우 채봉을 알아보고 말하였다.

"밤새도록 귀신과 함께 말하였으니 어찌 편하리오."

채봉이 놀라 다시 물었으나 소유는 대답하지 않고 돌아누워 버렸다. 채봉은 답답하고 걱정스러워 시녀를 시켜 영양과 난양에게 알렸다.

"승상께서 기운이 편치 못하시니 빨리 와 보소서."

그러나 영양은,

"어제까지 성했던 사람이 무슨 병이 있으리오. 우리를 청하는 것에 지나지 않도다."

하고 가지 않았다.

이윽고 채봉이 와서 말하였다.

"승상이 멍하니 사람을 몰라보고 어두운 곳을 향하여 헛소리를 그치지 아니하니 황상께 아뢰어 어의(御醫)를 불러 보게 하여지이다."

이렇게 의논하고 있을 때 태후께서 들으시고 난양을 불러 꾸짖었다.

"너희가 승상을 속여 골리고 병이 있다 하는데도 가 보지 않으니 무슨 도리인고. 급히 가서 문병하고 정말 병이 있으면 어의에게 명하겠노라."

영양이 마지못하여 난양과 함께 소유가 있는 곳으로 갔으나 자신은 대청마루에 머물고 난양과 채봉만을 들여보냈다. 소유는 한동안 난양을 바라보다가 정신이 드는 듯 길게 한숨 쉬고 말하였다.

"내 목숨이 다하게 되어 이제 서로 영원히 이별하려 하오이다. 영양은 어디 있나이까."

"상공은 병이 없으시거늘 어찌 이런 말을 하시리오."

"지난 밤에 내가 꿈인지 생시인지 한 가운데 정 소저를 보았나이다. 소저가 나에게 언약을 저버렸다 하고 성내어 꾸짖으며 진주를 움켜 주기에 받아 먹었으니 이것은 흉한 징조이오이다. 또 눈을 감으면 정 소저가 내 앞에 서 보이니 내 명이 오래지 않을지라. 영양을 보고자 하나이다."

소유는 말을 다 마치지 않은 채 또다시 어지럽고 곤한 몸짓을 하며 어두운 곳을 향하여 헛소리를 하였다. 난양이 딱하고 걱정스러워 영양에게 와서 알렸다.

"승상의 병이 의심에서 났으니 마마가 아니면 고치지 못하리이다."

난양의 말을 듣고 영양이 반신반의하여 머뭇거리자 난양이 이끌고 들어갔다. 소유가 여전히 헛소리를 하는데 모두 정 소저와 하는 말이므로 난양이 큰소리로 말하였다.

"영양마마 왔으니 눈을 떠 보소서."

소유가 손을 들어 일어나려 하므로 채봉이 나아가 붙들어 앉혔다. 소유가 두 공주에게 말하였다.

"내가 황상의 은혜를 입어 두 공주와 해로하려 하였더니 지금 나를 데려가려 재촉하는 사람이 있어 머물지 못하리로소이다."

영양이 말하였다.

"승상은 이치를 아는 군자이거늘 어이 이런 고이한 말씀을 하시나뇨? 설사 정 소저의 쇠잔한 영혼이 있더라도 구중궁궐 온갖 신이 호위하였거늘 제가 어이 들어와 침범하리이까."

"그가 지금 내 곁에 서 있거늘 어이하여 없다 하나뇨."

난양이 참지 못하고 말하였다.

"옛사람이 술잔에 비친 활 그림자를 보고 뱀 착란증을 일으켰다 하더니 승상이 그러하시도다. 승상이 정 소저의 귀신을 보신다 하시니 살아 있는 정 소저를 보시면 어이하리이까."

그러나 소유는 머리를 흔들 뿐이었다. 영양이 말하였다.

"승상이 살아 있는 정 소저를 보려 하신다면 제가 바로 정경패로소이다."

"어이 그럴 리가 있으리오."

"우리 태후마마께서 정 소저를 사랑하시어 공주에 봉하여 저와 함께 승상을 섬기도록 하셨나이다. 정말이오이다. 그러지 않다면 마마의 음성과 용모가 어찌 정 소저와 같으리이까?"

난양이 다시 말하였으나 소유는 대답하지 않고 있다가 한참 지난 뒤에 말하였다.

"정 사도의 집에 있을 때 소저의 시비 춘운이라 하는 여자가 내 잔심부름을 하였으니 불러서 할 말이 있도다."

"춘운이 마마를 뵈오려고 지금 들어왔나이다."

난양이 말하자 춘운이 창 밖에 기다리고 있다가 들어와 뵈었다.

"상공, 귀체(貴體)가 어떠하시니이까."

"춘운만 남고 모두 잠깐 나가 있으라."

그리하여 영양과 난양이 채봉과 함께 방을 나와 창 밖에 기다리고 있었다.

소유는 세수하고 머리 빗고 의관을 정돈한 뒤에 춘운에게 세 사람을 부르도록 하였다. 춘운이 웃음을 머금고 나와서 말하였다.

"상공께서 부르시나이다."

그들은 다 함께 방으로 들어갔다. 소유가 머리에 도사의 두건을 쓰고, 몸에는 비단 저고리를 입고, 손에 백옥 여의주를 쥐고 안석에 기대어 앉아 있는데 기상은 봄바람 같고 정신은 가을 물 같아서 조금도 병색이 없었다. 영양은 속은 줄 알고 미소를 머금고 머리를 숙였다. 난양이 물었다.

"상공, 병환이 어떠하시니이까."

소유가 정색하고 대답하였다.

"나는 본디 병이 없었으나 요사이 풍속이 그릇되어 부녀자가 무리를 지어 방자하게 지아비를 속이니 이 때문에 병이 생겼나이다."

난양과 채봉이 웃음을 머금고 대답하지 못하는데 영양이 말하였다.

"이 일은 저희가 알 바 아니니 상공이 병을 고치시려면 태후마마께 물으소서."

소유가 참지 못하고 크게 웃으며 영양에게 말하였다.

"나는 내생에나 부인을 만날 것을 빌었더니 이것이 꿈이 아니오이까."

"이것이 모두 태후마마와 황상의 은혜이며 난양 공주의 은혜이오이다."

그리고 난양과 함께 태후를 뵙고 첫째 부인의 자리를 사양한 일을 말하였다. 소유가 난양에게 감사하며 말하였다.

"공주의 큰 덕은 옛사람도 미치지 못하리라. 나는 갚을 길이 없으니 백발이 될 때까지 해로하기만을 바라나이다."

"이것은 모두 영양마마의 덕성이 천심(天心)을 감동시킨 것이니 저에게 무슨 공이 있으리이까."

이 때 태후가 궁인을 시켜 소유의 병을 물으니 채봉이 궁인과 함께 태후에게 가서 소유의 이야기를 여쭈었다.

"내가 처음부터 의심스러웠도다."

이야기를 듣고 나서 태후가 웃으며 소유를 불렀다. 소유가 두 공주와 함께 가서 문안드리자 태후가 말하였다.

"듣건대 승상이 옛날 정 소저와의 인연을 이루었다 하니 매우 유쾌한 일이로다."

"성은이 망극하여 천지 조화와 다름이 없으시니 신이 몸을 다 바쳐도 만분의 일도 갚기 어려우리이다."

"우연히 장난친 것이거늘 무슨 은혜이리오. 다만 승상이 내 딸들을 버리지 않으면 이것이 곧 이 늙은 몸에게 갚는 것이라."

소유가 머리를 조아려 명을 받았다.

이날 천자가 선정전(宣政殿)에서 조회를 받으실 때 여러 신하가 여쭈었다.

"요사이 나라에 경사가 있을 때 나온다는 경성(景星)이 보이고 천하가 태평할 때 내린다는 이슬(감로#露)이 내리며, 혼탁한 황하수(黃河水)가 맑아지고, 해마다 풍년의 운수이며, 삼진(三鎭)의 절도사들이 땅을 바치며 들어와 조회하고, 토번의 강한 오랑캐가 마음을 고쳐 항복하니 이것이 모두 폐하의 큰 덕이 이루어 내신 것이나이다.”

천자가 겸양하며 공을 신하들에게 돌리자 여러 신하가 또 여쭈었다.

“양소유가 요사이 태후마마의 부마가 되어 퉁소로 봉황을 길들이느라 오래 도록 봉대(鳳臺)를 내려오지 않으니 조정의 정사가 많이 쌓였나이다.”

천자가 크게 웃으며 대답하였다.

“태후마마가 매일 불러 보시니 나갈 수 없었던 것이라. 이제 내어 보내시리라.”

다음날부터 소유는 조정에 나아가 국사를 보았다. 그리고 말미를 받아 어머니를 모셔 올 것을 청하는 상소를 올리니 천자가 허락하며 빨리 돌아올 것을 당부하였다.

나이 열여섯에 집을 떠난 소유는 삼사 년 만에 승상의 위의와 위국공의 작위로 고향에 돌아가 어머니를 뵈었다. 어머니는 소유의 손을 잡고 등을 어루만지며 말하였다.

“네가 정말 우리 아들 소유냐? 믿을 수 없노라. 전에 육갑(六甲)을 외우며 글씨 연습을 할 때 어찌 오늘 같은 영광이 있으리라 뜻하셨으리오.”

몹시 기뻐서 눈물을 흘렸다.

소유는 자신이 공명을 이룬 일과 장가 들고 첩 둔 일을 모두 자세히 고하였다. 어머니는 말을 이었다.

“너의 아버지가 항상 너에게 우리 집안을 빛낼 사람이라 하시더니 지금 이 영화를 너의 아버지와 함께 하지 못함이 한이로다.”

소유는 선산에 참배하여 뵙고 천자가 내린 금과 비단으로 어머니의 장수를 기원하여 잔치(수연壽宴)를 베풀어 친척과 친구들을 청하여 열흘 동안이나 잔치하였다.*

소유가 어머니를 모시고 길을 떠나자 각 도의 수령과 지방관이 달

* 어머니는 소유의 손을 잡고 ∼ 열흘 동안이나 잔치하였다. 이 책의 텍스트에는 모자간 만남의 장면이 대부분 생략되어 있으며 이 부분은 이가원 본에서 취하였음.

려와 소유와 어머니를 모시고 뒤따르니 그 영화와 광채가 비길 곳이 없었다.

소유는 낙양을 지나며 섬월과 경홍을 찾았으나 그들은 이미 서울로 간 지 오래라 하였다. 소유는 길이 서로 어긋남을 안타까워하며 여러 날 만에 서울에 이르러 대궐에 나아갔다. 태후와 천자는 소유와 어머니 유씨를 불러 보시고 금은 비단 열 수레를 상으로 내려 주며 유씨의 장수를 축원하는 술잔을 올리도록 하였다.

소유는 날을 가려 어머니를 모시고 나라에서 내려 준 새 집에 들고, 영양 공주와 난양 공주가 채봉을 데리고 폐백*을 받들어 신부(新婦)의 예를 행하였다.

이어서 소유가 태후와 천자가 내려 준 금은으로 연이어 삼 일 동안이나 장수를 비는 잔치를 열었다. 천자는 궁중의 음악을 내려 주고 안팎의 귀한 손님이 모두 이 잔치에 모여 조정을 기울게 할 지경이었다. 소유는 칠십 나이에 어린아이 옷을 입고 늙은 부모를 위로하였다는 노래자의 때때옷을 입고 두 공주와 함께 백옥 술잔을 받들어 어머니에게 올렸다.

그 때 문지기가 여쭈었다.

"문 밖에 두 여자가 와서 대부인과 두 부인께 문안 드리나이다."

"섬월과 경홍이 왔도다."

소유가 어머니에게 여쭌 뒤에 들어오도록 하였다. 두 여인은 들어와 대청마루 아래에서 머리를 조아려 절하였다.

이를 보고 손님이 모두 말하였다.

"낙양의 계섬월과 하북의 적경홍이라는 이름을 들은 지 오래더니 과연 절색이로다. 양 승상의 풍류가 아니면 어떻게 이들을 여기 이르게 하리오."

소유가 경홍과 섬월에게 재주를 보이게 하자 그들은 함께 일어나 비단 자리에 올라 진주로 장식한 신을 신고 긴 소매를 떨치며 예상무(霓裳

폐백(幣帛) 혼인 때 신랑이 신부에게 주는 청·홍 비단.

舞)를 추었다. 그러자 지는 꽃과 나는 버들가지가 봄바람에 나부끼고 구름 그림자가 대청마루 가운데로 돌아가, 한나라 궁전의 조비연이 되살아나고 석숭*의 애첩 녹주가 다시 선 듯하였다. 어머니와 두 공주가 경홍과 섬월에게 많은 비단을 상으로 내리고, 전부터 아는 사이인 채봉과 섬월은 지난 이야기를 하면서 반기며 슬퍼하였다. 특별히 영양이 손수 옥잔을 잡아 섬월에게 중매를 감사하자 어머니가 말하였다.

"너희는 섬월에게만 감사하고 나의 사촌은 잊었으니 어찌 은혜를 갚는다 하리오?"

그리하여 자청관에 사람을 보내어 두련사를 찾았으나 구름처럼 떠돈 지삼 년이 지났는데도 아직 돌아오지 않았다고 하였다. 어머니는 못내 탄식하였다.

낙유원*에 모여 사냥하며 봄경치를 다투고	樂遊原會獵鬪春色
유벽거*를 타고 옛 풍광을 즐기다	油壁車招搖古風光

경홍과 섬월이 들어온 후로 소유를 모시는 사람이 점차 많아지자 소유는 각각 거처하는 곳을 정하였다. 정당(正堂)인 경복당(慶福堂)은 대부인이 계시는 곳이고, 그 앞 연희당(燕喜堂)은 좌부인 영양 공주의 거처이며, 경복당 서쪽 봉소궁(鳳簫宮)은 우부인 난양 공주의 거처이다. 연희궁 앞 응향각(凝香閣)과 그 앞 청화루(淸和樓)에는 소유가 거처하면서 때때로 잔치하는 곳이며, 청화루 앞 태사당(太史堂)과 그 앞 집현당(禮賢堂)에서는 소유가 빈객을 맞으며 공무를 본다. 봉소궁 남쪽 진원(秦院)은 숙인 진채봉이 사는 곳이고, 연희당 동남쪽 영

춘각(迎春閣)은 가춘운의 거처이다. 청화루 동쪽과 서쪽에 있는 작은 다락집 화산루(花山樓)와 대궐루(大闕樓)는 푸른 창과 붉은 난간이 매우 화려하며 청화루와 응향각으로 줄행랑을 둘러 이었다. 이곳은 계섬월과 적경홍이 각각 머무는 곳이다.

또 궁중의 음악하는 기녀(여악*) 팔백 명은 재주와 미색(美色)을 잘 가리어 좌·우부로 나누고 좌부 사백 명은 섬월이, 우부 사백 명은 경홍이 거느리고 가무와 관현악을 가르쳐 매달 세 번씩 청화루에 모여 서로 재주를 비교하였다. 소유와 두 부인이 이따금 어머니를 모시고 몸소 등급을 매겨 양편 선생에게 상벌을 내리는데 이긴 사람에게는 술 석 잔을 상주고 머리에 고운 꽃 한 가지를 꽂아 주며, 진 사람에게는 물 한 그릇을 벌주고 이마에 먹물 한 점을 찍었다. 이러므로 점차 재주가 다듬어지고 익어서 소유의 위공부(魏公府)와 월왕궁의 여악이 천하에 유명하여 현종 황제가 몸소 가르친 이원제자* 라도 여기에 미치지 못할 것이었다.

하루는 두 부인이 여러 낭자와 담소를 나누는데 소유가 손에 편지 한 장을 가지고 들어와 난양에게 주며 말하였다.

"월왕의 편지오이다."

난양이 펴 보니 다음과 같았다.

"지난번에 국가에 일이 많고 공사(公私)가 분주하여 낙유원과 곤명지*에 나가는 사람이 끊겨 가무하는 곳이 거친 풀숲이 되었도다. 그러나 이제 황상의 큰 덕과 승상의 수고에 힘입어 천하가 태평하고 백성이

석숭(石崇) 진(晉)나라 때의 부호. 형주자사를 지냈으며 항해와 무역으로 엄청나게 큰 돈을 벌어 영화가 비길 데 없었다고 함. 부자의 비유로 쓰임. 녹주(綠珠)라는 애첩을 두었는데 녹주는 아름답고 피리(笛)를 잘 불었음.

낙유원(樂遊原) 한(漢)나라 선제(宣帝) 때 곡강지(曲江池) 북쪽에 사당을 세우고 낙유(樂遊)라 하여 그 땅을 낙유원이라고 함. 섬서성 장안현 남쪽 경성에서 가장 높은 곳에 있음. 정월 그믐과 삼월 삼일, 구월 구일에 경성의 사녀(士女)들이 모두 이곳에 올라가 재액을 떨어뜨리려고 신에게 제사(불계)를 지냈음.

유벽거(油壁車) 벽을 기름으로 장식한 수레.

여악(女樂) 궁중에서 연회를 베풀 때 악기를 연주하고 노래 부르고 춤추는 기녀.

이원제자(梨園弟子) 당나라 현종이 삼백 명을 뽑아 이원(梨園)에서 몸소 기예를 가르쳤으므로 이들을 황제 이원제자라 하였음.

곤명지(昆明池) 섬서성 장안현 남쪽에 있는 못.

안락하니 현종 황제 시절의 성대함을 다시 회복할지라. 봄빛이 아직 늦지 않았고 꽃과 버들도 매우 아름다우니 승상과 함께 낙유원에 모여 사냥하여 태평스러운 기상을 도우려 하오이다. 마땅하다 여기시면 기약을 정하소서."

다 읽고 나서 난양이 웃으며 말하였다.

"승상은 월왕 오라버니의 편지 뜻을 아시나이까."

"무슨 깊은 뜻이 있으리오. 꽃과 버들이 좋은 계절에 놀고자 할 따름이리니 귀공자의 예사로운 일이오이다."

"승상은 모르시나이다. 이 오라버니가 좋아하는 것은 미색과 음악이라. 월왕궁에 절대가인이 하나 둘이 아니더니 요즈음에 또 무창* 출신의 기녀 옥연(玉燕)이라는 여자를 얻어 총애한다 하더이다. 내 비록 보지는 못하였으나 얼굴과 재주가 천하에 뛰어나다 하니 아마도 월왕이 우리 궁중에 미인이 있다는 말을 듣고 진(晉)나라 왕개(王愷)가 부호 석숭과 부(富)를 겨룬 일을 본받는 것인 듯 하나이다."

"나는 무심코 보았더니 공주가 월왕의 뜻을 알았도다."

소유가 웃으며 말하자 영양이 말하였다.

"비록 놀이이지만 어찌 남에게 지리이까?"

그리고 경홍과 섬월을 보며 말을 이었다.

"군사는 십 년을 양성해도 쓰기는 하루 아침이라 하였으니 오늘 일은 온전히 그대 둘에게 달렸도다. 모름지기 힘쓸지어다."

"저는 감당하지 못하리로소이다. 월 왕궁의 음악이 천하에 이름 난데다가 누군들 옥연의 이름을 듣지 못하였으리까. 저희가 비웃음 받는 것은 관계치 아니하나 우리 위왕부(魏王府)를 욕먹일까 두려워하나이다."

섬월이 대답하자 소유가 말하였다.

"내가 낙양에서 섬월을 처음 만났을 때 낙양의 계섬월, 하북의 적경홍, 강남의 만옥연이 기방(妓房)의 뛰어난 세 미인이라 하더니 월 왕궁의 옥연이는 분명 그 사람이로다. 그러나 셋 가운데 내가 제갈량과 방통*을 얻었으니 초패왕 항우의 범증* 하나를 두려워하리오."

"월왕의 첩 가운데는 미색이 많으니 옥연만이 아니오이다."

난양의 말에 섬월이 다시 말하였다.

"저는 정말 이기리라 단정하지 못하겠으니 경홍에게 물으소서. 저는 담이 약한 사람이라 이 말을 들으니 목구멍이 가닐가닐하여 노래를 못 부를 것 같고, 낯이 따끈따끈하니 화장독(분粉가시)조차 돋으려 하나이다."

그러자 경홍이 벌컥 성내며 말하였다.

"섬월 낭자야, 거짓말인가 참말인가. 우리 둘이 관동 칠십여 고을에 거리낌없이 다니며 유명한 미색과 풍류를 안 본 사람이 없었으나 어느 때든 남에게 겨본 적이 없도다. 어찌 옥연에게만은 사양하리오. 나라를 기울일 만한 미인인 한나라 궁실의 이 부인*이나, 아침에 구름이 되고 저녁에 비가 된 무산(巫山) 선녀가 있다면 한 푼이나마 사양하려니와 그러지 않으면 어찌 그를 두려워하리오."

"경홍 낭자야, 말을 어이 이리 쉽게 하나뇨. 우리가 관동에 있을 때는 다니는 곳이 태수(太守)나 방백(方伯) 같은 지방관의 잔치에 지나지 않아 강적을 만나지 못하였도다. 그러나 지금 월왕 전하는 궁궐에서 성장하여 안목이 산같이 높고, 옥연이도 이름 난 인물이니 어찌 가벼이 볼 수 있으리오."

섬월이 대답하고 이어서 소유에게 여쭈었다.

"경홍이 스스로 착한 척하니 제가 경홍의 약점을 말

무창(武昌) 호북성(湖北省)의 현(縣) 이름.

제갈량(諸葛亮)과 방통(龐統) 삼국시대 촉나라의 뛰어난 정치가들. 각각 복룡(伏龍), 봉추(鳳雛)라고 부름.

범증(范增) 항우의 모신(謀臣)으로 항우가 제후가 되는 것을 도와 아부(亞父)라고 칭함.

이 부인(李夫人) 한나라 때 이연년(李延年)의 여동생으로 매우 아름다워 무제의 사랑을 받았으나 일찍 죽자 무제가 그 모습을 그려 놓고 그리워하며 방사(方士)를 통하여 그 영혼을 보려고 하였다 함.

씀드리리이다. 경홍이 처음 승상을 따를 때 연왕(燕王)의 천리마를 훔쳐 타고 길가에서 한단(邯鄲)의 소년인 체 승상을 속였으니, 경홍이 참으로 고운 용모에 간들거리는 태도였다면 승상께서 어찌 남자로 보셨으리오. 또한 처음 승상께 은혜를 입을 때, 밤의 어두움을 타고 저의 몸을 빌렸으니 이것은 남의 힘으로 일을 이룬 것이 아니오이까. 그런데 지금 도리어 저를 향하여 큰소리를 치니 우습지 아니하오리까."

경홍이 말하였다.

"심하도다, 헤아리기 어려운 인심이여. 제가 승상을 따르기 전에는 섬월이 저를 천상의 사람인 듯 칭찬하더니 지금은 한 돈어치도 못 되는 것처럼 나무라도다. 이것은 승상이 저를 더럽다 하지 않으시니 자기가 승상의 사랑을 독차지하지 못하여 투기하는 것일 따름이오이다."

경홍의 말에 여러 낭자가 크게 웃었다. 영양이 말하였다.

"경홍의 태도에 부드러움이 부족하였던 것이 아니라 본디 승상의 두 눈이 맑지 못하기 때문이라. 이것 때문에 경홍의 값이 내리지는 않겠으나 섬월의 말은 확실한 이야기이니 남장(男裝)으로 남을 속이는 여자는 분명 부녀자의 자태가 부족한 사람이고, 여장(女裝)으로 남을 속이는 남자는 분명 장부의 기골이 없는 사람이니라."

"부인의 말은 나를 골리는 것이나 부인의 두 눈 또한 밝지 못하도다. 거문고 곡조는 분별하면서도 남자의 얼굴은 분별하지 못하였으니 이것은 귀는 있고 눈은 없는 것이라. 부인은 내 얼굴이 나약하다고 나무라나 능연각에 걸린 내 초상화는 나무라지 않더이다."

소유가 웃으며 말하자 모두 크게 웃었다.

섬월이 말하였다.

"강적을 마주하고 농담만 하리이까. 우리 두 사람만으로는 미치지 못하리니 춘운을 데려가사이다. 월왕은 외부인이 아니시니 진 숙인인들 어찌 못 가리이까?"

채봉이 말하였다.

"경홍·섬월 낭자야. 여자의 과거 시험장에 들어가면서 우리에게 가자고 한다면 한껏 도우려니와 가무하는 곳에 우리를 데려다가 무엇에 쓰리오."

춘운도 말하였다.

"가무는 못 하더라도 저 한 몸만 웃음거리가 된다면 어찌 성대한 잔치를 구경하려 하지 아니하리오. 하오나 제가 가게 되면 승상이 웃음거리가 되시고 두 공주마마에게 근심을 끼칠 것이니 저는 못 가겠나이다."

난양이 웃으며 말하였다.

"춘운이 간다 하여 어찌 웃음거리가 되며 또 나의 근심거리가 되리오."

"바닥에 비단 자리를 길게 펴 구름 같은 장막을 높이 걷어내면 사람들이 모두 양 승상의 애첩 가춘운이 나온다 하고 어깨를 비비고 발꿈치를 이으며 다투어 구경하려 하리이다. 그런데 제가 헝클어진 머리와 때 낀 얼굴로 나타나 사람들을 놀라게 하면 사람들은 우리 승상이 밉고 고운 것을 가리지 않는 등도자* 같은 호색의 병을 가지고 계시다 하지 아니하리까. 월왕 전하는 대궐 안의 사람이시니 평생 더러운 것을 보지 않으시다가 저를 보시고 속이 언짢아 토하기라도 하면 공주마마가 어찌 근심치 아니하시리까."

난양이 말하였다.

"춘운의 겸손한 말이 심하도다. 춘운이

곤명지(昆明池) 협서성 장안현 남쪽에 있는 못.

무창(武昌) 호북성(湖北省)의 현(縣) 이름.

제갈량(諸葛亮)과 방통(龐統) 삼국시대 촉나라의 뛰어난 정치가들. 각각 복룡(伏龍), 봉추(鳳雛)라고 부름.

범증(范增) 항우의 모신(謀臣)으로 항우가 제후가 되는 것을 도와 아부(亞父)라고 칭함.

이 부인(李夫人) 한나라 때 이연년(李延年)의 여동생으로 매우 아름다워 무제의 사랑을 받았으나 일찍 죽자 무제가 그 모습을 그려 놓고 그리워하며 방사(方士)를 통하여 그 영혼을 보려고 하였음.

등도자(登徒子) 전설의 호색가(好色家). 등도는 성이고 자는 남자를 가리키는 말. 그의 아내는 흩어진 머리에 때가 낀 얼굴을 하여 몹시 미웠으나 등도자가 좋아하여 다섯 아들을 두었다고 함. 그래서 호색하여 예쁜 것, 미운 것을 가리지 않는 사람을 등도자라 하였다고 함.

사람으로 귀신인 체하더니 이제는 나라도 망하게 한 미인 서시*를 가리켜 사십이 되도록 시집도 못 갈 만큼 미웠다던 무염*이라 하니 춘운의 말은 믿을 것이 없으리라."

이어서 소유에게 물었다.

"어느 날로 잡아 답장하였나이까?"

"내일 모이자 하였나이다."

경홍과 섬월이 놀라 말하였다.

"양쪽 교방*에 미리 명을 내리소서."

소유가 명을 내리자 위왕부의 여악 팔백여 명이 모두 얼굴을 만지고 음악을 연습하며 거문고 줄도 고쳐 매고, 치마 허리를 다시 잡아매면서 남에게 지지 않으려 하였다.

다음날 새벽, 소유가 일찍 일어나 군복을 입고 활과 화살을 좌우편에 차고, 하얀 눈빛 천리마를 타고 사냥할 군사 삼천 명을 뽑아 성 남쪽을 향하여 떠났다. 섬월과 경홍은 신선같이 차리고 비룡(飛龍) 같은 말에 날아올라 수놓은 신으로 은등자*를 딛고, 옥 같은 손으로 진주 장식 고삐를 가벼이 잡고 나란히 소유의 뒤에 가까이 모시고 섰다. 그 뒤로 여악 팔백이 몹시 빛나게 단장하고 섬월과 경홍의 뒤를 따랐다. 도중에 월왕을 만났는데 월 왕궁의 성대한 군용과 호화로운 여악은 더욱 말로 나타낼 수 없었다. 월왕이 소유와 말을 나란히 하고 가면서 물었다.

"승상이 탄 말은 어느 지방 종자이니이까."

"대완(大宛)에서 났나이다. 대왕이 타신 것도 완마(宛馬)인가 싶으오이다."

"그러하오이다. 이 말은 '천리부운총(千里浮雲驄)'이라고 하나이다. 지난 가을 상림원*에서 황상을 모시고 사냥할 때 모든 말이 다 바람 같았으나 이 말을 따를 만한 말은 없더이다. 장(張) 부마의 말 도화총(桃花驄)과 이 장군의 말

오추마*를 가리켜 세상에 다시 없다고 칭찬하나 모두 이 말을 이기지는 못하더이다."

"작년에 토번을 칠 때 길이 험하고 구렁이 깊어 사람들이 발을 붙이지 못하였으나 이 말은 평지처럼 지나갔으니 제가 공을 이룬 것은 이 말의 힘이었나이다. 제가 돌아온 후에 벼슬이 의외로 높아 날마다 편한 가마로 천천히 조정에 나아가 사람과 말이 오래도록 한가하여 병이 날까 싶으오이다. 한번 채찍을 들어 걸음을 시험하고자 하나이다."

"내 생각도 그러하오이다."

월왕과 소유가 종자(從者)에게 일러 두 집안의 손님과 기녀들을 먼저 막사에 들어가 기다리게 하고 막 말을 채찍질하려 할 때 문득 사슴 한 마리가 군사들에게 쫓겨 월왕 곁으로 뛰어 지나갔다. 월왕이 군사들에게 활을 쏘게 하였으나 모두 맞히지 못하니 월왕이 노하여 말을 채찍질하여 뛰어나가 화살 하나로 사슴의 겨드랑이를 맞혀 쓰러뜨렸다. 모든 군사가 만세를 부르는 가운데 소유가 칭찬하였다.

"대왕의 신통한 화살은 활을 잘 쏘았다는 여양왕*이라도 미치지 못하리로소이다."

"작은 재주를 어이 칭찬할 만하리오. 승상의 활 쏘는 법을 보고 싶소이다."

바로 그 때 구름 사이로 백조 한 마리가 날고 있었는데 여러 군사가 보고 여쭈었다.

서시(西施) 춘추시대 월(越)나라 미인. 월왕 구천(句踐)이 데려다 갈고 닦아 오(吳)나라 왕 부차(夫差)에게 바쳐 부차로 하여금 서시에게 현혹되어 월나라에 망하게 하였음.

무염(無鹽) 제(齊)나라 무염읍의 여자. 선왕(宣王)의 비(妃)이며 추녀(醜女)인 종리춘(鍾離春). 너무 미워서 나이 사십이 되도록 시집가지 못했는데 선왕에게 나라를 위한 좋은 계책을 진정하여 선왕이 이것을 받아들이고 그녀를 후(后)로 삼으니 국정을 올바르게 이끌어 제나라가 크게 안정하게 됨.

교방(教坊) 궁중에서 음악과 배우를 교습한 곳.

은등자(銀鐙子) 은으로 만든 등자. 등자는 말 탈 때 발을 딛는 도구.

상림원(上林苑) 섬서성 장안현에 있는 동산[苑]으로 진(秦)나라 때의 것을 한 무제가 다시 증축하여 주위가 삼백 리요 이궁(離宮)이 칠십 곳에 이르렀다 함.

오추마(烏騅馬) 옛날 항우가 탔다는 검은 털에 흰빛이 섞인 말.

여양왕(汝陽王) 당나라 현종 때 사람 이진(李璡).

"이 날짐승은 활을 쏘아 잡기가 매우 어렵사오이다. 송골매를 풀어 놓는 것이 좋을 것이오이다."

"아직 날리지 말라."

소유가 웃으며 말하고 허리에서 천자가 내려 준 활과 금으로 꾸민 빠른 화살을 빼내어 몸을 뒤로 젖힌 채 쏘아 백조의 머리를 맞춰 말 아래 떨어뜨렸다.

"승상의 교묘한 재주는 다른 사람이 미칠 바가 아니로소이다."

왕이 크게 칭찬하고 둘이 함께 산호와 백옥으로 꾸민 채찍을 들어 말의 엉덩이를 쳤다. 그러자 두 말은 별이 흐르고 번개가 치듯 순식간에 큰 들을 지나 높은 언덕에 올랐다. 두 사람은 나란히 말 고삐를 잡고 서서 풍경을 바라보며 활 쏘는 법과 칼 쓰는 법을 논하였다. 그제야 종자들이 땀을 흘리며 따라와 월왕과 소유가 손수 잡은 사슴 고기와 백조 고기를 구워 은 쟁반에 가득 담아 올렸다. 월왕과 소유는 말에서 내려 풀을 깔고 앉아 허리에 찬 칼로 고기를 베어 두어 잔 술을 기울이며 멀리 바라보았다. 그 때 성 안 길에서 붉은 옷을 입은 관원이 사람들을 데리고 바삐 달려오고 있었다. 곧이어 종자가 여쭈었다.

"태후와 황상께서 술을 내리셨나이다."

월왕과 소유가 천천히 장막(帳幕)으로 돌아가 기다리니 곧 이어 태감이 와서 두 궁(宮)에서 내린 술을 부어 권하며 천자가 손수 내린 시제를 전하였다. 월왕과 소유가 머리를 조아려 네 번 절하고 술을 받아 마신 후에 각각 화답하는 시를 지어 써서 태감에게 주어 보냈다.

이윽고 두 집안 사람이 차례로 앉자 요리사가 술과 음식을 올렸다. 푸른 가마솥에서는 진미(珍味)인 낙타의 등살과 성성이 입술이 나오고, 옥 쟁반에는 남월(南越)에서 난 과일 여지*와, 영가*에서 난 밀감이 벌여 있어 인간 세상의 맛있는 음식은 없는 것이 없었다. 두 집안의 여악 이천 명이 월왕과 소유가 앉은 자리 둘레를 에워싸니 일천 그루의 버드나무와 꽃이 고운 빛을 빼앗기고, 그들의 음악 소리에 곡강 물이 들끓고 종남산이 움직였다.

술이 반쯤 취하자 월왕이 소유에게 말하였다.

"승상의 두터운 사랑에 보답할 작은 정을 드러낼 만한 것이 없기에 몇몇 첩을 데려왔나이다. 승상께 잔을 올리게 하여 주소서."

"감히 왕께서 사랑하는 첩을 대하기 어려우나 혼인으로 맺은 형제간의 친밀함을 사양하지 못하나이다. 또한 구경 나온 저의 첩을 대왕께 뵙게 하여 답례하나이다."

소유가 말하자 경홍·섬월과 월 왕궁의 네 미인이 나와 머리를 조아리고 뵈었다.

"옛날에 영왕(寧王)에게 부용이라는 미인이 있었는데 시인 이백이 왕에게 간청하여 겨우 그 노래 소리만을 들었다고 하더이다. 그런데 저는 오늘 네 신선의 얼굴을 하나하나 보게 되니 소득이 이백보다 열 배는 더 하오이다. 저 미인들은 이름이 무엇이오이까."

소유가 각각 자리를 주어 앉히고 말하자 네 미인이 일어나 대답하였다.

"저희는 금릉*의 두운선(杜雲仙)과 진류*의 설채아(薛彩娥), 무창의 만옥연(萬玉燕), 장안(長安)의 호연연(胡燕燕)이로소이다."

소유가 듣고 월왕에게 말하였다.

"제가 선비 때에 낙양과 장안 사이를 다니면서 옥연 낭자의 이름을 하늘 사람같이 들었더니 지금 용모를 보니 이름보다 낫도소이다."

월왕도 경홍과 섬월의 성명을 듣고 말하였다.

"두 미인을 천하가 우러르더니 지금 승상을 따르니 임자를

여지 | 바나나 비슷한 열매.

영가(永嘉) 절강성(浙江省) 영가현(永嘉縣).

금릉(金陵) 지금 남경(南京)의 옛 이름.

진류(陳留) 지금 하남성(河南省) 진류현(陳留縣).

얻었다 하리로다. 승상은 어디에서 이들을 얻으셨나이까."

"섬월은 제가 과거 보러 낙양을 지나올 때 만나 제 스스로 따르기를 원하였고, 경홍은 연나라 궁중에 들어 있다가 제가 사신이 되어 연나라에 갔을 때 도망하여 도중에 저를 따라왔나이다."

소유의 대답을 듣고 월왕이 손뼉치고 웃으며 말하였다.

"적 낭자의 호협한 기상은 홍불기도 미치지 못하리로소이다. 적 낭자가 승상을 만날 때는 승상이 한림학사의 직책에 있었을 때이니 봉황과 기린의 상서로움을 알아보기 쉬웠겠으나, 계 낭자는 승상이 곤궁한 때에 따랐으니 더욱 기특하오이다. 어떻게 만났는지 모르겠나이다."

"그 때 일을 생각하면 실로 우습소이다. 먼 지방에서 나귀 타고 온 서생이 시골 주점에서 탁주를 과음하고 천진의 술다락 앞집을 지나다가, 마침 낙양의 젊은 선비 수십 명이 모여 기생을 끼고 술 마시며 글을 짓고 있는 것을 보게 되었는데, 그 때 섬월도 그 가운데 있었더이다. 저는 헌 베옷에 비 맞은 머리 수건을 쓰고 술의 힘을 빌려 그 자리에 나아갔으니 여러 젊은이 곁에 따라다니는 종이라도 저처럼 추레한 사람이 없더이다. 저는 취중인지라 주눅도 들지 않고 무엇이라 거친 글을 지었는데 섬월이 여러 글 가운데 그것을 뽑아 노래 불렀나이다. 그곳에는 이미 섬월이 노래 부르는 시를 지은 사람에게 섬월을 허락한다는 자기들끼리의 언약이 있었기에 아무도 섬월을 두고 다투지 못하였으니, 이 또한 인연인가 하나이다."

소유가 웃으며 말하자 월왕도 크게 웃으며 말하였다.

"승상이 두 과에 장원한 일을 천하에 유쾌한 일로 알았더니 그날의 유쾌함은 장원한 일보다 위라. 그 글이 분명 묘할 것이니 들을 수 있으리이까."

"한때 취중에 지은 것이니 잊은 지 오래이오이다."

"비록 승상은 이미 잊었으나 낭자는 기억할까 하노라."

월왕이 섬월에게 물으니 섬월이 대답하며 물었다.

"아직 기억하고 있나이다. 글씨로 써 드리리이까, 노래로 여쭈리이까?"

"미인의 노래를 겸하여 듣는다면 더욱 즐거운 일이리라."

월왕이 크게 기뻐하며 말하자 섬월이 옥을 굴리는 듯한 목소리로 삼장(三章) 시를 차례로 노래하였다. 자리에 있던 사람이 모두 낯빛이 변하고 월왕도 감탄하며 말하였다.

"승상의 시와, 섬월의 재주와 아름다움이 참으로 뛰어난 세 가지로다. 시 가운데 '꽃가지가 미인의 단장을 부끄러워하니, 고운 노래를 아직 부르지도 않았는데 기운이 벌써 향기롭도다.' 하고 말한 것은 섬월을 확실히 그려내었나이다. 승상은 이태백과 같은 부류이니 낙양의 평범한 무리가 어찌 감히 바라볼 수 있으리오."

말을 마치고 금잔에 술을 부어 섬월에게 상으로 내렸다.

경홍과 섬월이 월 왕궁의 네 여인과 함께 고운 노래와 아름다운 춤으로 주인과 손님에게 잔을 올리니 봉황이 쌍쌍이 울고 푸른 난새가 서로 마주하고 춤추는 듯하여 참으로 적수 될 만하였다. 옥연의 재주와 아름다움은 경홍·섬월과 함께 유명하고, 월 왕궁의 다른 세 사람도 비록 옥연만은 못 하나 또한 세상에 드문 미색이다. 소유와 월왕이 서로 공경하면서, 월왕은 한편으로 소유의 위부에 지지 않은 것을 속으로 기뻐하였다.

술이 반쯤 취하자 소유와 월왕은 술잔 돌리기를 그치고 손님들과 함께 장막 밖으로 나아가 무사들이 사냥하는 모습을 지켜보았다.

월왕이 말하였다.

"미녀들이 말 타고 활 쏘는 모습은 볼 만하나이다. 내 궁중의 기녀 가운데 활과 말에 뛰어난 사람이 수십 명인데 승상부에도 분명 북방 여자가 있으리이다. 각각 뽑아서 꿩을 쏘고 토끼를 쫓게 하여 보사이다."

소유가 아주 좋다 하고 활 잘 쏘는 사람 이십 명을 뽑아 재주를 겨루게 하였다. 잠시 후에 경홍이 몸을 일으키며 소유에게 여쭈었다.

"제가 비록 활 쏘기를 익히지는 않았으나 남 하는 모습을 본 적이 있으니 쏘아 보겠나이다."

소유가 허리에서 활과 화살을 끌러 주자 경홍이 활을 잡고 여러 미인을 돌아보며 말하였다.

"맞히지 못하여도 웃지 말라."

그러고는 나는 듯이 말에 올라 장막 밖을 두루 달렸다. 그 때 꿩 한 마리가 개에게 쫓겨 높이 공중으로 솟아올랐다. 경홍이 가는 허리를 돌이켜 활시위를 당기자 오색 깃털이 공중에서 흩어져 내리니 소유와 월왕이 몹시 기뻐하였다. 경홍이 다시 말을 달려 장막 앞으로 가 말에서 내려 남자처럼 절하고 활과 화살을 소유에게 돌려드렸다. 그리고 조용히 자기 자리로 가 앉으니 낭자들이 모두 칭찬하였다.

이 때 사냥으로 얻은 것이 구름같이 쌓였는데 그 가운데는 말 탄 여자 사수(射手)들이 잡아들인 꿩과 토끼도 많았다. 월왕과 소유는 공을 세운 차례대로 각각 금과 비단을 상으로 주고, 다시 장막 안으로 들어가 여러 음악을 그치게 하고 여섯 미인에게 현악기를 잘 연주하였다 하여 잔을 보내었다.

섬월이 생각하기를, '우리 둘이 비록 월 왕궁의 여자들에게 지지는 않았으나 저쪽은 넷인데 우리는 한 쌍뿐이니 매우 외롭도다. 춘운을 데려오지 않은 것이 못내 애석하도다. 춘운이 비록 가무가 장기는 아니나 아름다운 얼굴과 말씨가 어이 첫째를 차지하지 못하리오.' 하였다. 그 때 갑자기 건너편 길 어귀에서 두 사람이 벽을 기름으로 장식한 수레(유벽거油壁車) 한 대를 몰아 떨어진 꽃잎과 아름다운 풀 위로 굴러 장막 가까이 이르렀다. 문 지키는 군사가 어디에서 오는가 묻자 수레 끄는 종이 말하였다.

"양 승상의 소실인데 까닭이 있어 처음부터 함께 오지 못하였나이다."

군사가 소유에게 이 말을 전하자 소유는, '춘운이 구경하러 왔도다. 그런데 차림이 어찌 이토록 간소한가?' 생각하며 불러들이게 하였다. 수레가 장막 앞에 이르자 두 여인이 주렴을 걷고 수레 안에서 나왔다. 앞에는 심요연이요, 뒤에는 분명 꿈속에서 만난 동정 용녀 백능파이다. 두 여인이 소유 앞으로 나아가 머리를 조아리며 뵙자 소유가 월왕을 가리키며 말하였다.

"이분은 월왕 전하이시니 예로 뵈어라."

요연과 능파가 예를 마치자 소유는 그들을 경홍·섬월과 함께 앉도록 하고 월왕에게 말하였다.

"이 두 사람은 서역 토번을 정벌할 때 얻은 첩들이라. 미처 집에 데려오지 못하였더니 내가 왕을 모시고 즐긴다는 소문을 듣고 온 것이오이다."

월왕이 보니 두 사람의 수려한 용모는 경홍·섬월과 높낮음이 없으나 높고 아득한 기상은 더욱 뛰어났다. 왕이 매우 기이하게 여기고 월 왕궁의 미인들도 놀라서 기운이 다 빠졌다.

월왕이 물었다.

"두 미인은 성명은 무엇이며 어디 사람들인가?"

"저 요연은 서량주* 사람으로 성은 심씨로소이다."

"저 능파는 백씨이오이다. 일찍이 동정호 사이에 살았더니 환란을 만나 서역 변방에 가서 살다가 양 승상을 따라왔나이다."

월왕이 다시 물었다.

"두 낭자의 기질은 분명 하늘 사람이니 특기가 있나뇨."

요연이 대답하였다.

"저는 변방 사람인지라 일찍이 관현악기 소리를 들은 적이 없었으니 무엇으로 왕을 즐겁게 하리이까. 다만 어릴 때에 부질없이 검무를

서량주(西涼州) 진(晉)나라 때 십육 국의 하나. 감숙성(甘肅省) 무위현(武威縣)의 땅. 송(宋)나라 때

배웠으나 이것은 군대 안의 놀이라 귀인이 보시기에 마땅치 않을까 하나이다."

요연의 말을 듣고 왕이 기뻐하여 소유에게 말하였다.

"현종 황제 때에 공손대랑*이란 기녀의 검무가 천하에 이름 났었는데 지금은 그 곡이 전해지지 않아서 이것을 노래한 두자미의 시를 읊을 때마다 안타까웠더이다. 이제 이 낭자가 검무를 할 수 있다니 아주 유쾌한 일이로다."

드디어 소유와 함께 허리에 찬 보검을 풀어 요연에게 주었다. 요연이 소매를 걷어 올리고 허리띠를 풀고 언덕 위에서 한 곡을 춤추니 요연의 붉은 단장과 흰 칼날이 서로 뒤섞여 삼월에 날리는 눈이 복숭아꽃 숲에 어지러이 뿌리는 듯하었다. 점차 춤추는 옷소매가 급히 돌고 칼끝이 더욱 빨라지며 하얀 눈 같은 칼빛만이 장막 안에 가득하여 춤추는 요연은 보이지 않았다. 이윽고 홀연 한 줄기 흰 무지개가 하늘에 뻗치며 찬 바람이 장막을 찢으니 자리에 앉은 사람이 모두 뼈가 시리고 머리털이 솟구쳤다. 요연은 재주를 다하면 왕이 놀랄까 두려워 칼을 던지고 머리를 조아리며 물러났다.

왕이 비로소 정신을 진정하고 요연에게 물었다.

"세상 사람의 검무가 어이 이럴 수 있으리오. 옛날부터 신선 가운데 검무하는 사람이 있다고 들었더니 낭자가 그런 사람이 아닌가?"

"서방 풍속은 병기(兵器)를 가지고 놀기를 좋아하여 어릴 때 보아 익혔을 뿐이오니 무슨 도술이 있으리이까?"

"내가 궁중에 돌아가 몸놀림이 민첩하고 춤 잘 추고 영리한 여자를 가려 보낼 터이니 낭자는 가르치는 수고를 아끼지 말라."

"그러하리이다."

요연이 명을 받으니 월왕이 이번에는 능파에게 물었다.

"낭자도 재주가 있을 것이니 들을 수 있겠는가?"

능파가 대답하였다.

공손대랑(公孫大娘) 당나라 때의 교방기(敎坊妓)로서 검무를 잘하였음.

"제가 살던 상수(湘水)가는 옛날 순임금을 따라 죽은 순임금의 두 비 아황·여영*이 놀던 곳이어서 바람이 맑고 달이 밝은 밤이면 아직도 구름 속에서 음악 소리가 들리나이다. 그래서 어려서부터 이따금 그 소리를 흉내내어 스스로 즐겼사오나 왕께서 들으실 만하지 못할까 하여 두렵나이다."

"나는 아황·여영의 영혼이 비파를 켠다는 것을 책에서 읽기는 하였으나 그 곡이 세상에 전한다는 말은 듣지 못하였도다. 낭자가 이것을 안다면 어찌 백아의 거문고 사랑을 말할 수 있으리오."

월왕의 말을 듣고 능파가 수레 안에서 스물다섯 줄 거문고를 꺼내어 한 곡을 탔다. 거문고 소리는 애절하게 원망하는 듯하며 말할 수 없이 깨끗하여 물이 세 협곡(삼협*) 깊은 골짜기에 떨어지고 가을날 기러기가 부르짖는 듯하여 듣고 있던 사람들이 갑자기 얼굴에 슬픈 빛을 띠었다. 이윽고 숲속의 모든 나무가 쌀쌀하게 가을 소리를 내더니 가지 위에서 병든 잎이 우수수 떨어졌다.

월왕이 매우 기이하게 여기며 말하였다.

"나는 인간 세상의 곡조가 천지조화로 계절을 돌이킬 수 있다는 것을 믿지 않으니 낭자는 아마도 세상 사람이 아니로다. 이 곡조를 사람이 배울 수 있나뇨?"

"저는 옛 소리를 전할 뿐이오니 무슨 기이함이 있으며 어찌 배우지 못하리이까."

문득 만옥연이 왕에게 여쭈었다.

"제가 비록 재주는 없으나 평소에 익힌 풍류로 백 낭자가 연주한 곡을 옮겨 보리이다."

옥연이 진나라 거문고를 안고 앞으로 나아가 열세 줄 거문고로 스물다섯 줄의 소리를 일일이 옮기는데 손 놀림이 몹시 섬세하고 흐르는 듯하여 들을 만하였다.

능파가 놀라 말하였다.

"이 낭자의 총명함은 채문희라도 미치지 못하리로소이다."

소유와 경홍·섬월이 모두 크게 칭찬하고 월왕도 매우 기뻐하였다.

양 부마가 큰 술잔으로 벌주를 마시고	駙馬罰飲金厄*酒
천자가 은혜로이 취미궁을 빌려주다	聖主恩借翠微宮

이 날 낙유원 잔치에 요연과 능파가 뒤따라와 주인과 손님을 더욱 즐겁게 하여 큰 흥이 아직 남았으나 날이 벌써 저물었다. 잔치를 마치면서 두 집안에서 금은비단으로 가무에 대한 상을 주었는데, 진주를 섬으로 헤아리고 쌓인 비단은 자각봉 봉우리와 가지런하였다.

월왕과 소유가 말을 타고 달빛을 받으며 돌아와 성문 안으로 들어가는데 두 집안의 여악들이 길을 다투어 들어서느라 몸에 늘여 찬 옥 소리가 흐르는 물 같고 향기로운 바람이 십 리에 그치지 않았다. 그 때 땅에 떨어진 머리꽂이와 부서진 구슬이 말 발굽 안으로 들어가 말이 걸을 때마다 바작이는 소리가 어두운 먼지 속에서 들렸다. 그리고 장안의 남녀가 이 광경을 보려고 모두 집을 비우고 골목을 가득 메웠고 백 살 노인이 눈물을 지으며 말하였다.

"내가 어렸을 때 현종 황제가 화청궁*에 거동하시는 것을 보았는데 꼭 이러하더니 그 때의 태평한 기상을 늙어서 다시 볼 줄 몰랐도다."

이 때 두 부인이 춘운과 함께 어머니를 모시고 소유가 돌아오기를 기다렸다. 날이 저물어 소유가 심

아황娥皇·여영(女英) 요임금의 두 딸로 순임금의 두 비가 되었음. 순임금이 창오(蒼梧)의 들판에서 죽자 두 비가 상수(湘水)에 빠져 죽어 아황은 상군(湘君)이 되고 여영은 상부인(湘夫人)이 되었다고 함.

삼협(三峽) 양자강 상류의 세 협곡. 또는 무협(巫峽)·서릉협(西陵峽)·귀협(歸峽).

금치(金厄) 굽은 손잡이가 달린 금속으로 만든 술잔. 금굴치(金屈厄)라고도 함. 임금이 베푼 연회에서 쓰던 술잔.

화청궁(華淸宮) 섬서성여산(驪山)에 있는 당(唐)의 궁전.

요연과 백능파를 데리고 와서 어머니와 두 부인께 뵈었다. 정부인 영양이 두 여자에게 말하였다.

"승상이 언제나 두 낭자가 위태로운 때를 구하여 나라에 공을 이루었다 하시기에 만나 보고 싶었더니 어찌 이리 늦었는가."

요연과 능파가 대답하였다.

"저희는 먼 지방의 촌스러운 사람들이오이다. 승상께서는 버리지 않으셨으나 두 분 부인께서 잘못 여기실까 하여 오래도록 주저하였더이다. 그런데 서울에 와서 들으니 두 부인의 덕이 『시경』에서 노래한 주나라 문왕·무왕의 후비(后妃)의 높은 덕과 같다고 칭송하지 않는 사람이 없기에 나아와 뵈오려 하였나이다. 마침 승상께서 교외에 나가신 때를 만나 다행히 성대한 잔치에 참여하였나이다."

"오늘 우리 궁중에 꽃빛이 가득한데 승상은 자신의 풍류를 따르는 것으로 여길 터이나 이것은 모두 우리 형제의 공인 줄 아소서."

난양이 소유를 보고 웃으며 말하자 소유도 크게 웃으며 말하였다.

"지체가 높은 사람(귀인貴人)은 칭찬하는 말을 좋아한다더니 이 말이 옳도다. 저 두 사람은 새로 왔으므로 공주마마의 위엄이 두려워 아첨하도소이다."

소유의 말에 모두 크게 웃었다.

경패가 경홍과 섬월에게 물었다.

"오늘 놀이의 승부는 어떠하더냐?"

"겨우 저희 위부의 욕은 면하였는가 하나이다."

섬월이 대답하자 경홍이 말하였다.

"섬월이 저의 장담을 비웃더니 저의 화살 하나로 월 왕궁을 놀라 기운이 빠지게 하였으니 저의 말이 빈 말인지 섬월에게 물으소서."

"경홍의 활 쏘고 말 타는 재주는 영특하다 하겠으나 월 왕궁 사람들이 기운

빠진 것은 다 새로 온 두 낭자의 선녀 같은 모양과 태도에 항복했기 때문이오이다. 어이 경홍의 공이리오? 내가 경홍에게 옛말을 하나 이르리라. 춘추 시절에 가대부(賈大夫)는 용모가 못생겼기로 유명하였는데 장가 든 지 삼 년이 지나도록 아내가 웃지 않더니 가대부가 들에 나가 꿩을 쏘아 잡는 것을 보고 비로소 웃었다 하더이다. 경홍이 꿩을 쏘아 맞힌 것이 가대부와 같으오이다."

"가대부같이 못생긴 용모로도 활과 화살의 재주를 가지고 아내를 웃게 하였으니 만일 미인이 꿩을 쏘아 맞혔다면 어찌 더욱 사랑하지 아니하리오."

"경홍이 갈수록 이렇게 자랑하는 것은 모두 승상이 경홍을 교만하게 하신 탓이로소이다."

경홍과 섬월이 주고받는 말을 듣고 소유가 웃으며 말하였다.

"섬월이 재주 많은 것은 오래전에 알았지만 경서(經書)에 능통한 줄은 몰랐도다. 『춘추』는 언제 보았느냐."

"한가한 때이면 혹 경서와 사서를 섭렵하오나 어찌 능하다 하리이까."

다음날 소유가 조회를 마치고 집으로 돌아오는데 태후가 월왕과 소유를 함께 불렀다. 들어가니 이미 두 공주가 와 있었다.

태후가 월왕에게 물었다.

"네가 어제 승상과 함께 봄빛을 겨룬다 하더니 승부는 어떠하였나뇨?"

"매부가 타고난 복은 남이 대적할 것이 아니더이다. 그러나 승상의 이러한 복이 누이들에게도 복이 되는지는 승상에게 물으소서."

이에 소유가 여쭈었다.

"월왕이 저를 이기지 못한다고 하는 것은 이백이 최호*의 시를 보고 그에게 기운을 빼앗긴다고 하는 것과 똑같도소이다. 공주들에게 복이 되고 못 됨은 공주들에게 물으소서."

태후가 웃으며 두 공주를 돌아보자 난양이 대답하였다.

"부부는 한 몸이니 영광됨과 욕됨, 괴로움과 즐거움이 서로 다를 리 없사오이다. 승상에게 복이 되면 또한 저희의 복이나이다."

월왕이 말하였다.

"누이의 말은 좋기는 하나 진심이 아니오이다. 예부터 양 승상같이 방자한 부마는 없었으니 이것은 나라의 기강에도 달렸나이다. 양소유를 관아에 내리시어 조정을 두려워하지 않은 죄를 다스려지이다."

태후가 크게 웃으며 말하였다.

"양 부마는 진실로 죄가 있도다. 그러나 이것을 법으로 다스리면 내 딸들이 근심할 것이니 사사로운 정에 따라 국법을 굽히리로다."

"하오나 양소유의 죄가 가볍지 않으니 어전(御前)에서 심문하여 그 대답을 보아 처리하는 것이 옳으리이다."

이에 따라 태후가 소유의 죄를 심문하였다.

"예부터 부마 된 사람이 첩을 두지 못한 것은 조정을 고마워했기 때문이라. 게다가 두 공주는 용모와 재주와 덕이 하늘 사람 같은데도 양소유가 공경하여 받들 생각은 하지 않고 미인 모으기를 마지않으니 신하 된 도리에 몹시 그르도다. 꺼리거나 숨기지 말고 바로 여쭈라."

소유가 관을 벗고 여쭈었다.

"저 양소유가 나라의 은혜를 입어 벼슬이 삼정승에 이르렀으나 나이가 아직 젊어 소년의 풍정(風情)을 이기지 못하여 집에 음악하는 사람 몇몇을 두었으니 황공하나이다. 그러나 국가 법령을 살펴보니 결혼 전의 일이면 분간하여 처리하게 하였더이다. 저의 집에 비록 여러 사람이 있기는 하오나 숙인 진씨는 황상께서 내려 주어 혼인한 사람이니 논의에 들지 않을 것이고, 계씨는 신이 미천하던 때 얻은 사람이며, 가씨와 적씨·백씨·심씨, 이 네 사람도 제가 부마 되기 전에 저를 따른 것이요, 그 후에 첩을 집에 둔 것은 모두 공주의 권유에 따른 것이니 제가 거리낌없이 맘대로 한 것이 아니오이다."

태후가 다 듣고 웃으며 월왕에게 알아서 처리하도록 하자 월왕이 말을 이었다.

"비록 공주가 권하였다 하나 양소유의 도리로는 마땅치 아니하니 다시 묻는 도다."

소유가 급하여 머리를 조아리고 다시 여쭈었다.

"저의 죄는 만 번 죽어 마땅하오나 예부터 죄 지은 사람은 그의 공도 아울러 의논하는 법규가 있나이다. 제가 천자의 부르심을 받아 동으로 삼진(三鎭)을 항복받고 서쪽으로 토번을 평정하여 공로도 적지 아니하니 이것으로 속죄할까 하나이다."

"양 승상은 나라의 안전과 위험을 맡은 중요한 신하인데 어찌 사위로 대접하리오."

태후가 크게 웃으며 말하고 소유에게 관을 쓰도록 하였다.

"승상이 공이 커서 비록 죄는 면하였으나 국법 또한 엄하니 아주 그만두지는 못하리이다. 벌주를 내리오소서."

월왕이 다시 말하니 태후가 웃으며 허락하고 궁녀에게 옥잔을 받들고 나오도록 하였다.

"승상의 주량이 고래 같으니 작은 잔으로 어떻게 벌하리오."

월왕이 한 말들이 큰 술잔에 술을 가득 부어 소유에게 내리니 소유가 네 번 절하고 받아 단숨에 마셨다. 소유의 주량이 비록 크나 한 말 술을 연거푸 마셨으니 어찌 취하지 않으랴. 소유가 머리를 조아리고 여쭈었다.

"견우는 직녀를 너무 사랑하였기에 장인인 상제(上帝)가 귀양 보냈고, 소유는 집안에 첩을 두었기에 장모인 태후가 벌하시니 천왕(天王) 집안의 사위 되기 어렵도소이다. 저는 크게 취하였으니 물러가나

최호(崔顥) 당나라 때의 시인. 이백이 그의 「황학루시(黃鶴樓詩)」를 칭찬하였다고 함.

백구십오

이다."

소유가 말을 마치고 일어서려다 쓰러졌다. 태후가 웃으며 궁녀를 시켜 붙들어 보내도록 하고 두 공주에게 말하였다.

"승상이 술에 취하여 기운이 편치 못할 것이니 너희가 함께 나가 옷을 벗기고 차를 드리게 하라."

"저희가 아니어도 옷 벗길 사람은 적지 아니하오이다."

"그러하나 부녀자의 도리를 차리지 않으면 아니되리라."

그리하여 두 공주가 소유를 따라 집으로 돌아갔다.

대청마루에 촛불을 밝히고 기다리던 어머니는 소유가 크게 취한 것을 보고 물었다.

"오늘은 어이 이토록 취하였는가?"

소유는 취한 눈으로 한참 동안 난양을 바라보다가 말하였다.

"공주의 오라비가 저의 죄를 얽어 태후께서 크게 노하시어 사태를 예측할 수 없었으나 제가 말을 잘하여 겨우 풀렸더이다. 그런데 월왕이 기어이 저를 해치려고 태후를 부추겨 독한 술로 벌하여 거의 죽을 뻔하였나이다. 이것은 월왕이 낙유원에서 미색을 겨루어 이기지 못하여 유감의 뜻을 품고 보복함이고, 또한 난양이 내가 첩이 많음을 투기하여 오라비와 공모하여 나를 괴롭히려 함이라. 어진 체하던 지난 날의 말을 어이 믿으리오. 어머니는 난양에게 벌주를 먹여 저의 분을 씻어 주소서."

어머니가 웃으며 말하였다.

"난양의 죄가 분명하지 않고 본디 술을 한 모금도 못 마시거늘 어찌 마시게 하리오. 군이 벌주려거든 차로 대신할 일이로다."

"군이 벌주를 주고자 하나이다."

"공주가 벌주를 마시지 아니하면 취객이 화를 풀지 못하리이다."

어머니가 난양에게 말하고 시녀를 시켜 난양에게 벌주 잔을 보냈다. 난양이 받아 마시려 하자 소유가 의심하여 잔을 빼앗아 맛보려 하므로 난양이 급히 바닥에 쏟아 버렸다. 소유가 잔 바닥에 남은 술을 찍어 맛보니 사탕물이었다. 소유가 시녀에게 좋은 술을 가져오도록 하여 손수 한 잔 가득 부어 난양에게 보냈다. 난양이 마지못하여 받아 마시자 소유가 어머니에게 다시 말하였다.

"태후께서 저를 벌하신 것이 난양의 계교이기는 하나 영양도 간여함이 없지 않고, 또 제가 태후 앞에서 머리를 조아려 사죄하는 모습을 보고 난양과 함께 서로 눈을 주며 웃었으니 그 마음을 측량하지 못할지라. 영양도 벌하여지이다."

어머니가 웃으며 또 한 잔을 영양에게 보내자 영양이 자리에서 일어나 받아 마시고 잔을 돌려 주었다. 어머니가 다시 말하였다.

"태후마마께서 소유를 벌하신 것은 첩들이 있기 때문이라. 이로 인하여 주부(主婦) 둘이 벌주를 마셨으니 첩들이 어찌 편안하리오. 경홍·섬월·요연·능파에게도 모두 한 잔씩 벌주를 내리라."

술이 내려지자 네 사람이 모두 꿇어 앉아 한 잔씩 받아 마셨다. 섬월과 경홍이 어머니에게 말하였다.

"태후마마께서 승상을 벌하심은 첩들이 있음을 책망하심이요, 낙유원 잔치에서 이겼기 때문이 아니오이다. 요연과 능파는 아직 승상의 잠자리를 받들지 못하여 부끄러운 낯을 들지 못하는데도 저희와 함께 벌주를 마셨거늘, 춘운은 승상을 저렇듯 오로지 모시면서도 낙유원에 가지 않아 벌을 면하였으니 주시는 정이 공평하지 아니하여이다."

어머니가 그렇다 하고 큰 잔으로 춘운을 벌하니 춘운이 웃음을 머금고 받아 마셨다. 이렇듯 모든 사람이 두루 벌주를 마셔 자못 시끌시끌하고 난양은 술에 부대껴 못 견뎌하는데 채봉만은 단정히 앉아 말도 하지 않고 웃지도 아니하였다.

"진씨가 참된 체하고 남의 흉만 보니 벌을 받지 않을 수 없으리라."

소유가 말하며 한 잔을 보내니 채봉이 역시 웃으며 받아 마셨다.

"공주는 기운이 어떠한가?"

어머니가 물었다.

"머리가 몹시 아프오이다."

난양이 대답하자 어머니가 채봉에게 난양을 부축하여 침실로 돌아가게 하고 춘운을 시켜 잔에 술을 부어 오게 하여 잔을 잡고 말하였다.

"나의 두 며느리는 하늘의 선녀라. 내가 항상 복이 덜어질까 두려워하였는데 지금 승상이 주정을 부려 난양의 몸을 편치 못하게 하였으니 마마께서 들으시면 반드시 크게 근심하시리라. 신하가 되어 천자에게 근심을 끼침은 지극한 죄라. 이것은 모두 이 늙은 몸이 아들을 잘 가르치지 못했기 때문이니 나 스스로 벌하노라."

어머니가 그 한 잔 술을 다 마시자 소유가 황공하여 무릎을 꿇고 말하였다.

"어머니께서 스스로 벌하노라 하시니 아들의 죄가 깊도소이다."

소유가 경홍을 시켜 큰 그릇에 다시 술을 부어 오도록 하여 일어나 절하고 말하였다.

"제가 어머니의 가르침에 순종하지 못하였으니 벌주를 마시나이다."

단숨에 다 마시고 크게 취하여 앉아 있지 못하고 응향각으로 가려 하니 영양이 춘운에게 부축하여 가도록 하였다.

"저는 못 가겠나이다. 제가 승상의 사랑을 독차지한다 하여 계 낭자와 적 낭자가 꾸짖더이다."

춘운은 사양하면서 경홍과 섬월에게 가라 하였다.

"춘운이 우리의 말 한 마디 때문에 가지 아니하니 저는 더욱 거리낌이 있나이다."

섬월의 말에 경홍이 웃으며 일어나 소유를 모시고 나가고 여러 낭자도 각각 흩어졌다.

소유는 요연과 능파의 성품이 산과 물을 좋아한다 하여 화원 가운데에 거처를 정하였다. 맑은 물이 강같이 넓은 호수 한 가운데 화려하게 색칠한 누각을 짓고 영일루(映日樓)라 이름지어 능파가 거처하게 하고, 못물 북쪽에 산을 만들어 온갖 옥이 우뚝하고 늙은 소나무와 여윈 대나무 그늘이 섞인 사이에 정자를 짓고 빙설헌(氷雪軒)이라 이름지어 요연이 거처하게 하였다. 그리하여 부인네들이 화원에서 놀 때면 이 두 사람이 주인이 되었다.

"낭자의 신통한 변화를 구경할 수 있을까?"

부인들이 능파에게 묻자 능파가 대답하였다.

"그것은 저의 전신인 용녀일 때 한 일이오이다. 천지 조화의 힘으로 사람의 몸을 얻을 때 벗어놓은 허물과 비늘이 산같이 쌓였으니, 참새가 변하여 조개가 된 후에 어찌 감히 두 날개로 하늘을 날 수 있으리오?"

요연도 소유와 부인들 앞에서 이따금 검무를 추어 즐기게 하기는 하나 또한 자주 하려 하지 않고 말하였다.

"처음에 검술을 빌려 승상을 만나기는 하였으나 이것은 죽이고 치는 놀이이니 보통때 볼 만한 것이 아니오이다."

이후로 두 부인과 여섯 낭자는 서로 형제같이 친하며 사랑하였고, 소유는 누구에게나 한결같은 은정을 베풀었다. 이것은 비록 모든 사람의 덕성이 아름답기 때문이기도 하나 애당초 아홉 사람이 남악에 있을 때의 소원이 이러하였기 때문이다.

하루는 두 부인이 다음과 같이 의논하였다.

"옛사람은 자매 여럿이 한 나라에 시집 가서 아내가 되기도 하고 첩이 되기도 하였도다. 지금 우리 두 아내와 여섯 첩은 성도 비록 각각 다르나 정과 의리는 형제보다 더하니 모두 자매로 일컬음이 마땅하리라."

이 뜻을 여섯 첩에게 말하자 그들은 모두 감당할 수 없다고 하고 특히 춘운과 경홍, 섬월은 더욱 굳이 사양하였다.

경패가 말하였다.

"옛날에 유비·관우·장비는 서로 임금과 신하의 관계였으나 형제의 의를 없애지 않았도다. 춘운은 본디 내 규중의 친구이니 어이 형제가 되지 못하리오. 야수부인(耶輸夫人)은 석가세존의 아내이고 등가(登伽)여자는 음란한 창녀였으나 다 함께 부처의 제자가 되어 마침내 도를 깨달았으니 처음에 미천하였음을 어이 스스로 겸양하리오."

그리하여 두 부인이 여섯 낭자를 거느리고 관음보살 화상(畵像) 앞으로 나아가 분향하고 여쭈었다.

"몇 년 몇 월 몇 일에 제자 정경패·이소화·진채봉·가춘운·계섬월·적경홍·심요연·백능파는 삼가 남해대사(南海大師)께 여쭙나이다. 저희 제자 여덟 사람은 비록 각각 다른 집에서 태어나 자랐으나 모두 함께 한 사람을 섬겨 뜻과 정이 꼭 같사오니 마치 한 나뭇가지의 꽃이 바람에 날려 혹은 구중궁궐에 떨어지고 혹은 규중에, 촌가에, 길거리에, 변방에, 혹은 강호에 떨어졌으나 근본은 다 같은 한 뿌리인 것과 무엇이 다르리오. 오늘부터 형제 되어 생사 고락을 함께하고, 누구든 다른 마음을 가지면 천지가 용납하지 아니할 것을 맹세하나이다. 업드려 바라건대 대사께서는 복을 내리시고 재앙을 덜어 백 년 후에 다 함께 극락 세계로 가게 하여 주소서."

이후로 여섯 낭자는 비록 스스로의 명분을 지켜 감히 형제로 부르지 못하나 두 부인은 항상 자매라 부르며 은혜와 사랑이 더욱 극진하였다. 여덟 사람이 각각 자녀를 두었는데 두 부인과 춘운·경홍·섬월·요연은 아들을 낳고, 진 숙인과 능파는 딸을 낳았다. 그러나 모두 한 번 출산한 후에 다시는 잉태하지 않

이백

으니 이 또한 보통 사람과 달랐다.

이 때 천하가 태평하여 조정에는 일이 없었다. 소유는 집을 나가면 천자를 모시고 상림원에서 노닐며 사냥하고, 들어오면 북당*에서 어머니를 모시고 잔치하니 춤추는 소매는 세월을 뒤집고 노래하는 소리는 세월을 재촉하였다. 소유가 재상의 자리에 있은 지 어언 몇십 년이 지나 대부인과 정 사도 부처가 다백 살이 넘어 세상을 떠났고, 아들은 모두 이미 조정에 진출하였다. 육남이녀가 다 부모를 이어받아 맑고 고결한 풍채가 집안에 비쳤다. 첫째아들 대경(大卿)은 경패의 아들로 예부상서를 하였고, 둘째 차경(次卿)은 경홍의 소생으로 경조윤*을 하였으며, 셋째 숙경(叔卿)은 춘운의 소생으로 어사중승*을, 넷째 계경(季卿)은 난양의 소생으로 이부시랑*을, 다섯째 유경(庾卿)은 섬월의 소생으로 한림학사를, 여섯째 치경(致卿)은 요연의 소생으로 나이 겨우 열다섯 살이나 천자가 그의 뛰어난 힘과 귀신 같은 지혜를 사랑하여 금오상장군*을 시켜 서울 주둔군 십만을 거느리고 대궐을 호위하게 하였다. 두 딸 가운데 장녀 전단(傳丹)은 채봉의 소생으로 월왕의 아들 낭야왕의 비가 되었고, 차녀 영락(永樂)은 능파의 소생으로 동정 용왕의 외손이니 태자의 첩이 되었다가 나중에 첩여에 봉해졌다.

소유가 일개 서생으로 마음이 통하는 임금을 만나 무(武)로는 난리를 평정하고 문(文)으로는 태평을 이루어 공명과 부귀가 곽분양과 같았다. 그러나 분양왕은 나이 육십에 장수와 재상을 하였고, 소유는 이십에 처음 승상을 한 후로 재상의 지위를 분양왕의 스물네 번보다 많이 지냈으며, 군신(君臣)이 함께 태평을 누렸으니 이토록 완전한 복록(福祿)은 진실로 먼 옛날에도 없는 일이었다.

어느 날 소유는 승상의 지위에 있은 지 오래인데다 누리는 것이 너무 넘치고 가득하다고 생각하여 벼슬을 돌려드리며 조정에서 물러나게 하여 줄 것을 상소하였다. 천자가 다음과 같은 대답을 내렸다.

"그대의 공훈과 업적이 세상을 덮고 덕과 은혜가 만 백성에게 가득하니 국가가 의지하고 내가 우러러 왔노라. 옛날에 강태공(姜太公)과 주나라 소공(召公)은 백 세의 나이로도 어린 성왕(成王)을 도왔으니 지금 그대는 벼슬에서 물러날 만큼 노쇠한 나이가 아니니라. 게다가 그대의 두골은 한 고조(漢高祖)를 도운 장자방(張子房)의 것처럼 보통 사람과 다르고, 그대의 빛나는 듯 젊어 보이는 얼굴과 골격은 한림원에서 조서를 지은 때와 같으며, 정신은 위교(渭橋)의 도적을 친 때와 같으니, 요임금 때의 은자(隱者) 허유·소부의 높은 뜻을 돌이켜 요순 시대를 이룰지니라. 상소에 청한 것은 윤허할 수 없노라."

소유는 본디 불가의 제자요, 남전산 도인의 신선 비결을 받았으므로 나이가 많은데도 용모가 더욱 젊어 당시 사람들이 신선이 아닌가 의심하였다. 그리하여 천자가 조서에 그렇게 말한 것이다.

소유는 여러 번 상소하여 벼슬에서 물러날 것을 더욱 간절히 하였다. 천자가 소유를 불러 말하였다.

"그대의 뜻이 이러하니 내 어찌 그 높은 뜻을 이루어 주지 아니하리오. 다만 그대가 봉(封)해진 나라는 서울에서 천 리 밖이니 그대가 그곳으로 가면 내가 국가 대사를 상의하기 어렵고 또 황태후마마가 돌아가신 후로는 차마 난양과 서로 헤어질 수 없도다. 성 남쪽으로 사십 리쯤 떨어진 곳 종남산에 취미궁(翠微宮)이라는 한 별궁이 있으니 옛날 현종 황제가 피서하신 곳이라. 이 궁이 노년을 평안하고 한가로이 지내기에 아주 마땅하니 그대에게 주어 거처하게 하노라."

마침내 조서를 내려 위국공 양소유에게 삼공(三公)의

북당(北堂) 어머니의 거처.

경조윤(京兆尹) 수도(당나라 경조부)를 맡은 장관.

어사중승(御史中丞) 어사부(御史府)의 차관.

이부시랑(吏部侍郞) 시랑(侍郞)은 상서(尚書)에 버금가는 벼슬.

금오상장군(金吾上將軍) 금오위(金吾衛)를 관장하는 장군.

으뜸인 태사(太師) 벼슬을 더해 주고 식읍 오천 호(戶)를 상으로 봉하면서 승상의 관인(官印)을 반납하도록 하였다.

| 양 승상이 높은 곳에 올라 먼 곳을 바라보고 | 楊丞相登高望遠 |
| 불제자가 본디의 모습으로 되돌아가다 | 眞上人返本還元 |

소유는 천자의 은혜에 감격하여 머리를 조아려 감사하고 식구를 데리고 취미궁으로 옮겨 갔다. 이 집은 종남산 가운데 있으면서도 누대가 장엄하고 경개가 빼어나 분명한 봉래산(蓬萊山) 선경이었다. 당나라 시인 왕유(王維)는 "신선의 집도 특별히 이보다 낫지는 못하리니 무슨 일로 퉁소를 불며 푸른 하늘로 향하리오."라고 노래하였으니 이 한 구절로 미루어 그 경개를 알 수 있으리라.

소유는 천자가 조회받던 정전(正殿)을 비워 그곳에 천자의 조서와 시문(詩文)을 받들어 모시고, 나머지 누각과 정자에는 두 부인과 낭자들이 나누어 들게 하였다. 그리고 날마다 두 부인과 여섯 낭자와 함께 물가에 나아가 달을 즐기고 골짜기에 들어가 매화를 찾으며, 시를 지어 구름 낀 바위에 쓰고 소나무 그늘에 앉아 거문고를 타 솔바람에 화답하니 품격 있고 한가로운 복이 더욱 사람들의 부러움을 샀다.

소유가 한가한 곳으로 나아간 지도 이미 여러 해가 지났다.

팔월 스무날은 소유의 생일이어서 모든 자녀가 다 모여 연이어 열흘 동안 화려하고 성대한 잔치를 열었다. 잔치를 끝내고 자녀들은 각각 집으로 돌아가고 아름다운 계절 구월이 되었다. 구월 구일 국화꽃 봉오리 누렇고 수유 열매가 붉어졌으니 산에 올라 국화주를 마시는 등고(登高) 가고였다. 취미궁 서쪽에 높은 누대가 있는데 그곳에 오르면 진천* 팔백 리를 가린 것 없이 손금 보듯 볼 수 있

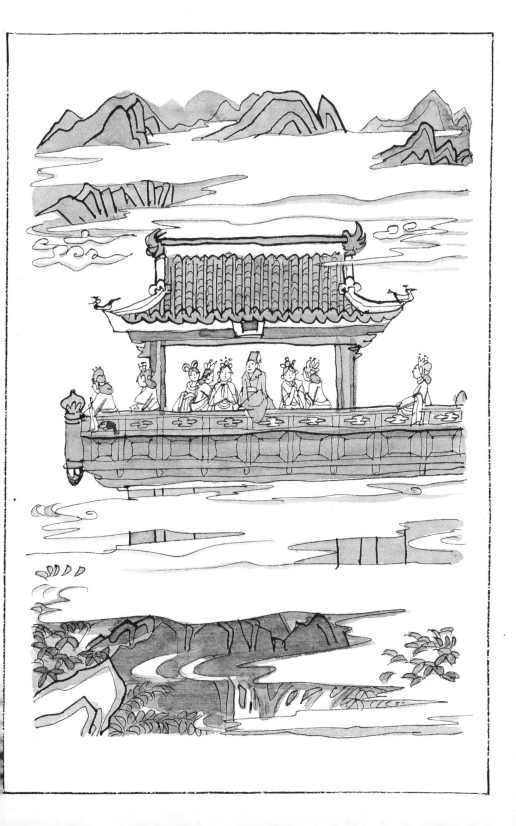

어 소유가 가장 사랑하는 곳이었다. 이날도 소유는 두 부인과 여섯 낭자를 데리고 그 누대에 올라 국화꽃 한 가지를 머리에 꽂고 가을 경치를 즐기는데, 문득 온갖 진기하고 맛있는 음식과 음악이 다 싫어져서 춘운과 섬월에게 과일 소쿠리와 옥 술병만을 가져오도록 하여 국화주를 가득 부어 처첩들과 차례로 마셨다. 이윽고 기운 해가 곤명지에 떨어지고 구름 그림자가 진천 넓은 들에 드리워져 가을빛이 찬란하였다. 소유는 스스로 옥 통소를 잡아 두어 곡을 불었다. 통소 소리는 원망하는 듯 우는 듯 호소하는 듯 흐느꼈다. 마치 연(燕) 태자 단(丹)을 위하여 진시황제(秦始皇帝)를 죽이러 가는 제(齊)나라의 형경*이 역수(易水)를 건널 때 친구 고점리*를 이별하는 듯하고, 자결을 앞둔 초패왕 항우가 장막 안에서 사랑하는 우미인*을 돌아보는 듯하여 모든 미인이 쓸쓸히 슬픈 빛을 띠었다.

두 부인이 옷깃을 여미고 물었다.

"승상은 이미 공을 이루고 부귀가 지극하여 모든 사람이 부러워하니, 이것은 오랜 옛날에도 듣지 못한 일이라. 좋은 때를 맞이하여 풍경을 즐기며 꽃다운 술이 잔에 가득하고 사랑하는 사람들이 곁에 있으니 이 또한 인생의 즐거운 일이거늘 통소 소리가 이러하니 오늘의 소리는 예전의 것이 아니로소이다."

소유가 옥 통소를 던지고 두 부인과 여섯 낭자를 불러 난간에 몸을 기댄 채 손을 들어 두루 가리키며 말하였다.

"북으로 평평한 들과 무너진 언덕의 마른 풀 위로 저녁 노을이 비친 곳은 진시황이 놀던 아방궁*이요, 서쪽으로 슬픈 바람이 찬 수풀에 불고 저문 구름이 빈 산을 덮은 곳은 한 무제의 무릉*이라. 또 동쪽으로 회칠한 담이 청산을 두르고 붉은 용마루가 공중에 숨은 가운데 밝은 달만 오락가락할 뿐 고운 난간에 기댈 사람이 없는 곳은 현종 황제가 양귀비(楊貴妃)와 함께 놀던 화청궁이라. 이 세 임금은 천고의 영웅으로 천하를 집으로 삼고 수많은 백성을 신하로 삼아 호화 부귀로 백 년 삶도 짧게 여기더이다. 그런데 지금은 모두 어디 있나뇨.

나는 본디 하남 땅의 베옷 입은 가난한 선비이더니, 거룩하신 천자의 은혜로 벼슬이 장군·재상에 이르고, 여러 낭자와 만나 은정(恩情)이 백 년이 하루 같으니 전생에 다하지 못한 인연이 아니라면 지금에 이르지 못하였을 것이오. 남녀가 인연으로 만나 인연이 다하여 각각 돌아가는 것은 당연한 하늘의 이치라오.

우리가 죽은 후에 높은 누대는 무너지고 굽은 못은 메워지며 우리가 노래하고 춤추던 이곳이 거친 산과 마른 풀로 변해 버린 후에 나무꾼과 목동이 오르내리며 '이곳이 양 승상이 여러 낭자와 함께 놀던 곳이라. 소유의 부귀 풍류와 낭자들의 아름다운 얼굴과 자태는 지금 다 어디 갔나뇨.' 하고 탄식할 것이니 인생이 어이 덧없지 아니하리오?

내가 생각하기에 천하의 도(道) 가운데 유도(儒道)·선도(仙道)·불도(佛道)가 높은데 이것이 삼교(三敎)라. 이 가운데 유도는 윤리의 기강을 밝히고 살아 있는 동안의 사업을 귀히 여기며 사후에 이름을 남길 뿐이요, 신선은 예부터 구하는 사람은 많으나 얻은 사람이 드무니 진시황·한 무제·현종 황제를 볼 수 있으리라.

내가 벼슬에서 물러난 후부터 밤에 잠이 들면 언제나 부들 방석 위에서 참선하여 보이니 이것은 반드시 내가 불가와 인연이 있기 때문일 것이라. 나는 앞으로 신선인 적송자(赤松子)를 따른 장자방을 본받아 가정

진천(秦川) 지금의 협서성 일대.

형경(荊卿) 전국시대 제(齊)나라 사람 형가(荊軻). 독서와 칼 쓰기를 즐김. 연나라 태자 단(丹)의 지시에 따라 진시황을 죽이려다가 뜻을 이루지 못하고 죽음.

고점리(高漸離) 연나라 사람으로 축(筑)이라는 악기를 잘 탔으며 형가와 우정이 깊었음. 형가가 진시황을 죽이려다 실패하고 죽자 그 원수를 갚으려다 역시 피살됨.

우미인(虞美人) 초패왕 항우가 사랑한 여자로서 항우가 해하(垓下)에서 패하여 죽을 때 함께 자살하였음.

아방궁(阿房宮) 진시황이 상림원에 지은 궁전으로 만 명을 수용한다고 하며 매우 크고 화려한 집의 비유로 쓰임.

무릉(茂陵) 한 무제의 능.

이백칠

을 버리고 스승을 구하여 남해를 건너 관음보살을 찾고, 오대*에 올라 문수보살
*에게 예를 올려 불생불멸(不生不滅)의 도를 얻어 속세의 괴로움과 즐거움을 뛰
어넘으려 하오이다. 다만 낭자들과 반생을 함께하다가 하루 아침에 이별하려
니 슬픈 마음이 저절로 곡조에 나타난 것이오이다.”

그들도 모두 전생에 근본이 있는 사람들이고, 또한 지금 막 세속 인연이 다하
려 하는 때이니 이 말을 듣고 저절로 감동하여 다 같이 말하였다.

“부귀영화 한가운데에서 이렇게 맑고 깨끗한 마음을 내시니 어이 장자방을
말할 수 있으리오. 저희 여덟 자매는 깊은 규중에서 아침저녁으로 부처 앞에 분
향하고 예불(禮佛)하여 상공 돌아오시기를 기다리오리이다. 상공은 이번에 가
시면 반드시 밝은 스승과 어진 벗을 만나 큰 도를 얻을 것이니 도를 얻은 후에
는 부디 저희를 먼저 이 고통스러운 속세(고해苦海)에서 건져 극락으로 인도하
소서.”

소유가 크게 기뻐하며 말하였다.

“우리 아홉 사람의 뜻이 모두 같으니 즐거운 일이라. 나는 내일 떠날 것이니
오늘은 낭자들과 실컷 취하리라.”

“저희가 각각 한 잔씩 받들어 상공을 보내드리리이다.”

그들이 잔을 씻어 다시 술을 부으려는데 저녁 노을 속에서 문득 지팡막대 짚
는 소리가 들렸다.

‘어떤 사람이 이런 곳에 올라오는고.’

모두 이상하게 생각하고 있는데 이윽고 눈썹이 길고 눈이 맑으며 얼굴이 기
이하게 생긴 한 노승이 위엄 있는 모습으로 그들 앞으로 와서 승상에게 예를 갖
추고 말하였다.

“산중에 사는 사람이 대승상께 뵈오이다.”

소유는 벌써 그 노승이 비범한 사람인 줄 알고 황급히 답례하며 말하였다.

"대사는 어디에서 오시나이까."

"평생의 오랜 벗을 몰라보시니 지체가 높은 사람은 잊기를 잘한다는 말이 옳소이다."

노승이 웃으며 말하였다. 소유가 자세히 보니 과연 낯이 익은 듯하였다. 그리고 문득 깨달아 능파를 돌아보고 노승에게 물었다.

"내가 전에 토번을 정벌할 때 꿈에 동정 용궁 잔치에 갔다가 돌아오는 길에 남악에 올라 한 노승이 법좌(法座)에 앉아 제자들에게 불경을 강론하는 것을 보았는데, 대사께서 그 때의 그 노스님이시오이까?"

그러자 노승이 손뼉을 치고 크게 웃으며 말하였다.

"옳다, 옳다. 그러나 꿈속에 잠깐 만나 본 것은 생각하고 십 년을 함께 산 것은 기억하지 못하니 누가 양 원수를 총명하다 하던가."

소유가 어리둥절하여 말하였다.

"저는 열대여섯 살 전에는 부모 슬하를 떠난 적이 없고 열여섯에 급제하여서는 연이어 관직에 있었으니 동으로 연나라에 사신으로 가고, 서쪽으로 토번을 정벌한 일밖에는 서울을 떠난 적이 없더이다. 언제 스승과 십 년을 서로 가까이 지냈으리오."

노승이 웃으며 말하였다.

"상공은 아직도 봄꿈을 깨지 못하도소이다."

"어찌 하면 제가 봄꿈에서 깰 수 있으리오."

"그것은 어렵지 아니하이다."

노승은 지팡이를 들어 돌 난간을 두어 번 두드렸다. 그러자 문득 사방 산골짜기에서 구름이 일어나더니 누대를 둘러싸 지척을 분간할 수 없었다. 소유는 정신이 아득하여 마치 취중 꿈속에 있는 듯하다가 한참 뒤에 큰 소리로 말하였다.

오대(五臺) 산서성(山西省) 오대현(五臺縣) 동북(東北)에 있는 산. 청량산(淸涼山), 문수보살이 있음.

문수보살(文殊菩薩) 석가여래의 왼편에서 지혜를 맡고 있는 보살.

이백구

"스승은 어이하여 저를 바른 도로 인도하지 아니하시고 환술(幻術)로 놀리나이까."

소유가 채 말을 마치기도 전에 구름이 걷히며 노승은 간 곳이 없고, 좌우를 둘러보자 여덟 낭자도 간 곳이 없었다. 몹시 놀라 당황하는데 그렇게 높은 누대와 많은 집이 한꺼번에 없어지고 자기 몸이 작은 암자 안의 한 부들 방석 위에 앉아 있었다. 향로의 불은 이미 사그라지고 어느덧 지는 달이 창에 비치고 있었다.

자기 몸을 내려다보니 손목에는 백팔 염주가 걸려 있고 머리를 만져 보니 갓 깎아 까칠까칠한 머리털이 분명 작은 중의 몸이요 대승상의 위의가 아니었다. 소유는 정신이 황홀하여 한참 지난 후에야 비로소 자신이 연화도장에서 수도하는 성진임을 깨닫고 돌이켜 생각하였다.

'처음에 스승의 책망을 받고 역사(力士)를 따라 지옥 풍도로 가서 인간 세상에 다시 태어나 양가(楊家)의 아들이 되어 장원 급제하여 한림학사를 하고, 나가서는 장수가 되고 조정에 들어서는 재상이 되어 공명을 이루고, 물러나 두 공주와 여섯 낭자와 즐긴 것이 다 하룻밤 꿈이었도다. 이것은 분명 스승께서 내 생각이 잘못된 것임을 알고 이러한 꿈을 꾸게 하여 인간의 부귀와 남녀 사이의 정욕이 다 부질없는 일임을 알게 한 것이로다.'

그리고 급히 세수하고 의관을 가다듬어 입고 스승의 처소에 나아갔다. 다른 제자들은 벌써 다 모여 있었다. 대사가 큰 소리로 물었다.

"성진아, 인간 부귀를 다 지내 보니 과연 어떠하더냐."

성진이 머리를 조아리고 눈물을 흘리며 말하였다.

"저는 이미 깨달았나이다. 제가 불초하여 잘못 생각하여 죄를 지었으니 마땅히 인간 세상에 윤회해야 할 것인데도 스승께서 자비하시어 하룻밤 꿈으로 제자의 마음을 깨닫게 하셨으니 스승의 은혜는 천만 년이 지나도 갚기 어렵도소이다."

"네가 흥(興)을 타고 갔다가 흥이 다하여 돌아왔으니 내가 무슨 간여함이 있

으랴. 또 너는 인간 세상에 윤회하는 것을 꿈꾸었다 하는데 이것은 인간 세상과 꿈이 다르다고 하는 것이라. 너는 아직도 꿈을 깨지 못하였도다. 장자는 꿈에 나비가 되었다가 나비가 또 변하여 장자가 되자 어느 것이 거짓이고 어느 것이 진짜인지 분별하지 못하였나니 어제의 성진과 소유는 어느 것이 정말 꿈이고, 어느 것이 꿈이 아니뇨?'

"제자가 어리석어 꿈과 참을 알지 못하니 스승께서는 불법(佛法)을 가르쳐 깨닫게 하여 주소서."

"이제 불경인『금강경(金剛經)』큰 법을 말하여 너의 마음을 깨닫게 하려니와 새로 오는 제자가 있을 것이니 잠깐 기다리라."

말이 끝나자 문 지키던 도인(道人)이 들어와 말하였다.

"어제 다녀간, 위부인 밑에 있는 팔선녀가 또 와서 스승께 뵙고저 하나이다."

대사가 들어오라 하자 팔선녀가 대사 앞에 나아와 합장하고 머리를 조아리며 여쭈었다.

"저희가 비록 위부인을 모셔 왔으나 실로 배운 것이 없어 세속 정욕을 잊지 못하였더니 대사의 자비하심으로 말미암아 하룻밤 꿈으로 크게 깨달았나이다. 제자들은 이미 위부인께 하직하고 영원히 불문(佛門)에 돌아왔으니 스승께서는 끝까지 가르쳐 주시오소서."

"선녀들의 뜻은 비록 아름다우나 불법은 깊고 멀어서 큰 역량과 발원이 아니면 이룰 수 없으니 모름지기 스스로 헤아려 하라."

팔선녀가 물러가 얼굴 위의 연지분을 씻어 버리고 소매에서 금가위를 꺼내어 검은 구름 같은 머리칼을 다 깎아 낸 후에 들어와 다시 아뢰었다.

"제자들이 이미 얼굴이 변하였으니 스승의 가르침과 명에 게으르지 아니하리이다."

"좋도다, 좋도다. 너희 여덟이 이러하니 참으로 좋은 일이로다."

마침내 대사가 자리에 올라 불경을 강론하자 부처의 두 눈썹 사이의 하얀 털(백호白毫) 빛이 세계를 비추고 하늘에서 연꽃이 비같이 내렸다.

대사가 설법을 마치며 부처의 말씀 네 구절을 외웠다.

"모든 유위(有爲)의 법은 꿈 같고 환각 같고 물방울 같고 그림자 같으며(一切有爲法如夢幻泡影) 이슬 같고 번개 같으니 마땅히 이와 같이 볼지니라(如露亦如電應作如是觀)."

그러자 성진과 여덟 여승이 동시에 깨달아 불생불멸할 바른 도를 얻었다. 대사는 성진의 수행이 높고 순수하며 원숙함을 보고 대중을 모아 놓고 말하였다.

"나는 본디 도를 전하려고 중국에 들어왔도다. 이제 부처의 법을 전할 사람이 있으니 돌아가노라."

말을 마치자 가사(袈裟)와 염주와 바리, 정병(淨甁), 지팡이(육환장六環杖), 그리고 『금강경』 한 권을 성진에게 주고 천축(인도印度)으로 돌아갔다.

이후로 성진이 연화도장의 대중을 거느리고 크게 교화를 베푸니, 신선과 용신(龍神)과 사람과 귀신이 모두 성진을 육관대사처럼 존중하였다. 또한 여덟 여승은 성진을 스승으로 섬겨 깊이 보살의 큰 도를 얻어 마침내 아홉 사람이 다 함께 극락 세계로 갔다.